JN064755

星の光源

～アン・マンズフィールド・サリヴァン異聞

土井章寛
DOI Akihiro

文芸社

第一部　父と母

第一章　トーマス・マンズフィールド・サリヴァン

一八四五年頃からアイルランドでは、慢性的な疫病が畑作地帯に伝染し続け、農作物の主作であったジャガイモを腐らせ畑を灰色にした。それは何年も続いた。農地は地主と小作人とに分けられていた時代で、地主の上には貴族、王族と呼ばれる特権階級があり、小作人は畑を借りて作物を作る立場で、長い歴史の中に続く王国忠誠派に支配されていた。

西南部の町トラリーは、湾の奥にひっそりとしてあった。もともとはスリーブミッシュ山地を越えてくる街道の宿場町だったが、疫病は旅人の姿も消した。貧しい畑作農家の若き後継者トーマス・サリヴァンが子どもの頃、街道は遊び場だった。彼は畑にいることに飽きて、耐えられなくなると街道に出かけた。旅人の後をついてゆき、彼らが町角や宿の前で荷を下ろし、町の人たちと話をするのを、近くに座って聞くのが何よりも好きで、そうしていつもぼんやりしていた。しかし飢饉が続くと誰もいなくなり、彼は畑に取り残された。

両親は牛も飼い、羊や鶏も育て飢饉を乗り切り、彼が大人になるのを待った。その間にも続治者であるエドワード・デニー卿は、キリスト教福音派であるにもかかわらず、小作料を吊り上げ続ける地主をとがめることなく放任し、何年も繰り返し続く凶作に悲鳴を上げる小作人を無視し、なんら政治的な救済を起こさなかった。最初の頃は怒りに震えて窮状を訴えた農民も、あまりの冷淡な仕打ちに恐怖を覚えるようになり、やがて絶望して祖国そのものを捨て、新天地アメリカへ渡るようになった。

トーマスの両親は、彼が分別を持ち、世間の中を独りで歩いてゆけるようになるまで辛抱強く待ち続けたが、なかなかその時は来なかった。なぜならトーマスはいつも自分勝手で、子どものような字を書き、こだわりが強く、好き嫌いがとてもはっきりして、どこにいても孤立するような振る舞いを見せていたからだ。しかし決断しなければならなかった。凶作から十五年が経ち、収穫の持ち直しがみられても、人々の流失はとどまることはなかった。冷酷な政治と重税は年を追うごとに増していた。父は言った。

「この先、おまえがここで家族をつくり、子どもを育ててゆけるとはとうてい思えない。渡れ、アメリへ渡れ、皆と同じように。そして落ち着いたらわたしたちを呼んでくれ」

トーマスは無言で両親を見つめた。二人とも笑顔を絶やしたことはない。食べるものが消えたクリスマスも、彼らは互いの曲がらなくなった指を温め合っていた。今も自分を見つめる瞳はとても小さくなってしまったが、落ち着いていて、大げさに騒ぐことはない。

「必ず迎えに来るから」

トーマスは言った。両親は黙っていた。そして彼らは別れた。

トーマスが長い船旅の果てに、マサチューセッツ州の、名前の知らない長い木造桟橋にたどり着いたのは、南北戦争が終結された一八六五年の春だった。そこから馬車で旅をした。スプリングフィールドにたどり着き、最初に目にしたのは、大勢の移民が蟻（あり）のように群がって仕事をしている河川の護岸工事だった。河川の水量は一年を通して最も低い位置にあった。本格的な雪融け水が流れ込む前に川幅を広げ直線を作り、堤防をかさ上げする必要があったのだ。

　腕組みをしてくたびれた帽子を斜めにかぶっている男は測量をしていた。彼と目が合った。

「サリヴァンだ、トーマス・サリヴァン、さっきアイルランドから来たばかりだ。ここに来れば仕事が与えられて、飯だけは食わせてもらえると聞いた。今から川に入るから晩飯を食わしてくれ、それだけでいい」

　すると男はひさしの下から冷たい目を向けた。

「晩飯はカボチャのパイと豆のスープだ」「それでいい」

「明日はどうする？　明日になればゆで卵がつくぞ」

トーマスは靴ひもをきつく結んでから川に向かった。「頼む」

「朝六時にここへ来い」

トーマスは斧（おの）や鍬（くわ）を振り下ろしている男たちの中に近づいていった。そこが一番人手が足りていない現場だったからだ。はるか先には川岸の木を切り倒している男たちがいた。それを引きずり上げて燃やしている男たちがいる。掘削には最大の人手が振り分けられていたが、人が集まりすぎて手を休めている者も見える。効率的な作業になっていないが、しかしどうすればよいかそれもわからない。ただ燃やされ続けている黒煙をじっと眺めている連中は、誰かが悲鳴を上げて交代してくれと言うのを待っていた。

トーマスは土のうを積み上げている男に尋ねた。

「いつからここにいる？」

「三日前からだ」

「どこに泊まっている？」

「玉突き場の隣にある酒場の屋根裏部屋だ」

「満杯か？」

「ああ、もう八人がザコ寝している。しかしな、すぐ近くにヤギの小屋がある。そこなら新しい藁（わら）にくるまって寝ることはできるぞ」

「そうか、ありがてえ、そうするぜ」

その夜、トーマスは二十匹もヤギがいる小屋の片隅で寝た。そして翌朝、新鮮な乳を直接飲んだ。出かけよう、またあそこへ行ってみよう。夜明けの川岸を彼は歩いた。

現場が見えた。靴の底は凍ったままだが、やがて労働が溶かしてくれるだろう。ポケットにどっさり詰め込んだクルミを噛（か）んだ。渋い、甘くない。作業する人々の群れに入った。

「おい！　そこの！」頭から声をかけられ、見上げた。

「アイルランドから来たのか？」

トーマスは歯の間からクルミを飛ばして答えた。「そうだ、おまえは？」

「俺か、俺はここの工事現場の管理者のひとりだ」

「ひとり？」

「そうだ複数いる、でかいからな」

「それで？　その複数いるお役人が何の用だ？」

「雇用されたかったら登録しろ。字は書けるか？」

「ああ、自分の名前だけならな」

ここは太陽が昇ると働く場所ではない、ここは畑ではない、工事現場だ、時間とスケジュールで管理されている、移民も黒人も関係ない、差別もない、平等に労働力として登録される、現場管理人はそう言った。彼にしてみれば歓迎の言葉だった。

トーマスは左足から水に入った。そして水が靴に浸透してくるのを待った。仕事になじむためだ。また仕事を確実に自分のものにするためだ。要するに――彼は自分に言った、間違いなくここで生活するためだ。しかし、できるだろうか。

〝アメリカには大勢の移民が渡っていると聞いている。だから、国はこれから出来上がる。おまえの居場所もそう小さくはないだろう〟

オヤジはそう言ってドアの外に立つ俺を見ていた。オフクロはクルミとレーズンの入った袋を差し出して言った。〝必ず呼んでおくれよ〟

〝ああ〟そして俺がまだ別れの言葉をさがしているのに、ドアを閉めた。それは二期連続で小麦が不作だった秋の終わりだった。牛を飼っている連中は牛が変なもの食べた、泡を吹いてどんどん倒れてゆく、と言って走っていった。鶏もそうだ、やせた鶏がキツネにさらわれても、もう誰も追いかけなかった。いつになく冷たい秋だった。

トーマスは水に入ったまま、どうしてよいのかわからずぼんやりしていた。

「おまえは道具を持たないで来たのか？」

すでに汗まみれになっているしわだらけの男が尋ねた。

「そうだ、何もない」

「あそこの小屋に行って斧を持ってこい」

男は川から上がろうとするトーマスを見た、「使ったことはあるか？」

するとトーマスは胸を向けた。

「おまえさん、人を見る目があるか。俺の腕の太さ、首や肩にある筋肉が、おまえにはどう見える？」

男は笑って言った。

「今日一日かけて、口のきき方を覚えろ、いつまでも思ったままを口にするな、わかったか？

おまえの今日の仕事は、川岸にある柳を切り倒すことだ」

　柳は凍っていた、根元の土はもっと凍っていた。石なのか土なのか氷なのかわからない黒い塊に斧を振り下ろすと金色の火花が飛び散る、そして手のひらが痺(しび)れる。根気だ、根気よく続けろ、だめだ、いっぺんにやろうと思うな。

　植物の根は水量の多い季節にも耐えられるように、毛細血管の形をして土の奥深く、水の届かない暗闇にまで張り巡らされている。一度風が吹くと水面は激しく波立ち、飛び跳ねて人間の顔を打ちつけ、針になって刺さる。そのあと霧になり、草と土と岩にこびりつき、すぐに氷になる。人間の服と顔も氷になる、目の中も氷になる、歯をくいしばっている男は歯が氷になる、トーマスは爪が氷になった。

　彼は隣にいた黒人に促されて岸に上がり火に近づいた。ひげが焦げるほど高く炎が上がっている。

「コーヒーを飲めよ新人」その男は言った。

　トーマスは尋ねた。「おまえはここが長いのか？」

「いや、そうでもない」男は、ただ豆を煮ただけのコーヒーを飲みながら答えた。

　トーマスは斧を取った。刃からしずくがぽたぽた落ちた。すると空が急に晴れててっぺんが切り裂かれ、そこから陽(ひ)が飛び出し、押し出された青空がみんなの頭の上に広がり始めた。

「さあ、これで晩飯まで働けるぞ」

そう言ったのはトーマスだった。黒人は黙っていた、うつむいて祈りを唱えていたのだ。トーマスはそれを見て急ぎ足を停めた。そして彼に気づかれぬように一言だけ唱えた。

「無事に終われ、今日のところは」

夕食は配給になっている。テントがずらりと並び、バカでかいフライパンが石造りの炉の上で躍り、ベーコンの油がはねて細かい花火が飛び回っている。仕事場とは別の声が稲妻のように飛び交っている。その声を聞くとどんな人間であっても心が乱れ、かき回され、そして弾んだ。その声はこう叫んでいた、「来いよ！　食えよ！」

トーマスが油で沸き立つベーコンのかたまりを皿にブン投げられた時には、もう靴の中の氷は消えていた。男たちは無言でがつがつと食い、トーマスも鬼のような指でただ硬くて大きいだけのパンをベーコンの油にこすりつけて歯で噛みちぎった。この際、味などどうでもいい。火のそばには大きな土壺（つちつぼ）が置いてあり塩が入っている。誰もがその中に泥まみれの指を突っ込み、塩をベーコンにかけるのではなく、口の中になすりつけ、込み上がる唾液と共にぐちゃぐちゃと音を立てて食べた。

隣の大鍋はシチューがグラグラ揺れている。皮のままの芋がぶつ切りにされて、ニンジンとタマネギ、牛の筋肉が煮えくり返っている。深皿にごっそり盛り上げてくれた赤ら顔の調理人が、呆然（ぼうぜん）と立っているトーマスに手渡して言った。

「おまえさん、これを手づかみで食べるのかい？」この男は笑っているようで笑っていない。

「いや」トーマスはそれしか言えなかった。

「明日から自分のスプーンを持ってきな」

トーマスが返事をするより先に、うしろから「どけよ！　早くどけ！　もたつくんじゃあねえよ！」怒鳴り声が響き、振り返るといつの間にかカエルのような顔に目だけ血走った男たちが並んで臭い息を吐いていた。「早く！　早くしろ！　どけ！　どけよ！」

トーマスは彼らから離れて森へ向かった。今は使われていない納屋を見つけたからだ。手押し車の片輪が失われてひっくり返っている。飼い葉桶の中から小さくて細いシャベルを見つけた。園芸用のものだ。家の周りに花を植える時に使ったのだろう。入植した頃はみな希望と共に花を植えるものだ。

彼は住居地の跡を見つめた。ここの主は出てゆく時に自分たちの痕跡を丹念に消していったのだ。どれほどの苦い汁を飲まされたものか。まあいい、彼はそのシャベルを裏手の川で洗い、スプーンにしてシチューを食べた。もう金星が西の空に輝き始めた。

トーマスはヤギの小屋へは戻らず、当分この納屋をねぐらにすることにして横になった。すると狼の遠吠えが聞こえ、彼は身体を起こして構えた。

そして思い出した。トーマスは字を習ったことはほとんどなかったので本は読めなかったが、物語を聞く耳は持っていた。彼は母親の読み聞かせを卒業すると、村の集まりに出かけた。貧しいアイルランドの農村地帯にあっては「座談」は最大の楽しみだった。だから語り部は特別な存在。時間が経つにつれ、政治、宗教と次第に話が煮詰まる中で、時折偶然に立ち寄る旅人の話は特別だった。

ある夏の夜は森の中に大きな石を運び、物語のために祭壇を作った。ある意味、それは教会よりも荘厳に灯火が焚かれた。人々の期待がそうさせたのだ。その夜演壇に上がった旅人はヨーロッパを旅してきたと言った。いくつか国の名を挙げたが、知らぬ名前ばかりだった。

「狼に育てられた人をわたしは知っている」とその人が告げた時、座は冷水に満たされた。

しかし不敵に笑う者がいて、どこからか現れた。

「嘘だよ、そんなの嘘にきまってらあ。狼？　へっ、人間の赤ん坊なんか一口で丸のみだろう」

その男は特に酔っているのではなかった。彼は流れ者の木こりで、森のはずれにある丸太小屋にひとりで住んでいた。特に変わった素行はなかったが、無口な愛想のないそぶりで友人もいなかった。

ある日そばを通りかかった人が、異様な臭気が丸太小屋から臭ってくるのを感じて不審に思い、近づこうとした時だった。

〝あんときゃあ、たまげたぜ、よく腰が抜けなかったもんだ。俺は転がるように走った、逃げたんだ。だってあの豚野郎はよ、血まみれの肉をくわえたまま追いかけてきたんだぜ。片手には斧、片手にはどう見ても人間の足にしか見えねえものをつかんで振り回してきやがった〟

木こりは残忍な目を向けて旅人に歩み寄った。

「知ってるぞ、おまえはにせものだ。旅人のふりをしているが、ただの盗人だ。若い女をさらって売りさばいている臭いアナグマだ」

「黙れ！」言葉は鞭になって男の背中を撃ち、その場に倒した。人々はどよめいた。

「わたしはおまえのような者を何人も知っている。たいがいは岩に頭を打ちつけて死んだ。なぜだかわかるか？」

木こりはうううとうめいただけだった。

「なぜだかわかるか？」その言葉は木こりにではなく、すでに会衆に向けられていた。

「わかる者がいるか？　この男は森の中に捨てられた子どもだ、温かい乳を知らずに育ったに違いない。運よく人間社会に戻って来ることができた。しかし血と肉に生きるものになってしまった。知っているだろうか？　狼が狩るのは病気で群れを離れたもの、老いてしまったもの、そして群れを荒らすものだ。これから成長する個体を狩らない。時折だが捨てられた人間の子を群れに取り入れ育てることがある。狼の乳にかなう者がいるのだ」

すると座の端から声が飛んだ。その違いはなにか？　どこで分けられるのか？　狼はなにをもって選ぶのか？　旅人はそちらに目を向けた。

「良い質問だ」そして一同を見渡した。「答えよう、それは気まぐれだ」

誰かが失笑した。旅人の目にあたたかい光が浮かんだ。

あなたは狼の子をどこで見たのか？

良い質問だ。森の中とは限らない、谷底でも見た。

別な声が起きた。狼のように毛が伸びないのか？　牙は？　牙が生えてくるのか？

「すべて良い質問だ」旅人は笑顔を送り返して言った。

「岩に頭を打ちつけて死んだ男は最後まで言葉を覚えられなかった。また別な男は服を着ることを拒んだ。保護された場所での水や食べ物を一切拒んだ女もいる。狂ったようにグルグル回り続ける男もいて、最後まで人のにおいや施しに馴れることなく、羊やヤギを見ると腹を食いちぎろうとした。これは狼の乳の力か？　親狼は子どもを育てるためにいったん呑み込んだ肉を腹の中に溜めておき、溶けた頃を見計らって吐き戻し子に与えるが、胃液に混じっていた血にかなうものがあるか？　それは記憶を支配してゆく。ではなぜ自ら命を絶つのか？」ここからが物語だ、と旅人は言った。

「言葉を知らないで生きると、人間はもだえて死ぬように、神はお造りになったのだ」

どこからか高らかに嘲笑う声が跳ね上がったが、旅人は集中を高めそちらには目もくれなかった。

「ある狩人が森の中で鹿を追っている時に、たまたま狼の群れに交じって肉を噛んでいる人間の子を見かけた。群れのボスは狩人が群れを攻撃する意思がないことを知ると、群れにこの場からの移動を指示し、人間の子には何か伝えた。吠えたのではなく伝えたのだ。そして率いて走り去った。残された子は燃えるような目で狩人を見た、そして飛びかかった。白い牙が口の端から輝いた、爪も大きくて硬かった。ズボンは簡単に切り裂かれ、太ももにその爪はナイフのように突き刺さった。

狩人は、狼が子どもに最後に伝えたメッセージは、この狩人を倒せ、だったのではないかと感じた。狩人は暴力を使わずにこの子を保護するためにはなにが必要か必死に思いめぐらした。足や腕をかじられながら考えた。しかし名案は浮かばなかった。ポケットからビスケットを出して子どもの口の中に押し込み、抱きしめるしかなかった。狩人は涙を流して抱きしめた。

子どもは口の中に押し込められたものを木っ端かなにかと思ったのだろう、急いで吐き戻したが、舌の上に残る微妙な甘みは遺伝子をくすぐった。その甘味を噛みしめると、なにか思い出したように、もっとくれ、もっとくれ、とせがみ始めた。

狩人は気がついた。甘いお菓子、そうだキャンデーだ、ビスケットだ。彼はポケットをさらってすべて与えた。子どもは彼の手のひらまで舐（な）め始めた、そして牛を牛舎に誘導するように自宅へ連れ帰った。

狩人は善人だった。この子を人間社会に導くことが最善であると考え、最初に入浴させることを思いつき、実際に湯舟に入れてみたが、石鹸（せっけん）の匂いに恐怖を感じたのか逃げ出し、部屋の隅で激しく抵抗した。伸び放題の髪の毛の中から虫が這（は）い出してくるのを眺めながら、無理だ、今は無理だと思った。

次に言葉を覚えさせようとした。簡単な言葉のやりとりならできるかもしれない。しかしどのようにしよう？　彼は自分の人差し指を一本子どもに握らせて、何か食べるまねをした。子はとっさにビスケットをもらえるのか、と瞳を光らせた。彼はビスケットを与えた。次に人差し指と中指の二本を握らせて、カップで飲むまねをして牛乳を与えた。子はカップから牛乳を飲んだ。飲み干すと子は指を二本突き出してカップを押し付け、もう一杯とせがんだ。狩人はそれを見て片手で小さなウエーブを作り、指を二本立てた。その場で子はまねした。これは〝もう一杯ください〟の意味にした。

狩人は夢中になった。こんなおもしろいことが世の中にはあったのだ。彼は自分が作りだしたものに感動し、毎日指を曲げたり伸ばしたり、足したり引いたり、重ねたりぶらぶら振ってみたりしながら文字を作って子どもと伝え合った。

旅人は会衆を見渡して言った。「この子はどうなったと思う？」

死んだ、生き延びるわけがない、いいや、立派に成長したに違いない、今頃狩人と仲良く狩りをしているはずだ、いや、逃げて狼の元に帰った！

「この子は字を覚え、人間の言葉を話すようになったのだ」

しかし裸のままだった、と旅人は笑った。「少しだけ風呂にも入ることができた」

それみろ、狩人は偉い人だ、そうだ、偉いぞ！　旅人はそれを聞くと言葉を足した。

「この子は、それからもウサギやネズミを見ると飛び跳ねて捕まえ、生きたまま食うのもやめなかった」会場は静かになった。

「この狩人が偉かったのは、それをとがめなかったことだ。なぜなら自分も同じことをしていると気がついたからだ。道具を使うか、自分の爪を使うかの違いだ。では人としての教えはどこから始まるのか？　狩人はいくら考えてもわからなかった、どうしてもわからなかった」

旅人はここで話を止めた。会場と共に考えるためだ。

「狩人は岩の上で西陽（にしび）が地の果てに沈んでゆくのを見ながら思いついた。一緒に暮らし、自分の姿を見せるのが答えだ。特別な場所へ行き特別なことを教えるのではないと。

それから狩人は夜空に星があることを教えた。それは常に夜空を動き、横切る。布があることを教えた、身体に巻き付けると暖かい。ナイフの使い方を教えた、骨を断ち切る時の体重のかけ方。火は怖くないこと、生肉と焼いた肉。穀物は食べることができる、果物は美味（おい）しい。月が姿を変えるとヤギが子を産むこと。太陽は昇り、沈むがまた昇る、わたしたちの知らない始まりと終わりがある。

この子は狩人と共に山に入り、川を渡りまた山に入り、山を越えて、元の家に戻ることはなかった。二人は山と森を寝床にした。やがて子どもは生肉を食べるのをやめ火を使って調理することを覚えた。狩人の目が暗くなり、彼のために調理することが大切な暮らしになったからだ。塩を使うことも肉を保存することも覚えた。ミンクを捕らえて毛皮商人に渡すこともできるようになった。川の砂金も採った。そして狩人は死んだ」

再び旅人は会衆に尋ねた。「この子はどうなったか？」

生きた！　生き延びた！　ひとりでどこまでも生きた！

待て！　その前にやることがあるだろう！

そうだ、狩人をどこかの洞窟に葬った！

おお！　葬儀を！　そこまで成長できたのか？

そうだ！

葬儀の祈り？　そんなことができるわけがない！

どうした？　唱えたのか？

旅人は手を上げて皆を制した。

「この子は恩人である人間を洞窟に運び、香料の付いた布で遺体をくるんだ。すべて狩人が生前に教えたことだった。だがその夜、子どもに教えられていなかった出来事が起きた。音を聞いた。耳からではない、その音はどこからかわからない場所から聞こえる。子どもは洞窟から飛び出して夜空を仰いだ、音はそこから来ていた。星が激しくまたたいている。あまりの旋律に彼は叫んだ。いや、吠えた、星が落ちるくらい吠えた。しかし星は落ちなかった、輝いたのだ、驚くくらい明るく輝いた。子どもは洞窟に字を彫って残した。星、そして光とふたつ彫った、狩人が星で自分が光のつもりで彫った。そしてそこを去り、二度と訪れることはなかった」

旅人がそこで話を結ぼうとした時、会場から「おまえは誰だ！」と激しい声が飛んだ。また別の暗闇から「おまえの話はでたらめだ！」そして黒いベールをかぶった女が立ち上がり、旅人に指を突きつけた。

「呪われた乳に育てられたものよ、嘘をつくのはおやめなさい。鳥の頭を噛みくだいて生き血をすするものが、どうして字など覚えましょう？　どうして人の恩や愛を感じることができましょう？　すべては、ええ、すべては作り話です。あなたはなぜ旅人の姿をしてここにいるのです？　誰をたぶらかしに来ました？　狼の乳で育てられた人の子など作り話です」

旅人はじっとその話を聞いていたが、目を上げて笑った。「そうかな？」するとと氷のような犬歯が唇の端からこぼれ落ちた。上下に二本ずつあり、白く大きくそして太かった。そこから切り裂かれた肉と血がしたたり落ちる幻を会衆は見た。

女が悲鳴を上げた時にはもう旅人の姿はなかった。人々は追いかけようと外に出たが、足音も聞こえずただ暗い森が広がるだけだった。

「そうかな？」

トーマスは時々思い出す。その記憶はなんの前触れもなくふいにやって来る。

その冷たい響き、一瞬にして広がる暗い森、深まる星座、その中で一番輝いた星。

第二章　アリスとの出会い

　マサチューセッツ州、スプリングフィールドの夜は冷たくて早い。トーマスが立っている場所はフィーディングヒルと呼ばれていた。丘から眺めると河川は細く張り巡らされて、歪（ゆが）んだレモンの形をした大きな月が、その川ひとつひとつに黄色い光を与えて、大地全体をこれから起こりそうな夢と不安をひとつにして、ただ今は静かに閉じ込めていた。

　翌朝、川へ向かって歩いてゆこうとするトーマスを呼び止めたのは若い女性だった。

「リンカーン大統領が暗殺されました」

　トーマスはその女性の顔を見た。知らない顔だった。

「このスプリングフィールドに戻ってきます、大統領が帰ってきます、お願いです、この花を持って一緒に来てください」

「君、名前は？」

「アリス、アリス・クロージーです、さあ！」

　トーマスは娘と一緒に小走りに道をめぐりながら、今朝はいつもと人の流れが違っていることに気がついた。誰も川へ向かっていない。川から煙や槌（つち）を落とす音や、集合をかける大きな声が聞こえてこない。

　アリスは後ろから怪訝（けげん）な顔をしてついてくる男に尋ねた。

「あなたの名は？」

「トーマスだ、トーマス・サリヴァン」

　すると彼女はまじまじと彼を見て言った。

「リンカーン大統領のお父様もトーマス様よ、ご存じ？」

「いや、知らない、それがどうした？」

「いえ、ごめんなさい、なにも。ええ、どうもしないわ」

　彼女はそう言ってまた前を向いて駆け出したが、力が抜けるように二度立ち止まり、彼の顔を見て何か考えたのか、それ以降は足が遅くなった。その顔にトーマスが問いかけた。

「いつだ？」「何がですか？」

「大統領が撃たれたのはいつだ？」「四月十四日です」

「今日は？」「五月四日」

「俺は今まで何も知らないでいたのか？」「どこにいたの？」

「旅をしてきた、川を上がってきた」「無理もないわ」

　二人は町に着いた。町は群衆だった。街路は振り上げられた手と天に突き上げられた声で沸騰している。町が揺れているのか人が揺れているのか、自分が揺れているのかわからない。

大統領はニューヨークからこのスプリングフィールドまでの二千五百キロを列車で旅してきた。列車がこんなにも恐ろしく感じるものだとは誰も思わなかっただろう、人々は駆け寄ることができなかった。列車はどこから見ても黒い霊廟（れいびょう）だった。吐き出された蒸気に触れた者は死ぬのではないかと思った。汽笛が鳴らされると人々は一斉にひざまずき、頭を下げ大統領が夕ラップを降りてくるのを待った。少し踵（かかと）を引きずるように独特の歩き方で、シルクハットの中からいつものように紙切れを取り出し、忘れ物をしたように眉をひそめ、帽子の中をごそごそ探し、そして見つけた。あった、と優しい笑顔で。本当は最初から見つけてあるものを、わざと忘れたふりをしてスピーチをするに違いない。

〝ここから馬車で十日ほど旅すると、わたしの生まれた丸太小屋が山の中にある。今でもある、この前忘れ物を取りに行ったばかりだ〟

この優しいジョークをみんな愛していた。

〝道を間違えたりしなかったよ。なんたって、わたしはこれでも郵便配達をしていたからね、道を覚える記憶力だけは誰にも負けなかった。いや正直に言おう、借金があってね、毎日のように借金取りが来ていたから、家にじっとしているわけにはいかなかったのさ〟

聴衆はみな、この貧しい時代の苦労話を聞きたがる。

〝しかし諸君、借金など恐れることはない、借金まみれだった男が今大統領になって帰ってきたではないか！　ははは、勧めはしないよ、無理してまで借金するなよ、大統領が勧めたなんて言うなよ、後世にその言葉だけが残されるぞ。諸君、恐れなければならないのは、金が無いばかりに心が泥棒になってしまうことだ。君らの中で借金と泥棒の区別がつかない者がいるかな？　いたら詳しく、とても詳しく話してあげるが〟

聴衆は大きな口を開けて笑う。ありがとう大統領。そして彼は力強く前を向いて述べる。

〝あなたが借金をすることにわたしは手を打つ。わたしはあなたの前倒しされた夢に手を差し伸べる。問題は借金の額ではない、あなたが考え広めようとしている夢の大きさだ。そして言おう、返済の年数などわたしは問題にしない。なぜなら返済とは続けられるものだからだ。それは成長と言っていい。わたしが関心を持つのはあなたが立ち上がろうとする力と希望だ〟

大統領は顎を上げて笑う。

〝わたしは弁護士だ、どうかな？　借金返済の話には説得力があるだろう。何と言ってもわたし自身が長い間借金で苦しんだからな。みんな、スプリングフィールドのみんな、わたしが豆のスープしか食べられず、ひもじい思いをしながら郵便配達をしたり、誰かの家の薪を割ったり、途方に暮れて丘の上で座っていた時に、この町の誰かがレーズンパンを持ってきてくれた。また違う誰かは新しいペンとインクを、新しい紙と一緒に玄関わきに置いてくれた。この町の紙を作る技術はすばらしい。みなが水を大切にしているからだ。水と紙は必ずこの町を豊かにする。いや、この国を世界一にするだろう。わたしは帰ってきた、一番貧しかった頃のわたしを知っている町に帰ってきた。裸で胎を出た、裸で胎に帰ろう、そんな気分だ〟

人々は喝采を送ろうとした。しかし演壇は用意されていなかった。代わりに人々が見たものは大きな柩だった。

機関車は雨に打たれながら山を越えてきたのだろうか、おびただしく濡れている。貨車のひとつが開けられると、蒸気をかき分けて雨だれが落ち、しばらく人々はそれが収まるのを無言で待った。国旗に抱かれた柩は、深い霧の中から生み出されたばかりの胎児の顔をしてゆっくり押し出された。

〝君たちにはゆっくりとしてもらいたいのだよ、なにもてなしが無いようだが〟

まだ五十八歳だった。

〝新しい歌を歌う人は今どこに立っている？　君か？〟

撃たれたのは復活祭の金曜日だった。リンゴの木の下で泣いているのは兵士たちだ。みな顔に両手を押し当てて、顔を潰しているかのようだ。近くでは怒っている兵士もいた。拳をグルグルと回し、

「なぜ壊した！　なぜぶち壊しにするんだ！　まだこの先は誰もわからないのに！」

彼らは足を引きずっていた。片目も無かった。歩くときは傾いていた。街路樹にひしめく群衆が叫んだり、祈ったり、わめいたり、人間の頭ばかりがぐらぐら揺れる中で、トーマスの耳は少しずつ音や声を拾わなくなっていった。次第になにも聞こえなくなっていった。彼はアリスを見つめていた。人々の手やハンカチやどよめきの中にあって、その横顔は澄み切った光に

照らされて青く、深い水のようだった。

「なにを見ているの？」「君だよ」

「大統領ではないの？」「違う。君は大統領を見ていたのか？」

アリスは葬列よりももっと哀しくて美しいものを見ていた。

「わたしは毎朝牛の乳を搾る。そのあと牧草畑に牛を連れて行くわ。とても広い畑よ、風がいつも心地よく感じる。戻ってすぐに竈（かまど）に火をおこしてパンを焼く、コーヒーもジャムも用意する、でもわたしの朝ごはんはずっと後よ。すぐに川で洗濯、籠山盛りに入れたシーツをざぶざぶ洗うとお風呂に入った気分になるのよ。それから青空に広げて干すの」

トーマスは深く考えずに応えた。「良い奥さんになれるね」

見つめ合う二人のそばを柩は流れるように進んで行く。アリスは両手を胸の前で組み、祈りを捧（ささ）げた。トーマスも同じように胸の前で両手を合わせた。そしてアリスの祈りに自分の思いを重ねていった。

「今日、この日が選ばれた一日でありますように、主の御名（みな）で聖別された一日でありますように、かねてからの主の思いが満たされた一日でありますように、世界を見渡す丘に腰掛けられた大統領の上に、五月の風と雲がそよぎますように、アーメン」「アーメン」

柩は人の海を渡っている。風と鐘の音が同時に流れてゆく。もう人々は大声を出すことをやめた。すべての声は祈りの中に唱和されていった。主はわたしの羊飼い……。

トーマスはどこに行くのか？　と尋ねた。

アリスはわたしがどんな所に住んでいるのか知りたくないの？　と答えた。

二人は人の群れから離れて小川をふたつ渡った。釣竿（つりざお）が必要だな、と彼は言った。見ろよ、あんな大きなニジマスが。

アリスは笑った、釣りが上手なの？

いや、それほどでもないよ、正直に答えるとアリスは微笑（ほほえ）んだ。愛くるしい瞳はトーマスと空と、そして彼方（かなた）の空を交互に見ていた。

「まるでハイキングだな」「仕事を休んだからそう思うのよ」「それだけかな？」

彼女はワンピースをひらひらさせて言った。

「そのほかに、なにがあるの？」「女の子といるからさ」

「女の子といるとハイキングなの？」

彼は頭をのけぞらして笑った。

「男と並んで歩いていたら仕事だよ、女の子といるから楽しくて自由なのさ」

彼は笑いながら思った。込み上げてくるくすぐったい自由があるから笑えるのだ。こんなことが俺にも、こんな俺の上にも起こるのだ。

彼女がなにか言った。彼女は楡（にれ）の木が小山のように葉を広げている下に立って彼を呼んでいた。「ここよ、ここがわたしの家」

原始林が切り倒され、根を燃やすためにあちこちで火がおこされている。もう馬の仕事は終わっていた。あとは人間の手が場を作らなければならない。正確な測量ではなく、とりあえず均(なら)された平地がある。そこに牛舎があり、ホルスタインの群れがよだれを垂らしている。根を燃やした灰がまかれ、作業する人々は丸太を組み上げて大きな家を作っている。

「教会を作っているのよ」

アリスがそう笑顔を向けると、大きな犬が飛び込んできて彼女の頬や手を舐めまわした。

「あそこにいるのが牧師、チャーリー牧師」

そう紹介された男は、切り出された石を熱心に積み上げていた。神経質そうな顔立ちだが、その作業している姿は昆虫採集に熱中する子どものように見えた。

「野外劇ができるようなステージを造るのが夢でしてね。星空の下でイエスの物語ができるといいなって、そんな子どもみたいな夢を追っています。初めまして、チャーリーです」

牧師はびっくりするほど大きな手を差し出した。

「トーマスです、トーマス・サリヴァン。今日この娘に声をかけられて、ここまで来ました」

トーマスも負けないくらいの大きな手で握手した。

「それはわたしたち全体の恵みであり、神様の導きでしょうな」

「大規模な葬列でしたね」

トーマスは職業としての値踏みをするように、そう牧師に尋ねた。

「わたしたちもここで祈りの時をもっていました」

「なぜ沿道に行かないのです?」

「同じことです」

チャーリー牧師は作業に戻りながら答えた。

「わたしたちは亡骸(なきがら)には敬意を表しますが、祈りは遺体ではなく魂に向けられます。パレードの中に魂はありません、悲劇の凶弾があるだけです。教会は呪う者たちと一緒に歩いてはならないのです」

牧師は話しながら目を上げ、歩いてくるアリスを認めた。彼女は二人のためにコーヒーとトウモロコシのパンを持ってきた。

「朝から何も食べていないでしょ?」

そうだった、トーマスは今日の日が慌ただしく動いたので、それを忘れていた。牧師は若い二人のためにその場を離れた。

「君はここに住んでいるのか?」「そうよ」

「ここのどこだ?」「あなたの目に見えるところ全部」

まず森があった。彼方には山があった。二人は新鮮な香りを放つ切り株に腰掛けていた。真ん中には焚き火があり、傍らにはふたつのブリキのカップが湯気をあげている。

「住居らしいものは、見えないがな」

彼の目に映っているものは鶏小屋。放し飼いにされている鶏はたくましく、目つきも険しい。小さな樽のようだ。

「キツネに狙われるだろ？」

「あれを見て」彼女が示した桜の木、その枝には鶏がとまっていた、

「飛び上がるのよ、羽があるでしょ？　飛べるのよ鶏は」

「知らなかったよ」

「あなたはたぶん、何も知らないわ」

トーマスは苦笑いした。どうやらそのようだね。

「何も知らない俺に教えてくれ、君の家族はどこにいる？　君のベッドがある家はどこだ？」

彼女はすぐに答えた。「ないわ」

「ない？」

「そう、ないの。あなたが今思い浮かべている家族や家だったら、ここにはないの」

「ではどうしている？　犬と抱き合って星空の下で眠るのか？」

「家は、わたしを生涯守ってくれる男の人が家になる。家族もそう、その人がわたしの家族」

なるほど、トーマスは言った。「わかりやすいな」

桜の枝にとまっていた鶏が、けたたましく鳴いて飛び立つと、木はそれだけで大きく揺れた。

淡く白い小さな花びらが崩れるように散った。風もないのに、その花びらたちは光の中を泳ぎ

ながら、青い土の上に広がっていった。

「君はいくつだ？」「十九、あなたは？」「二十一だ」

トーマスはじっとしているのが嫌だったので、こう尋ねてみた。

「何か仕事はあるのか？」

アリスはそれを聞くと立ち上がり、司令官のように、まっすぐ指を森へ向けた。

「熊よけの柵が必要だわ。杭（くい）はもう出来ているから、打ち込む男と、手伝う女よ」

「それならすぐにできそうだな」

アリスはもう身をひるがえして走っていった。まだ陽は十分にある、コーヒーを飲み干すとトーマスは立ち上がった。彼の目には、その柵造りがとても遠大なものに感じられた。確かに山のように積み上げられた杭はあった。掛け矢もある。振り下ろすのになにをためらう？だが、ひとたびそれを振り下ろすことは、なにかしらの契約を意味していた。通りすがりのお手伝いでは済まされない何かが。男性として全身に感じる責任、晴れがましい初めての責任。いいだろう、これはこれできっと深い意味がある。

彼はすでに移民としての自分より、もっと深い自分をイメージし始めていた。杭を打ち込むのはひとりではない、もうひとりいる。明日が急に変わってしまった。それでもなお、俺が引っかかるのは、この唐突だ。何かしらの前触れや順番、後戻りがあってもしかるべきではないのか？

彼女は基点となる鶏の小屋からまっすぐ糸を伸ばして、最初の曲がり角まで歩き、そこに仮の杭を打ち、糸を結んだ。

「この線に沿って杭を打とうよ、まっすぐに伸びてゆくわよ」

「ああ、頭の高さもそろえよう」「あなたなら、そう言うと思ったわ」

「どうして？」「ねえ、聞いて、今朝とても不思議な夢をみたのよ」

わたしは顔を見たのよ、とアリスは言った。知らない男の人が目の前に現れ、わたしに向かって歩いてきたのよ。こんなことってあるかしら？　その人は帽子を取ってわたしに微笑んだ。そしてこう言った。〝この辺にぶどう畑を作っている人はいるかな？〟

トーマスはそれを聞くと笑い出した。「変なやつだな」

アリスは笑わずに応えた。「あなたに似ていた」

「そしてどうなった？　俺に似た男はそれからどうした？」

「歩いたのよ、わたしをエスコートして、わたしがどこへ行きたいのか知っているみたいに。でも不思議に思わなかった、自然に話しかけてくれたから」

〝ぼくを愛してくれた父は、荒地の丘にどこまでも続くぶどう畑を持っていた。知っているかい？　ぶどうは豊か過ぎる土地では、かえって育たない。なぜだろうね？　ぶどうは贅沢（ぜいたく）を嫌うのかな？〟その人はそう言って笑ったけど、わたしは笑わなかった。黙ってついて行った。

そこからは駅に向かう道だった。

〝その気になれば、どこまでも続くぶどう畑を、誰でも手にすることができるだろうね〟

わたしは尋ねた。〝どこが違うの？　畑を持てる人と、持てない人との違いはどこなの？〟

するとその人はこう言ったのよ、とても奇妙なことを。

〝生まれ変わりを信じられるかい？〟

わたしは怒ったわ。なんなの！　いったい何を話しているの？　どこへゆくの！　こんなところにぶどう畑など無いのよ！

彼は帽子のひさしを下げて顔を隠すようにした。

〝ぶどうの畑は荒れ果てた土地にこそ、豊かに広がるが、生まれ変わりを嘲笑う者の丘には実ることはない。アザミが生い茂り、マムシが巣を広げるだけだ〟

そして何かに合図するように口笛を軽く吹いた。わたしの頭の中の霧が晴れるように目の前が新しく見えた。それから音が聞こえたの、人々の騒ぎ立てる声。

大統領が死んだ、大統領が戻ってくるぞ、駅だ、列車が来る！　大統領が運ばれてくる！

突然その人は大声で叫んだ。〝大統領の亡骸が運ばれてくる！　悲しいことだが魂は嘆き悲しんではいないだろう。とても忙しい人だったから、すぐに戻ってくる。どこか、近いところ、わたしたちのすぐそばかもしれない。そうだ、確かめに行こう、ものすごい群衆だから離れ離れになってもいいように目印の花を持ってゆこう、葬儀には花はつきものだ〟

〝花って？〟〝四月の陰気な長い雨は五月の晴れやかな花を咲かせる〟

〝メイフラワー（西洋山楂子）ね、わかったわ〟

わたしが花を摘みに川岸へ走って行くと、もうその人の姿は消えていた。急いで川沿いの道を歩いて駅に向かったの。

「そこで現在の俺を見つけたのかい？」

「ええ、よく似ているけど、なにか違うの。なにが違うのかわからないけど、どこか違うの。だから適当なことを言ってみたのよ。ねえ、誤解しないでね、わたしはいつでもこんなふうに男の人に声をかける女ではないのよ」

「ああ、わかっているよ、わかっているとも。自慢じゃないが、俺も女の子に声をかけられたのは初めてでさ」

トーマスはとても照れ屋だったので、帽子のひさしを下げて作り笑いをした。それにしても奇妙な話だ。それを見たアリスの目が大きく輝いた。

「わたしは幻を見たのではないわ、今わかった」

「なんのことだい？」

あらためてトーマスは目の前にいる明るい娘を眺めた。ためらうことなく陽気に次々発射される言葉、鈴のように笑う喉、白い木綿のワンピース、茶色のベストには大きなポケットがついている。ひもで結ばれた革の靴、うしろで束ねられた黒い髪をほどけば、滝のような光がこぼれ落ちるだろう。その光は、細かいことを忘れさせる五月の小道に続いている。メイフラワーの淡いピンクの花が夜露や川霧を受けて、ずっしりと水滴を湛えて頭を下げている。

「どうしてスプリングフィールドに来る気になったの？」

「奴隷がひとりもいないと聞いたからさ」

「ひとりで？　本当にひとりでアイルランドから来たの？　ご両親はどうして残ったの？」

「牛と羊がいるのさ。わずかだけど年寄り二人にはちょうどいい数かもしれない。それに、すべてを手放すには残された時間があまりにも少ないと感じたのだろう」

「息子はもう戻ることはないと？」

「思っただろうね。でも俺は必ず呼び寄せると約束した」

　アリスは約一メートルの杭を軽く地面に突き立て、腕をいっぱいに伸ばして支える。トーマスはそれを掛け矢で叩く。もう十分に刺さった頃、アリスは手を放す。まっすぐに立っていることを確認して思い切り掛け矢を振り下ろす。乾いた音が森に当たり跳ね返ってくる。時々それがカッコウの鳴き声とすれ違う。開墾されたばかりの土地から湯気が湧き上がってきた。

　この畑には堆肥として馬糞がまかれてあるが、その臭気は不快なものではない。発芽への期待の高まりがそうさせている。すでに動き回っているミミズをついばみにカラスが熱心に歩いている。掛け矢が撃ちつける音にも全く動揺することがない。木立よりもっと高い空には猛禽類が大きな翼を広げて旋回を繰り返し、時折稲妻のような白線を青空に描いた。そしてどこからか小さな鐘の音が聞こえてきた。お昼ごはんの時間よ。

調理場は野外にあった。石で積み上げられた炉があり、薄くのばされたパンが出てきた。隣の焚き火の上には上手に吊るされた大鍋が湯気を飛ばして、豆の粥がもうすぐ出来上がる。鉄板グリルでは野鴨のローストが油を八方に撥ね上げ、みんなは早い者勝ちに争ってつまんでいる。

トーマスはこの作業従事者たちを、絵を見るように眺めた。気がつくと、牧師がよそってくれた皿には山盛りのマッシュポテトがあった。

「俺の取り柄はどこででも、なんでも、どんな時でも食べられることだ」

「それはそれは、労働者の模範になりますな」牧師はそう言ってトーマスを祝福した。

「牧師さん」彼は呼びかけた。

「なんでしょう？」

「俺は教会に来たのは初めてだ」

「おお！　それは記念すべき日になりましたね。最初の牧師がわたしでしょうか？　これは光栄なことで。主の御名を崇めます。トーマスさん、あなたはたいへん恵まれた方だ」

「というと？」

「今日は特別にドーナツが用意してありますからね。それにもうひとつ、頬っぺたが落ちそうな干しリンゴと干しぶどうのパイ。どうです、幸せな気分になりませんか？」

「ええ、そうですね、ええ十分すぎるくらいで……」

トーマスは満面の笑顔の牧師を見つめた。その頬に豆かすがくっついていたが、黙っていた。

「またあとで、牧師さん」「はい、積もる話もありそうですな、今宵は」

アリスはその横顔に語りかけてきた。

「今夜は五月最初の満月が昇るわ、東の空の下から大きな赤い月が。気味悪いくらい赤い色をした月よ、それがとても大きく見えるの。それだけじゃなくてレモンのように歪んでいるのよ。気味が悪い月が昇りながらグレープフルーツの形になり、美しい黄色に変わって、南に傾いた時には青く輝き始めるの。今宵とはそれまでの時間よ」

「それで人間はどうする？」「好きにしたらいいわ」

アリスの吐く息はバラの香りがした。生き生きとして、肩や胸からは労働のあとの汗が立ち上った。二人はベンチを見つけて並んで腰掛けた。彼らは薄くのばしたパンに野鴨のローストをはさんでかじりついた。大きなカップでハッカのジュースをがぶ飲みした。

「ここで働いている人たちは？」

「ここで生活している人たち？　わたしもそう」

「ここで自給自足を？」

「そう、だからその日暮らしね、毎日必ず食べられるわけではないわ。今日は町の人から寄付があったみたいね。祈りの力かもしれないわ」

「今日、うれしそうに牧師はドーナツの話をしていたが、それも祈りの力かい？」彼は笑った。

「そうね、そうかもしれないわ。このコロニーには山鳩（やまばと）や野鴨のローストはあっても、砂糖や蜂蜜はいつも足りていないわ。小麦粉もそう。お金を出して買ってこなければならないものは、いつも不足しているのよ」

「まるでその日暮らしだな」

「わたしのことをそう思うの？」

　彼は少し考えた。

「いや、自分のことを思っていたのさ。やはり考え直さなければならないな」「なにを？」

「生活のことだよ。ここの人たちは、毎日こうしてここで働いて賃金はもらえるのか？」

「無いわ、あの人たちもわたしも教会への寄付で食べてゆけるの」

「それは何か理由があるのか？」

「あの人たちは病気なの。見た目にはわからないけどとても重い心の病気で、外に出て働けなくなった人たち」

「君もそうなのか？」「そう見える？」「いや、わからない」

「そのうちわかるわ。見た目にはわからないどんな病気があって外に出てゆけないのか。でも、うまく言えないけど、楽しいこともあるわ。もっと食べる？」

　トーマスの返事も聞かないでアリスは駆け出し、戻ってきた。両手にドーナッツとコーヒーの入ったポットを持ってきた。

「このドーナツを持ってきてくれたお婆ちゃんは目が見えないのよ。でもずっと一人暮らしをしているの、えらいでしょう？」

「すごいことだな、このドーナツが特別に見えるよ」

「会ってみたい？　ほらあそこに座っているわ」

あそこというのはガラクタ置き場だった。これは後で何かに使えるかもしれないと、皆が心からの善意で町から拾ってきたものが集められていたが、壊れた机であったり、柄の取れたシャベルであったり、木のオモチャだったりした。

メル婆ちゃんは、かつては立派な食卓セットであっただろうイスに座っていた。背もたれが焼け落ちたものだった。トーマスが近寄ってゆくと、彼女はアンテナのように首をグルグル回した。

「あんたは新入りだね」「どこでわかります？」

「足音さ、病人のように引きずっていないからね」

「今日、初めて来ましたトーマスです」

「あんたも甘党かい？」「ええ……」

「甘いものはよしたほうがいい、目がつぶれるからね」

「お婆ちゃん、この人はこれからここで働いてくれるかもしれないわ」

アリスが彼女の肩に手を置いた。

「おや、あんた、今日は違うね」

「いやだわ、なにが違うの？」

「ほほほほ！　それをはっきり言ってほしいかい？　小娘なら恥ずかしくてのたうちまわるよ、いいのかい？」

アリスは何か思い当たることがあるのか、はっ、と声を上げてその場から走り去った。その足音を耳にしながら、メル婆さんは笑いながらトーマスに言った。

「あんた、あの娘とつきあうのかい？」

トーマスはとまどった。どぎまぎした。

「今日、会ったばかりで、ええ、どうも……」

「あ、は、は、は、は！」

彼女は見えない瞳をむきだしにして笑った。

「このろくでなし！　おまえのような豆かすにはもったいない娘だよ。欲しいのならそれなりの証しを立てな！　ニワトリ野郎」

「証し？」「ふん、田舎者には過ぎた言葉だったかねえ」

彼は返事もできない。

「平たく言ってやるよ。自分は何者であるのか、みんなにわからせてごらんよ、片足野郎！」

片足野郎はだんだんぼんやりしてきた。わからないのだ。

「あたしが、なんにも知らないで生きていると思っているだろう、その顔に書いてあるよ。だがね、誰が決めた？　誰も決めちゃあいないんだよ！　目の開いている者が物知りで、開いていない者がなにも知らないなんて、誰も決めちゃいないのに、おまえらのイモ頭は、勝手にそう決めつけている。バカだよ、すり込まれているのさ！　サタンに！　うんと昔から、ズリズリすりこぎみたいにすり込まれているのに、誰も気がつかない。自分の目玉が信じられなくて、どこかのヨタ公が吹いたホラを信じ込んでいる。

　いや、おまえらにはそれで十分さ。耳だよ！　耳！　耳から来るんだよ。鳥の歌も西風の砂(さ)塵(じん)も、桜が散る時も、世の中が変わる時は耳から来るんだよ、かかし野郎！」

「ばあちゃん」トーマスは呼びかけた。

「メル婆ちゃんとお呼び」

「メル婆ちゃん」彼は言い直した。「俺はあの娘を大事にするから」

「約束できるのか？」「ああ」

「神様とも約束できるか？」「ああ」

「軽く言うなよ、イモ野郎」「わかっている」

「なにがわかった？」「俺がイモ野郎だってことさ」

「ふん、思ったより、おまえは賢いかもね」「そんなにほめなくてもいいよ」

「行きな、さっさと行け」

彼は仕事に戻った。若い二人は、牧柵が美しく並んでいるのを眺めて、満足の微笑みを交わし合った。順調だ、初めての共同作業にしては速いし、きれいだ。

でもまだ半分よ、とアリスが言う。二人は抱えられるだけの杭を束ねて畑の縁を歩いた。

「あの婆さんすごいな」「みんな、そう言うわ」

「あれでは、誰も近寄らないだろう？」「あなたもそう思った？」

あの婆さんとの約束をどこで言おう。

「ねえ、あなたもそう思った？」アリスが振り向いて、もう一度尋ねたとき、トーマスはうつむいて鼻の頭をつまんでいた。考えているときの癖だ。

「メル婆ちゃんはひとりで暮らしているわ。古い藁ぶきの家に、三頭の牛と五匹のヤギの乳を毎朝ひとりで搾るの、それだけよ。牧草畑の管理をする人は別にいて、その人にはお金を払っているみたい。力仕事を男の人に頼るのが大嫌いで、めったに男の人を家に寄せ付けないわ。でも亡くなった旦那さんのことを話すときにはいつも涙声になるの。小さいお子さんの写真が一枚あるけど、その子のことは絶対に話そうとしないから、誰も本当のことを知らない」

「君はあの婆さんが好きなんだ」「そうよ、あなたは？」

「好きだよ」「嘘！　わたしに合わせただけよ」

「なぜ、そう思う？」「顔に書いてあるもの」

「あの婆さんと同じことを言う」「あなたの顔はわかりやすいのよ」

「そんなに簡単か？」「そう」

「では、今なんと書いてある？」

アリスはじっと見つめて、横を向いた。

「さあ、今日最後の杭よ、打ち込んで」掛け矢が乾いた音を響かせた。

「質問に答えていないぞ」

アリスはうつむいて笑った。「どうしても答えてほしい？」

「いや、今はよそう」

二人を黙らせたのはいつの間にか昇った月だった。血の色をした楕円（だえん）が、二人の心の中に冷たい指を入れてくる。言わなくてもよいことまでかき回すつもりに違いない。若い男女は作業をやめてお互いを見た、そして無言になった。人目につかない場所に行かなければならない、帰宅する方向ではない。

彼女たちは、秘密の匂いを嗅ぎつけた獣のように赤い月の下を、腰をかがめて進んだ。湿った草や葉が幾度となく二人の頬をはたいた。耳を何者かに刺され血を流したが、二人はそれを舐めあっただけで、また進んだ。お互いの耳を舐めあうと、腰から下に力が入り、ふくらはぎが硬く締まった。トーマスは胸を反らさないと苦しくなってきた。アリスは尻の穴が冷たく濡れてゆくのを感じた。しかし止まってはいけない。

脱皮を終えたヘビが木の枝に巻きつきながら白い腹を見せると、フクロウが飛びついて爪を刺した。そして闇に消えたが、二人の頭の上を新鮮な血の香りが流れた。そこで二人は立ち止まり、唇を合わせて噛みあった。

「背中にもっと爪をちょうだい」

トーマスはアリスの下唇に噛みつきながら、爪を肉までくい込ませ、かきむしった。女の悲鳴と嗚咽（おえつ）は月の高さまで駆け上がった。森の目が一斉に注がれた。誰かに招かれたわけではないが、二人は森の奥にある滝に向かっていた。

そこは夜なのに水の音が激しく鳴り渡っていた。地面すれすれにシュルル、シュルルと白くて長い舌が延びてきて二人の脚に絡みつくが、泉から湧き上がる霧だった。飛沫（しぶき）は青い月の下まで駆け上がっては、それぞれに好きな場所で星と重なってゆく。

二人は呼吸を整えてから全裸になり、静かに濡れた草の上を歩き、水のほとりに来た。アリスがくるぶしを一歩踏み入れると、月の光で金色の輪になっている水が揺れ、それをトーマスの大きな足の指がさらにかき乱し、波紋は何度もぶつかり合い、やがて溶けて消えた。

感情と感情がぶつかり合うとそれだけで大きな声になる。隠すものは何もない、声も息もうめきもすべて必要なものだった。二人は鼻の穴も耳の穴もこめかみも、歯茎も歯の裏も、まぶたも瞳の中も、息と舌を使い舐め合った。アリスがトーマスの肩にかじりつき、歯を立てて筋肉の強さを味わうと、彼はアリスの尻の割れ目に指を滑らした。そこは男女の情熱とは別にとても冷たく、すべすべして気持ちが良かった。もっと指の腹を柔らかく使い、果実の繊毛とその奥にある硬い陰毛を一本一本なぞり確かめた。うめいた息が彼の鼻の奥に流れ込んだ。

「ヤギの強いにおいがする」

「気持ちいいでしょ？　あんたのは？」

トーマスは彼女の鼻をくわえて息を吹き込んだ。

「ヤギの尿のにおいがするわ」

「俺を舐めろよ、もっと腐ったにおいがするから」

アリスは水の中にひざをついて、脚を大きく広げたトーマスの股に舌を伸ばして、顔を埋め込んだ。ふたつのクルミの外皮は腐りかけた土よりも黒く、しわだらけで酢のにおいに満ちていたが、彼女は鼻腔いっぱいに満たしてうっとりした。

「交わるなら、今よ」アリスが立ち上がりトーマスの瞳をのぞき込むと、星座の群れよりもっと細かい光の糸が、グルグルと回っている。少し怯えて彼女は聞いた。

「わたしたち、どこかへ行くの？」

「どこに行きたい？」

トーマスはアリスを貫いた。星空の一部が切り裂かれ、新しい暗黒が誕生するのと同時に、いくつかの星は寿光を全うし消滅したが、即時に場を移して、また光の芽が生まれた。宇宙は渦を巻くことをやめなかったし、その夜は盛大に渦をまき散らした。渦たちは飛ばされて、どこかの渦にぶつかり、吸収されたり、破片となったりした。二人の足元から月の光輪が浮かび上がり、滝の生み出す霧に移り始めると、小さなオウムの群れが森の奥から一斉に現れて、霧の中で乱舞し、我慢できないものは水の上をジグザグに飛び始めた。鳥たちは羽と胸の中に新しく生まれる弱々しい気流に羽音をぶつけて動き、羽に進化してきた細胞の中に、また新しく何かを取り入れようとしている。まるでそうしなければ死んでしまうかのように急ぎ、生き抜くためにダンスを繰り返し、けたたましい鳴き声は、それだけで水の上にさざ波を立てた。

トーマスは押し寄せてくる野生の営みを全身の毛穴で受け止めながら、何度も射精を繰り返した。アリスの脚を伝って大量の精液が水の中に流れ落ちて、泥の中に沈んでいった。アリスにとって初めての香りが二人の間から立ち上った。

「これが男性の匂い？」

「そうだ、俺たちの匂いだ」

二人の髪はすっかり夜の露に濡れてしまって、それをお互いの両手で温め合った。アリスがなにか言おうとして顔を上げたときには、オウムたちは旋回しながら月の下を渡り、森の奥へ去ったあとで、上空からゆっくりギラギラ光る粒子が落ちてきて、ほとんどが青く輝いた。

トーマスはアリスを抱き寄せてささやいた。帰ろう、また明日になる時間がやって来る。

「明日は？　明日はどうする？」

「来る、明日も来る、これからも」

二人は満月に照らされた輝く道を歩いた。すっかり血の色が払拭され明るいレモン色に変わっている。やはり満月の下は明るくて歩きやすいね、と言葉を交わし、時折見つめ合いながら帰路についた。トーマスは、今夜はこれ以上続けないほうがいい、明日また新しくなって会おう、と言った。

そうするわ、アリスは美しい笑顔を見せてからテントの中に消えた。

トーマスは納屋までの道のりを噛みしめた。明日はどうしよう？　何をしたらアリスは喜んでくれるだろう？　アリスの予定を聞いておくべきだったたか？　そして何をしたらただの風来坊から市民へと変わることができるだろう？

納屋に戻ると古い藁を敷いて寝床にした。カビのにおいが強く眠れそうになかった。外に出た。夜露を防げる場所を選び、そこに座った。膝を抱いて夜空を見上げると、呼吸が止められてしまいそうなほど星が輝いている。それがあまりにも圧倒的なので目を閉じた。そのまま眠り、夢をみることもなかった。

第三章　結　婚

　翌朝トーマスは夜明け前に目を覚まし、なにも考えず教会へ向かって歩き始めた。川沿いに咲く古い桜の木は風も無いのに、薄い緋色(ひいろ)の花を雨のように降らせている。始まるのだ。このように訳もなく花が散るのなら、得体のしれない存在が歩き回っているに違いない。そのほかにこの小道にはとりたてて代わり映えがなかった。

　アリスは路上に立ち、歩いてくるトーマスを見ていた。メイフラワーのあふれる花びらの中にその影は花よりも太陽の光を吸い、女性でなくてはならない流線形を浮かび上がらせ、これから起こる朝から昼への新しい時間への期待で花の色よりも濃かった。その影はトーマスの瞳の輝きを認めて右手を上げた。

　教会は、三カ所の大鍋から湯気が上がり、牧師は、溶き卵の入ったスープと、トウモロコシのパンを配りながら、「ジャムが欲しいのならそっちの壺だ。バターは無い、無いんだ。マリア、おまえはバター造りの名人だったな、そこにジェームスが搾ったヤギの乳がある、それでバターが造れるか？　なに？　わからない？　なぜだ？　牛の乳とどう違う？　わたしにそんな難しいことを聞くな、よせ、聞くな。よし、いいだろう、おまえが牛の乳を搾れ、それでいい。誰だ、腐ったリンゴを持ってきたのは？　ベンおまえか？　どこから持ってきた？　これではジャムにもならんだろう？　おおそうか、おまえは色がわからないのか？　このリンゴは何色に見えている？　質問の意味がわからん？　おおそうか、それならそれでいい」そしてトーマスに声をかけた。

「ステージが完成しましたよ、こけら落としはあなた方の結婚式です」

トーマスはしばらく返事ができなかった。

「おや？　そんな話はどこから？　もしかして知らないのは俺だけかな？」

完全に冗談だと思った彼は笑い声を上げそうになったが、アリスは不思議そうな顔をして、牧師も目をひらいた。

「トーマスさん、あなたがわたしたちにおっしゃったのですよ」

トーマスは二人を眺め、とても奇妙な気分になった。以前にこれと同じ環境で、同じ言葉を聞いたような気がしたからだ。立ち上る湯気、腐ったリンゴ、誰かがくしゃみをしながら後ろを通り過ぎた。どこからか歌が聞こえる。

「いつです？」

今度は牧師が笑顔で両手を広げ首を振った。冗談であると思ったのだ。

「昨日です」

「昨日？」トーマスは混乱した。

「アリス、君は知っていたのか？」

「あなたはわたしの肩を抱いて、ここで結婚式をしよう、そう言ったの」

牧師は笑うのをやめて、失礼ですが、と言った。

「あなたは記憶の一部をどこかに落としてきたようですな」

トーマスはあまりのことに、言葉を失っていた。

「そう珍しいことではありません。ここに集まる人の中に、まるで帽子をどこかに置き忘れるように、つい先ほどのことや、昨日のことをすっかり忘れてしまう人がいます、何人もいます。ですから珍しいことではないのですが、その人たちは病気がそうさせています。ええ、わたしは医者ではありませんが若干医学の心得があります。

病気と言いましたが、それらは日常の忙しさからくる健忘症ではありません。脳の一部が目や耳から送られて来る信号を溜めておくことのできない病気で、原因はわかりません。しかしトーマスさん、あなたの場合は、全然別世界のように見えます」

「別世界？　世界とはなんです？　なぜ世界という言葉を使うのですか？」

「力の問題です。能力、才能と言ったほうがいいかもしれません。不思議なことを言うと思っておられるでしょうね、顔にそう書いてある」

また顔かよ、顔がどうした？　いいかげんにしてくれよ。

「だから牧師になれたのです」

は？

「誰もが当たり前に思い、当たり前のことしか口にせず、誰もが疑問ひとつ抱かない、言わば凡庸の限りを尽くしている世界には牧師など無用。また、こう言ってもいい。平凡が中心になるのなら神の世界も無用。誰も問い質(ただ)すことなく、質疑を起こす人も無く、何一つ小さな疑問も生まれないのなら、昨日から今日がそのまま移り過ぎて、日常に満足するだけなら祈りは生まれません。わたしたち牧師は、あえてその安寧たる世界に、波風を起こすためにいるのです、大げさですが」

「たいへん見事な志のようだが、それが俺の物忘れとどうつながる？」

「あなたは忘れたのではなく、通り過ぎて行ったのですよ、わたしたちの知らない速さで。そして戻って来たのです」

トーマスは笑い出した。なんのために？　その速さとは何だ？

「なんらかの予習なのでしょう、たぶん」

「予習？　リハーサルのことか？」

「そうです」

「牧師さん、ますますわからなくなりました。なぜ俺が記憶を飛ばしてまで予行演習をしなければならないのですか？」

「よく考えるためでしょう。それが最もあなたに欠けているパーソナリティーだと思います」

「それだけですか？」

「そうです、それだけです」

「わかりやすいですね。よく考えるために、俺は時空を人類の知らない速さで駆け抜ける、まるで超人だ」

「賜物が与えられているようですね、アーメン」

トーマスはアリスが待っているテーブルを見つけた。

「俺はどこかで忘れたらしいが、俺たちはここで結婚するのだな？」

「よかったわね、思い出して」

トーマスはカップの中のスープをかき回しながら尋ねた。

「教えてくれ、俺は頭のおかしい人間に見えるか？」

「なぜそんなことを聞くの？」

「自分がわからなくなってきたからさ」

「どうわからないの？」

「さあ、なにかな？」

「あそこで思い出すといいわ」

アリスが力強く見つめた場所は、丸く作られたステージだった。周りを囲むものは何もない。そこに上がってゆく小さなステップがいくつかあるだけだ。四方は風の吹くままに、太陽が光をそぐままに、雨に叩かれるままになっている。ただ逆に言うと、心の働きが妨げられる柱はなかった。誰かの思いにふたをする天井もなかった。そこは鶏も子どもも自由に出入りし、すべては解放されて丸見えであり、そこに立つ者はほとんど全裸に近い脱力を感じた。

二人の結婚式は、双子座の見守りが深い六月の夜に行われた。地平線からも、天頂からも知の風が吹き渡り、森の上にも宿り、この新しい出来事のために、希望の印などを探し合う集まった人々のおしゃべりは広がったが、夕暮れとともに封印され、すべては星が語るに任せられた。その日の夕暮れは日没がとても遅く感じられ、野にばらまかれて咲いているチューリップもなかなか花を閉じようとはせず、空から降りてくる細かい光をずっと受けようとしていた。

アリスは白い薄地のワンピースを着て、トーマスは同じ生地で作られた白いシャツに白いズボン。二人が裸足でステージに上がると、バイオリンの低い音色が流れ、甘い花の香りが流れた。そして集まった人々は見えない大きな愛に向かい静かに頭を下げた。

もう一人ステージに上がってきた男性がいて、片腕の老人だった。彼は胸のポケットからうやうやしく白い紙を出した。紙面を見つめると顔を横に向け、美しい夕暮れを讃えた。

「日没前の世界が、このように麗しいのは、今日なすべきことを我々がやり遂げているからだ」

彼は司会者だった。舞台のそでに立ち、祝福のために集まっている仲間を笑顔で祝い、今日一日の労働をねぎらい、それから金星が輝く夜を讃美し始めた。

「美しい星を見れば、また明日が来ると誰もが思うだろう。わたしもずっとそう思ってきた。

この片腕は山で仕事をしている時に熊に襲われ失った。しかしわたしは熊を恨むことはなかった。なぜなら熊はわたしを見て怯えていたからだ。人間が間違えるように、熊も間違える。間違えたから怯えたのだ。わたしはその若い熊のために祈った。わたしにケガをさせたことでずっと後悔し、苦しむことのないように、熊にも明日が来るように。

後日、熊から手紙が来た〝これから先、山の恵みを全部あなたに贈ろう〟そして今、わたしはそれを受け取っている、すべて受け取っている。春のせせらぎと芽吹き、夏の花、秋の実り、そして冬の星座。見なさい、この星空を、春から夏に響く星の輝きを。若い二人にはこの美しい瞬間が永遠のものになるように祈る。わたしたちは立ち会った、そして聞いた、ささやかだが確かな始まりの足音を、そしてそれが広がる星のまたたきを」

司会者は片腕で若い二人を抱擁し、ステージを降りていったが、さりげなく若い女性が現れて耳元でなにかささやき、背中にそっと手をまわした。老人は軽くうなずき、二人はそろってタラップを降りた。

ステージの周りにはかがり火が焚かれて、今、弾けるように白い煙を上げた。煙はオリオン座が傾く低い夜空にたなびいた。二人はそこで見つめ合った。牧師が見つめ合う二人の後ろにまわり、二人ではなく夜空を抱くように両手を挙げた。

「戦いの日が終わり、身分を閉じ込められていた人々の上に解放の春が訪れ、誰も知らない新しい時代が大きな足音を立て、それこそ大いなる河のようにわたしたちを運び、足跡のない岸辺で目覚めさせる力が、ここにある。目には見えないが、その力は今、わたしたちのこの場にある。特に、若い二人の上にある、今宵この二人のためにある。だからわたしは両手を広げ天に向かい、その力の源を祝福している」

会場からアーメンと声が鳴り渡った。

「主イエスは偶然にこの世に誕生したのではない。約束があったのだ。偉大な預言者たちはそれを知っており、美しい詩に残してきた。わたしは今、主イエスの御名において告げる、わたしたちもそうであると、偶然にこの場にいるのではないと。出会うこともそうだ、すべての出会いに約束された意味があり、死はその完結であると」

アーメン、アーメン、アーメン！

「なぜなら、星は巡り、季節は繰り返される。太陽の下に新しきことなし。わたしたちの人生は、ある繰り返しの中で花を咲かせ、実をつける。しかし生きている間はその意味を解ける者はいない。だからこそ、だからこそ言おう、人生は豊かである、おもしろい」

聞いているぞ、俺たちは聞いているぞ！

「わたしは熊にも告げたい。あなたの生きた時間は、この山の美しい季節の中でひときわ輝きを放った、と」

アーメン、拍手、そして笑い。牧師はこの儀式を終わらせるために祝祷（しゅくとう）に入った。

「若い二人よ、勇気を持って出て行きなさい。恐れるな、恐れることは何ひとつない。死が二人を分かつ時が来ても、思い出と愛は二人を永遠につなぎ、またぐり逢(あ)わせる。仰ぎ願わくば、我らの救い主、主イエスキリストの恵み、父なる神の御慈しみ、御聖霊様の親しき御交わりが、若い二人と、ここに集われた兄弟姉妹の上に、今も後も、世々限りなくあらんことを、アーメン」

会場のアーメンはどよめいて、かがり火を揺すり、火の粉が浮き上がり星の下で消えた。トーマスはブリキで作った指輪をポケットから取り出して、アリスの瞳を見つめた。

「誓いなさい」牧師の大きな声が響いた。

「いつまでも夢を持ち、それを分かち合うことを」トーマスが応えた。

「愛の祈りを絶やすことはないと」アリスが応えた。

「父と子と聖霊の御名において、二人が神の前に婚礼したことを告げる、アーメン」

三人は抱き合って、祈りの時間を持った。星座は激しい気流を受けて音が聞こえるほどに輝いたが、月は青く細い弓の形をして、星座とは別の冷たい光を放っていた。太陽が象徴する明瞭な光はこれから受ける。そのためには暗く隠れている部分は葛藤していかなければならない。何かしなければ、何か具体的に踏み出す用意をしなければ。光が当たってからでは遅いが、それは無限という成長の芽だ。隠れているだけだが、今の二人にはそれを推し量る器はなかった。

翌日からトーマスは山間部に道路を造る仕事に出かけた。そこは泥炭の湿地で馬車での通行は難渋を極めた。これが開通すれば商路としての利点は高く、開発が強く望まれた場所だった。

二人が暮らすテントには窓がなかったので、庭に出てみなければ、そこまでの荒地を眺めることができない。すでに初夏の香りが漂う生芝を歩いて夫が仕事に出かけてゆくのを新妻は見送った。その間たくましい彼女の夫は、工事がとても困難なものになるであろうと、とても楽しそうに語ったので、彼女は何度も微笑んで彼を見た。その横顔は男性としての美しさに輝いていた。

あの道が出来れば、農家はキャベツが傷んでしまう前に市場に届けることができるからね、そうすれば農家はもっと畑を広げようとするだろう。一人で作っていた人はとても手がまわらなくなって誰かを呼びに行くだろうし、最初から大勢の人が畑を作ってゆくかもしれない。先が見えないくらいの畑が出来るのはもうすぐだよ。

わたしは人が集まってくるのは好きよ。

そうだ、俺も好きだ、人の中にいることが。

わたしはみんなを眺めるのが好き。おばあさんが牛の乳を搾っていたり、旅をする馬車が何台も連なって坂道を下りてくる様子や、子どもたちが犬と一緒に笑いながら走って来たり、若い女性が丘に向かって歌を歌っていたり、そんな他愛のない、人間のありふれた優しい様子を見るのが好きよ。

「まるで祈りのようだ」

夫は樫の木立に隠れる前に笑顔を向けて手を振った。また夕暮れに。

ええ、また夕暮れに。

彼女はこれから持つ家のことを思った。夫はきっと丸太造りの頑丈な家を建てようと言い張るだろう。それを自分で作ると。家を建てるのは彼に任せておいて、庭をわたしは造ろう。花より樹を育てたい。ぶどうや桃の木を植えて小鳥が集まる庭を造る。野生のカナリアを呼ぶわ。赤い羽のムクドリ、スズメは集まってくるに任せる。ウズラは少し大きすぎるわね。でもいいわ卵を落としてくれるなら。夏は木陰で昼寝、冬は天然のクリスマスツリーを作ると楽しいわ。

彼女は立ち止まり、未来の庭を想像した。春、満開の桜の花、甘い香り、彼女は子どもを抱いて立っている。彼が歩いてくる、仕事を終えた彼が何度も手を振り、近づいてくる。

ひとしきり夢想したあと教会へ出かけた。建築中の教会の裏手は、信徒たちが作った畑が広がる。婚礼のステージで司会を務めた片腕の老人が、排水のための溝を掘っている。アリスを見て彼は笑った。「おはよう、いつもより良い朝だな」

「おはようロス、あんたの力だわ」

「そうとも、太陽の次に偉いのは俺様だからな」

あとで甘く煮た豆があるから持ってくるわ。いいねえ頼むよ。ああ、それとアリス！　アリスは立ち止まった。

「今朝のレイナは少し気が立っているからな、気をつけろよ」

「ありがとう」アリスはうなずいて、皆が〝離れ〟と呼んでいる丸太小屋に近づいた。その小さな家は人が住むために建てられたものではなく、もともとは猟師たちが山を移動する拠点として使われていたもので、嵐にも備えて頑丈に造られてあった。

小屋の住人はレイナという七歳の女の子で、移動していた開拓民が、女房が産気づいてしまった、町へ行くから少しの間だけ預かってほしいと置いて行った子で、両親はそれきり戻らなかった。また、子も親を追って逃げ出すことも叫ぶこともなかった。誰にも甘えることなく、会話も拒絶して自分を抱きしめるようにして、いつも床にうずくまっていた。

近寄るとバラの茂みに隠れていた鳥が飛び立ち、けたたましい鳴き声を空に残した。アリスはどうしたわけか、自分が忍び足で歩いていることに気づいて、歩調を変えようとしたが、重力に足首をつかまれているような不安を覚えた。

アリスは牧師の助手として病人に対する声かけ、病気やケガへの対処を学んでいるが、心の病気に対する学びは低かった。牧師はレイナが心を開かず黙っているのは、気質の問題ではなく病気のせいだ、それも遺伝的なものだと話していた。

小屋の扉を開けると、むっとする便臭が鼻をついた、失禁している。最近この子は癖がついたように失禁する。そして身体に触れられるのを拒み、暴れる。時には便を投げつけてくる。

「レイナ起きている？」暗い中で孤独の巣を作っている少女は冷たい岩に見える。

「今朝はどう？　朝ごはんを食べられそう？」

　返事の代わりに便にまみれた手が、アリスの差し出したホットケーキに乗せられた。ぐいと握られると、ケーキと便はぐちゃぐちゃと五本の指からあふれてこぼれた。そのケーキにはメル婆ちゃんが、あんただけだよと渡してくれた蜂蜜がかかっていた。アリスの顔を見ようとして、長い前髪の間から光る瞳が現れた。冬が湖水を夕暮れに誘う時、月が上っていたなら、この瞳はそれを映すだろう。ただ暗がりに引きずり込まれる月影を。

「今日はお腹が空いていないようね」

　アリスは濡らしてきた荒布で彼女の指を一本一本拭いて、床に落ちた便と食べ物を拾い集めた。その間も冷たい月は無言で大人を見つめ、なんの感情も表さなかった。

「外に出てみない？　空がとてもきれいよ」

　アリスはレイナの顔を見ないでそう言い、返事を待たないで外に出た。そして大きく深呼吸して手を洗いに行った。だから女の子がそっと立ち上がり、大人の背中を見つめ、足音を忍ばせてドアに近寄り、外の光に瞳を向けていたことには気がつかなかった。

　アリスは報告するために牧師小屋に重たい足を運んだ。そこはレイナがいる小屋よりももっと小さかったが、生き生きと話をする人間がそこにいると、決して小さくは見えない。

「手を見せてごらんなさい」牧師はそう言ってアリスを招いた。

「爪が立てられていないね、ケガがなくてよかった」

「もう二日も食べていないのよ」

「朝食はね。あの子は夜中に食べるおかしな癖がついてしまった。昼と夜が逆転している。まあ、そのうち直ると思うが」

「あの子、トイレに行けるようになるかしら？」

「今は病気の力が強いが、気が狂っているわけじゃない。どちらかと言うとわたしたちが試されているように感じるがね」

「なにがですか？」

「いろいろなことをさ」

二人は野菜とチキンのスープが入ったポットと、やわらかいパンケーキを持って樫の木に囲まれた林に沿って歩いた。教会と畑を拠点として周りの林には丸太小屋が点在し、小さな集落を形成している。住人はみな病気と高齢で、畑から収穫できる野菜の収益と、教会への寄付によりなんとか生活が保たれていたが、貧しく静かで常に辺りを気遣い、誰もが家族を失っていた。死別、絶縁、生き別れ、遺棄。かろうじて呼吸しながら、毎日わずかな糧を頼りにしていた。

牧師は小屋の中で犬と寝ている男に声をかけた。

「ジム、仕事を勝手に休んでいるそうだな？」

ジムは痩せている。げっそりした頬の上には異様に輝く瞳がある。

「ああ、チャーリー牧師、違う、違うんだ。この犬に子どもが生まれそうで、俺が付き添っていないと、自分の子を食べてしまうかもしれない」

「ジム、この犬はオスだ、子は産まない」

「チャーリー、なんてこと言うんだ。この犬は、犬のくせにリンゴをかじる。花の匂いも好きだからメスだよ。どう思うチャーリー、俺は不安でいっぱいだ」

「ジム、わかったよ、あとでハーブティーを持ってこよう」

鶏小屋で卵を集めていたのは灰色の髪をバサバサに伸ばしているカレン、彼女はほとんど口をきいたことがないが、毎夜枕を変えるように一緒に寝る男を変えている。

「おはようカレン」

瞳がわずかに動いた。

「レイナは、君には心を許すようだな、いろいろ聞いているよ」

横を向く、耳はこちらに向ける、背中も。

「レイナを頼むよカレン、わたしたちでは無理だ、頼むよ」

顎をわずかに上げて、それが返事だ、彼女は返事をしている。

ではまた後で。ああ、あの卵スープは評判がいいな、みんなお代わりをしている。うれしいね、おいしいものはうれしい、みんなを笑顔にする。じゃあ、後で。

カレンは背中を向けたまま、後ろにまわした手をわずかに動かした。サヨナラ、バイバイ、またね。

人工的に造られた小さな川は、ただそこの上を渡るためだけに造られていた。この川を造ったスミスは町で雑貨店を営んでいたが、ある日突然お客さんに何を注文されたかわからなくなった。最初は耳の病気だと思った。聞き取りにくくなったと思って、

「すいません、ちょっと別なことを考えていて、もう一度おっしゃっていただけますか？」

「砂糖と小麦粉、煙草よ」

「あああ！　すいません」

砂糖の棚まで行き、砂糖を手にした瞬間、次が消えてしまった。頭の中に火がついたようになり、血が沸騰しているかのようだ。ガンガンと割れる、脳が入っている壺が割れてゆく、右へ左へ身体が揺すられる、やめてくれ！　船酔いしそうだ。

どうなさったの？　スミスさん、顔色が悪いわよ。

ああ、すみません、すみません奥さん、ええ、そうなんです、朝からひどく頭が痛んで、で、ええと、あの、なんでしたっけ？　小麦粉と煙草だけど。ええ、そうです、そうでした、ええ……。

牧師が扉をノックすると笑顔のスミスが顔を出した。六十歳には見えない若々しいピンク色の頬が張り出している。

「おはようございます牧師さん、今日は何の日でしたっけ？　二人おそろいで、何かありましたか？」

「いや何もないよ、毎朝こうして君を訪ねているのさ。昨日の朝もここへ来たんだが」

「そうでしたか、昨日も?」

アリスは彼にパンを差し出して言った。

「スミスさん、昨日はありがとう、結婚式に来てくれて」

「ああ！　そうでしたか、わたしが?」

二人は笑って彼を見つめた。

「それでわたしはどうしました?　変なことしました?　まさかわたしの結婚式ではないですよね?」

牧師はゆったりと返事をした。

「ええ、違いますよ、ここにいるアリスの結婚式だったのです」

「おおそれはすてきなことです、神様も祝福なさるでしょう」

「ありがとうスミスさん、また明日」

スミスは優しいまなざしで返事をした。

「ええ、また明日、うん明日、明日……あの、それでここへは何か用事があって来られたのですか?」

二人になるとアリスは川のことを牧師に尋ねた。

「どうしてあんな川を造ったの?」

「さあな、彼にしかわからない理由だが、何かの境界線かもしれない」

「境界線？　どことどこを分けるの？」

「この世で、この世の仕組みに倣ってバリバリ働いていた自分と、病気になり、そのすべてが消えてしまった中で生きてゆかなければならない自分とを、分けたのだろうな」

「それってプライドの問題かしら？」

「そうとも言えるな」

スミスは南部の裕福な農家の跡取り息子として、将来を嘱望されて過ごしていたが、奴隷の少女に本気で恋してしまい、父親と激しくぶつかり合って勘当されてしまった。形見分けのようにしてマサチューセッツの田舎に雑貨店を出させてもらい、時勢も加担して店は苦労せずに順調に運営できていた。一度、来店客の中に縁あって結婚した女性もいたが、残念なことに病死し、以後はひとりで生活し、今後の人生に余裕をもって展望できる時期に入った矢先の発病だった。

「スミスさんは本気で結ばれたいと思ったのかしら？」

「思っただろうね。中途半端ではなかったからこそ、父親の逆鱗(げきりん)にふれたのだ。認める認めない以前の問題だからね」

「なにが正常なのかわからなくなるわ」

「そう、少しでも知れ渡ったらその土地には住めない。名前を変え素性を隠し、全くの別人になれる場所で暮らしてゆかなければならない」

「早すぎたのね」

「そうだ、今やっと奴隷制度が撤廃されたばかりだからな。どんなに早くても人間の意識が変わるには、あと百年は待たなくてはならんだろう」

「あの川を渡るたびに、百年の時間を考えることにするわ」

「そうしたまえ」

野菜畑の角をゆっくり曲がってリンゴの林を抜けてゆくと、牧草地がなだらかな丘になっている。下り坂になる手前にメル婆さんの家がある。彼女はちょうど搾乳用のバケツを持って出てきたところだった。二人の足音を聞いて立ち止まり、誰の足音であるか確かめた。そして笑顔を見せた。「いい香りがするねえ、新婚さんは」

「おはようメル婆ちゃん」

「あんたは本当にいい香りがしているよ、ただの若い娘の香りだけじゃないよ」

牧師は小柄な老婦人が痩せた細い鼻先を、若い新婚の女性にではなく、誰もわからない虚空に向けているのに気がついた。アリスは笑って彼女の肩に触れた。

「たとえば、どんな?」

「男は狩りをするだけのただの太い脚、大昔からそれは変わらない、毛むくじゃらのふくらはぎで鹿を追い詰めてゆく。その目は怯えて身をすくませた若い牝鹿（めじか）を見逃さない。矢を放って倒し首を切る。朝から月が昇るまで血のにおいしかわからない、それしか感じない。だけど女は違う。特に妻となった女は、男を血のにおいから救ってあげることができる。男は野蛮な生きもの、知恵が足りなくて、だから、荒々しい。あんたはもう少しで獣と同じになってしまう男を、柔らかい乳房で抱いてあげることができる。生まれたばかりの赤子にしてあげることができるのさ」

耳を傾けていた牧師がうなずいた。

「まるでアリスが、もう子どもを産んだみたいに聞こえましたな」

「だまらっしゃい！　へぼ牧師。でもあんたもたまには的を射たことを言う。そのとおり、もうアリスは〝男〟という子どもを昨夜、産んだのよ」

アリスは、うれしいわ、なにかわからないけどうれしい、と言って胸の前で感謝の手を組んだ。

「ゆうべ、トーマスは、わたしのことを〝ママ〟と呼んだのよ。わたしがふざけて返事をしても彼は反応しないで、変な顔、神妙な顔をしていて、わたしも、なに？　って、なんて言ったの？　って尋ねたら、冗談じゃないんだ、本当にそう思ったんだ、って言ったわ」

「アリス、行こう。メルさん、また明日」

それじゃあ、と手を上げようとしたら、目が見えているかのようにさっと強くつかみ、言った。「あんた、ゆうべの結婚式はすばらしかったよ」

つかまれた強さに驚いていると、

「あたしゃ、ずっと震えていた。寒かったんじゃあないよ、天の国が大騒ぎしていたのさ。そう、イエスが生まれたベツレヘムの夜空と同じくらいだったろう。天使が騒ぎ立てていたって聖書にあるだろう？　あたしゃ読んだことないけど」

アリスはその手をやさしく握り返した。「大げさよ」

メル婆は、さらに握り返して「本当だよ、降ってきたんだよ、星が」

アリスは、うなずいた。メル婆ちゃんはでたらめを言う人ではない。だから信じた、それがどんなイメージになるのか考えた。流星の群れが夜空を飛び交ったか？　それとも上空にある気流が渦を巻いて、星たちが互いに光をぶつけ合ったのか？　目を閉じている人のまぶたを震わせるほどの星の輝きとはどんなものだろう？

「お祈りをありがとう」

「どうして震えていたのか聞かないのかい？」

「教えて、本当は聞きたいのよ」

「あんまりにも幸せだったからさ。人は幸せを感じると震えるなんて、この歳にして初めてわかったよ。自分のことじゃないのに、なんだろう？」

夕方、まだ金星が西に傾く前に、トーマスは誰かが植えた月桂樹（げっけいじゅ）の垣根を、時々立ち止まりながら歩いていた。これが薬草であり、芳香が高ぶった感情を鎮める効果があることを彼は知っていたが、どんなに深呼吸してみても、沸騰してしまった怒りは走り回る子どものように、彼の先になり、横に並び、それでいてずっと先に走りだしたり、道ばたの暗がりに隠れたりして、頭をモヤモヤさせ、胃のあたりをキリキリさせた。

彼は今日、工事現場の同僚からこのように言われ、とても傷ついていた。

「自分勝手だな、おまえは」

トーマスは男の顔をつくづくと眺めた。猿のような赤ら顔、片目が潰れている。

「昔、酒場でケンカしてな、刺されたんだ」

「で、相手はどうした?」「殺してやった」

「そうか、それであんたは何者だ?」

片目は感情のこもらない目を向けた。

「俺は大工だった。開拓者たちが作る丸太小屋の手伝いをして、あちこち旅してきたが、相棒の馬が死んでからはやめた。それからは工事人足をやっている。おまえは?」

「俺はアイルランドから来た」

「なにしに来た?」

なにしに来た？　あらためて問われると、心と口がどこかに飛んでいったような気がする。

「答えられないのか?」

「悪いが、おたくに胸を張って言えるようなことなど何もない。俺は農民だったが、凶作続きで土地を追われて来た移民のひとりにすぎない。とりあえず食べるために仕事をしている」

「ふん、そうだろうよ」

「なんだよ、言えよ、何が気に入らなくて俺にからんでいる？」

「おまえは移民だから、ここでは一番下だ。わかるか？」

「わからんね、何が一番下だ？」

「ここに長く居る人間のほうが偉いってことだ」

「つまり、俺はおまえより下ってことだな。それで？」

「わかっていないようだな。おまえは立場というものの意味がわかるか？」

「わからんね、そんなもの考えたこともない」

「だろうな、もともとわかるだけの下地もないだろうが」

「下地？　下地とはなんだ？」

「おまえとしゃべっていると、いちいち全部説明しなきゃならんので疲れるぜ。いいかよく聞けカボチャ野郎、下地とは学びのことだ」

「おまえはどうだ？　酒場で目を刺されるおまえの学びは、どれくらい立派だ？」

「おまえは親を捨ててきた移民だ」

「それがどうした？　おまえに関係があるか？」

「自分だけが良い暮らしをしようと、船に乗ったクズめ」

「あとで親を呼ぶのさ」「嘘だ」

「嘘？　なぜ俺がおまえに嘘をつく？」「おまえは親を捨ててきた」

「違う、捨てたのは土地だ」「今も親がいる土地だ」

「それがどうした？　なにが言いたい？」

「おまえはいつでも自分だけを考えているってことさ」

「それの何が悪いのかさっきから聞いているだろう、さっさと言えよ」

「おまえはもう、仲間と一緒に仕事をする人間になったってことだよ」

「わからないね、読み書きのできない俺を馬鹿にしたいのならいいさ、存分にしろよ」

「わかってねえな、仲間がいると言っているだろ？」「だから？」

「おまえは、ひとりでやっているんだよ」「それで？」

「おまえは大勢の仲間と一緒に仕事をしながら、自分ひとりで仕事をしているんだよ」

「わからんね、ますますわからんよ」

「周りを無視するのが楽しいようだな」

「無視なんかしていない、見ているさ」

「自分の都合のいい場所で、自分のやりたいようにやっているのは、おまえだけだよ」

「人殺しにそんなこと言われたくないね」

「工事はな、そういう人間が邪魔なんだよ。消えな、好き勝手にやりたいなら、畑に戻りな。誰もいない畑で自分ひとりで好きなようにやれよ、その方がいいだろ」

「その畑がないからここまで来たんだぜ」

「じゃあ、変われよ」

「俺には俺のやり方があってもいいだろう」

片目は胸をのけ反らして笑った。赤い口が火のように吠えている。馬鹿だぜこいつは、とことん馬鹿野郎だ、どれだけ田舎者なんだよ、果てしないぜ、この空っぽは！

「教えてやるよ。アイルランド、工事現場におまえのやり方など無い。あるのは作業工程、わかるか？　スケジュールだ。俺たちはその歯車でしかない、それぞれが部品なんだよ、ボルトやナットと同じだ。ボルトひとつひとつに〝やり方〟など無い、あったらおかしいだろ？　不ぞろいのボルトなら不良品で交換、捨てられるのがアメリカの現場さ。おまえは今、胸張って〝俺は不良品だ、不適格だ、どうだ！〟そう言ったんだよ、まぬけ！」

トーマスが黙っていると、片目は言った。

「俺は人殺しだが、親切だろ？　ここまで言ってくれる人間はそういないぜ」

トーマスは背を向けて歩き始めた。片目はまだ笑うのをやめなかった。

「そうだ！　帰れ、歩きながら考えろ、脳ミソはあるうちに使え、それが学びだ」

六月の夕暮れは、これから吹き渡る七月の新しい風を予感させて、野バラの影をほんのりと明るくさせていた。トーマスの靴は一日の労働を吸って重い泥を残してゆく。

彼は家に帰ることができないでいた。なにか理由をつけて帰る時間を少しだけ遅らせたい、少しだけでいい、アリスの顔を見た時に、彼女が眉をひそめて自分の顔を見ないように、最初の言葉を適当で当たり障りのない、照れ隠しの、一緒に笑ってもらえる気の利いた一言を何か考えたい。

いや、ケンカしたわけじゃないんだ、ただちょっと意見が食い違って。なんでもない、そう、移民のことだが、彼は偏見を持っているようだ。それが彼一人ならともかく、いや、一概には言えないが、周りのみんなが。俺はどうやら仕事が人一倍速いらしい。気がつけば俺だけずっと先の方にいて、それじゃあ困るって。いや、俺も困るんだよ。

顔を上げると人影が揺れていて、すぐにアリスだとわかった。彼女はゆるやかな登り坂の上に立っていた。帰りの遅い彼を、がまんできずに迎えに来たのだ。

「おそいよ！」彼女は叫んだ、そして手を上げた。「おかえりなさい」

トーマスは胸を大きなハンマーでどん！ と叩かれ、ぐっと沈んだ。ごめんね、素直に大声で、おう！ 今帰った！ と叫んで彼女を抱きしめることのできない、愚かで、もどかしい自分がいる。頭の中で何かを組み立て、考えたことをしゃべろうとしている。バカのようだ、本当にバカげている、どうしてたった一言〝ただいま〟が言えない？ ごめんね、待たせてごめんね、そう言って彼女のぬくもりに飛び込んでゆけばいいだけじゃないか。どうして素直になれない？

「どうしたの？」アリスが笑ってこっちを見ている。「何かあったのね」

「顔に書いてあるのか？」

「ありありと書いてあるわ。さあ、話して」

トーマスはアリスに腕を組まれて、下腹が溶けてゆくのを感じた。

「ああ！　話そう！　少し長くなる、歩きながら話そう」

二人は大きく傾いたオリオン座の下を歩いた。冷たい風が流れたが、それがトーマスの胸に入ってくると心地良かった。ひとしきり話をするとトーマスはため息をついた。

「初めて言われたことだから、何が何だかよくわからない。片目の言ったことは覚えてはいるが、わからないことだらけだ」

「それで嫌になったの？」

「ああ、もうあそこへは行きたくない」

「まだ始めたばかりよ」

「そのとおりだ」あとは考えも、言葉も浮かばない、ただつらいだけだ。

「いくらでも仕事なんかあるわよ、新しい仕事を見つければいいわ」

「そうか、そう言ってくれるか」

「また同じようなことを言われても、次はきっと切り抜けてゆけるわ、あなたなら」

「うれしいね、俺は責められるかもしれないと、怯えていたんだ」
「わたしは、教会で仕事をしているわ。イエスキリストの懐にいるのよ、誰も責めたりしないわ」「すごいな」

トーマスは故郷の両親を思った。やはり祖国に残って正解だった。今日の俺に浴びせられた言葉を両親が聞いたらどう思うか？　いや、俺ではなく両親が受けたらどうだ？　ただ苦しむだろう。ナイフのような言葉が老いた両親を切り刻む場に俺は居たくない。耐えられない。まだ荒れ果てた原野に残っていたほうがよい。病気で牛が倒れ、その上に雨が降り、その雨が乾かぬうちにまた新しい雨が降り注いでも、人に絶望するのと、凶作に絶望するのは、全く次元が違う。農夫は雨に打たれている大地を見つめることには慣れているものだが、人間は違う。人間の冷淡さは冬の雨より冷たい。農地は凶作が続いても人が入ることを拒みはしない。畑は無言だがわかっている、俺たちがどうしたいのか待っている。俺たちが手をかけた分、大地は生きようとするが、人間は違う。人間は俺たちを拒む。人間には守りたいものがあるらしい。それは俺らにはわからないものだ。農夫にはさっぱりわからないものを、人間は恐ろしい顔で守ろうとする。俺たちを川に沈めても、斧で頭を割ってでも守りたいらしい。人間の庭と農夫の畑は大きく違うようだ。

翌朝、トーマスは郵便を配っている男に、何か仕事はないか？　と尋ねた。

「ブルースさんの畑に行ってみな、馬小屋や牧柵作りに男手が要るはずだ」

トーマスは教えられたとおりに山をひとつ越えて、農場を開こうとしているブルース一家を訪ねた。ブルースは目つきの鋭い男だったが、気立ての良い人に見えた。口を曲げるようにして笑った。

「開墾の仕事も急ぐが、ここはひとつわしのために揺りイスを作ってほしい。まずは眺めて考える時間も必要だろう？　うん？　そう思わんかね？　いや、冗談だよ」

彼は一番最初にそう言った。

「まず、そこに座れ、そしてコーヒーを飲め。腹は減っていないのか？　そうか」

トーマスがどこに座ってよいかわからず庭先でウロウロしていると、

「そこに樽があるだろ、そこに座れ。大丈夫さ、つぶれない」

トーマスが言われたとおり座ると、それでいい、おまえはなかなか行儀がいいな、と笑った。

笑うと三日月のように口が曲がり、白い歯が不敵に見えた。

「もう少しでジャガイモの花が咲く。花が咲く前に畑の石を拾ってもらいたい」

「石拾いですか？」

「わしは同じことを何度も言わないからな」

トーマスは思わず畑の先を見つめた。それははるか彼方にあり、途中からは地表から立ち上る湯気で全く見えなくなっていた。

「納屋から、あれを持ってきてくれ」

「あれですか？」「そうだ、あれだ」

トーマスはすっと立ち上がった。あれを見つけなければならない、しかも今すぐに。しかしあれとはなんだろう？　納屋に行けばわかる、納屋であれを見つけるのだ。

納屋の戸を開けると馬具のにおいがムッと鼻をついた。灰色の光の中に見えるのは古い馬車の幌（ほろ）、隣に干からびて土に還（かえ）ってゆきそうな芋の山。そして彼はあれを見つけた、バケツだ。

畑の前に立つと、北にある大きな森からカッコウが鳴くのが聞こえ始めた。この鳥が森の中で透明な声を広げるとき、陽の温かさと、土の表面が互いに呼び交わし、新しい生命の寝床を作り始める。

トーマスはやはり農夫だった。とても満足した気分になって、ひとりでに声が出た。〝どんどん伸びるぞ〟。あたたかい気持ちと自信があふれ始める。自信は寡黙をつくり、寡黙は仕事を進める。石はすぐにバケツ一杯になり、右手に左手に持ち替えながら進んだが、すぐに腕も肘も肩も痛み始めた。天を見上げると雲は先ほどの場所に浮かんだままだ。ちっとも進んでいない、時間が長く感じられる。半日歩いてもまだ畑の西にたどりつけない。砂漠をさまよう者が、果てしない砂塵に心を病み、水よりも出口を求めて彼方を望むように、額に手をかざし、彼は西を見た。丘はなだらかに下り、そこからヒバリが飛び上がってゆくのが見えた。ヒバリの背景になっているものは岩の山、不毛の崖、その下にある冷たい谷。

トーマスが西にたどり着く頃には昼になっていた。彼は苔の生えた岩に座り、硬いパンに糖蜜をかけ、喉の奥に流し込んだ。強い陽が雲の間から輝き、彼の左頬を打った。彼は独りになったと思った。結婚して妻との生活になったのにもかかわらず、本当の心は〝独りになった〟と言った。心のつぶやきは勝手なものだ。畑に広がる石と同じだ。果てしない、本当の身勝手がこれから始まるのか？　なにが欠けているのか？　自分ではわからないものがある。石を拾っているとそれが大きくなる。

昼が過ぎると、上空には強い風が流れ込み雲を払った。黒く続く丘陵が今まであった光を吸い込んで沈んでいる。石を拾い集めるだけの単調な仕事を続けてゆくと、自分がぼんやりした一本の木になってゆく。あそこに並んでいる楡の木と同じだ。楡の木は雨や風に腹が立つだろうか？　俺が斧を打ち込み枝を掃うと、やめてくれ！　と悲鳴をあげるだろうか？

トーマスが石をつかんで眺め、拾って捨て、また拾って今度は眺めずに捨て、さらに拾わずに歩き、ふと立ち止まり、引き返してもう一度拾い直したり、それで頭が混乱している間に、彼の後ろから芋の花が咲きだした。口を開けて眺める孤独な農夫を無視して植物は繁殖のために花を急がせ、じわじわと大地に花のすてきな香りを振りまいた。

「おまえはなにをしてる！」

後ろから怒鳴り声が響いた。ぼんやりした顔のままで振り返ると、雇い主のブルースが赤い顔の中にひげを逆立てて立っている。

「気になったので来てみたが、このざまだ。おまえはなにをしていた！」

ほう？　なにをしていた？　このざま？　待てよ。

トーマスはこの男をよくよく観察しなければならないと思った。絵に描いたような田舎者のスタイルだ。突き出した腹に吊りズボン、ひさしの汚れた帽子、臭い息、ぜんそくだろう、ガラガラ声で怒鳴るたびに、胸がハーハーと波打つ、死にぞこないのガチョウめ。

「俺は考えていた」トーマスは答えた。昼は夕暮れを迎えるまでもう少し青空を輝かせる時間があった。アイルランドからやって来た青年は、陽が沈む前に〝パズル〟を完成させる努力を続けなければならない。どうしても埋まらない場所があるのに、すでにピースは全部配られているのだ。もう一切れのピースはどこにある？　たった一切れが見つからないために、全体がぼやけて見える。漂流しているのか？　魂が。

ブルース氏は腰に手をあて、季節よりも早く咲こうとしている穀類のつぼみを見ていた。

「それで？」「なにが？」「考えていたのだろう？」

おお！　そうだ、考えていた、確かに。

「アイルランドから船に乗ってアメリカにわたってくる時に、自分は科学者だって名乗った男がいてね」何をしゃべっているんだ俺は。

「この男はネズミやモルモットを百匹以上積み込んでいた。だんな、この科学者はなんのためにこんなものを積み込んだと思います？」

「そりゃ、実験だろう」

「普通ならそう思いますよ、普通ならね。俺も聞きましたよ、なんの実験だ？　船にまで積み込んで、あんたも熱心だねえって……」

トーマスは口からよだれが落ちるのを気にして手の甲でぬぐい、上目遣いでブルースに視線を走らせた。雇い主は嫌なにおいを嗅いだように眉間にしわを寄せた。

「違うんですよ、食うためだったんです、あはは」

ブルースは暗い船底の中で、糞尿をまき散らす小動物の中に、幽霊のように立っている若い科学者、自称科学者を想像した。トーマスはへらへら笑いながら言った。

「繁殖が早いでしょう、あの手の小動物は」

トーマスの瞳がヘビのように光るのを、ブルースは見た。

「断っておくが、わしはおまえと世間話をするためにここに来たのではない。見てみろ、あっという間に夏が来るぞ、おまえの見たことのない夏だ」

雇い主、ブルース氏がその場で激しく十字を切ると、冷たい風が二人の間を吹きぬけ、びしっと音がした。何者かがトーマスの右頬を打ち払ったのだ。空から落ちてきたのだろうか。しかし鳥のふんではなかった、雨だった。黒雲が運ばれてきた、そして大地が暗くなった。

「ゴルゴダの丘もこんな感じだったんですかねえ、だんな？」

ブルースは嘲笑った。

「覚えていないのか？　おまえはそこにいただろう？」

「あはははは！」

「イエスの右隣にいたろくでなしは、いち早く赦しを乞うたぞ。おまえはどのへんにいた？　どのへんで磔になっていた？　まさかイエスの左ではあるまい」

「あはははは！　とても冗談には聞こえませんよ」

「そうだろう、そうだろうな、おまえが背負ったものの重さなら、そうだろう」

「なんです？　おっしゃる意味がわかりませんね、なにしろ無学なもので」

そこでブルース氏は、瞳の強い力を抜いて、やさしくトーマスをのぞいた。

「トーマス、わしも無学だ、学校を出てないというならな、無学だ。しかし学校が人間にもたらすものは、わずかなものだろう。わしは勘でわかる。だがな、トーマス、イエスにいち早く赦しを乞うた右の男は、わしたちよりはるかに高い教養を持っていた。そいつはむろん学校など行ってはおらん。親に捨てられ、野に育ち、夜盗の仲間に入ったのだ。生きるために人を殺し、盗みに明け暮れていた。それなのに、そいつは一瞬にしてイエスを見抜いた。そして一緒に天の国に連れていってほしいと泣きついた。左の男が嘲笑ってもひるむことなく嘆願し続けた。この差はどこからくるかわかるか？」

「えへへ、わかりません」

「大勢の人の中で生き抜いてきたからだ。左の男はそれが足りなかった」

あはは、とトーマスは返事をする代わりにうなだれた。どん、と空の中で音がして雨が雹（ひょう）に変わった。二人は森まで走った。花を咲かせようとしている畝（うね）の上を飛んで走った。しかし森にたどり着くや否や雹は止み、また少し雨がばらばら落ちて止まると、黒雲は大急ぎで空の中でかき回され、飛ばされ、代わりに猛烈な日差しが二人の目をふさいだ。目を開けた時には東に大きな虹が浮かんだ。

「明日から来なくていい」ブルース氏は言った。

「納屋にある芋を好きなだけ持ってゆけ、それが給金だ」

トーマスがたどった家路はいつの間にか教会へ導かれた。俺はクビになったわけではない、最初から働いていなかっただけだ、今日はただ様子を見に行ったに過ぎない、そうだろう？　違うか？　彼はその言葉を何度も唱えた。練習しているようだったが、実は自分の言葉に確信を植え付けようとしていた。

彼は礼拝堂に入っていった。燭台（しょくだい）には火が灯（とも）されてあるが、誰もいない。正面には樫の木を削って作られた十字架があり、棘（とげ）の冠と紫色のストールがかけられてある。手を伸ばせば誰でもがそれを自分の頭に載せることができる。カソリックではないので懺悔（ざんげ）をする狭い個室はない。心の悔いをさらけ出したければ十字架の前に進み出ればよい。夕方なのに夜明けのようだった。空気が澄み切って感じられ、人間が小さなかたまりになれる暗さがあり、自分が星であった頃の、誰もいない夜が静かにしていた。

燭台の炎がかすかに揺れるのを見て振り返ると、扉に小さな女の子が立っていた。レイナと呼ばれる幼い獣だ。誰とも口をきかない、誰にもなつかない、開拓民が面倒になって教会に捨てていった子ども。しかし泣くことはないという。

「おまえはそこでなにをしている？」トーマスは穏やかに、相手が恐れないように尋ねた。なにをしている？　小さな影は無言だった。

「しゃべることができないのか？　それとも聞こえないのか？」

影は身じろぎもしないで立っているが、はっきり彼に視線を向けている。

「誰にもなつかないようだな」

彼女を憐れんだつもりだった。つまり捨てられたことは悲劇であり、災難で、彼女は被害者、誰からも手厚く保護されるべきだ、誰かに助けられて生きることが、新しい幸せであり、それ以上のものは今のところないと。

「違う」影は言った。トーマスはその言葉にも驚いたが、言葉の響きにはもっと驚いた。谷底に響いて消える不気味なこだまであったからだ。

「何が違う、教えてくれ」彼は生つばを飲み込みながら尋ねた。「何が違う？」

影は答えなかった、消えた、まるで最初からそこに居なかったように。扉には月明かりだけが残されている。彼は何をしに来たのか、もうわからなくなっていた。教会だろう、祈りのほかになにがある、ほかにあるとしたら？　ほかにあるとしたら。

「助けを求めにきたのだろう」彼は言葉に出してつぶやいてみた。救済を求めているのは小さな女の子ではない、俺だ。まともな身体をして、口もきけて、耳も聞こえるではないか。それなのになぜ、畑の中で小便をもらした小僧のように叱られる？　おまえは何もできない能無しだ、もう帰れ、来なくていい、本当に自分勝手だな、おまえは。

「俺は、ふまじめであったことはない。俺はずるいことをして、怠けたわけではない」

彼はまた声に出してつぶやいた。正直に言葉にしよう、それが教会に来た理由だ。俺は正直だ、嘘はつかない。だが正しいのかどうかわからない。バカにされるのはどこか間違っているからだが、それが何であるのか、わからない。どこを直せば周りと同じになってゆくのか。いや、周りと同じでなければならない理由はなんだ？　同じでなければならない理由、組織の歯車、自分を捨てるのか？　違う、そんなことではない。俺は知らないで生きてきたに違いない。なにか大きなものを見ないでここまで来てしまったのだ。浅い知恵のまま身体だけが大人になってしまった大人。

家に帰るとアリスは寝ていた。メモが置いてある。（わたしを起こさないで）

トーマスは彼女を起こさないようにイスを動かして座り、冷めたスープを冷めたままカップに入れて飲んだ。タマネギとベーコンの切れ端が入っているだけのスープだ。部屋の中を眺めるにはとてもよい時間だった。新婚のふたりが抱き合う場所がある。立ったまま見つめ合う片隅があり、食事をするテーブルがある。そこで生まれた会話はどんなに小さくても大事なものだ。明日の二人をつくり上げる糧になり、お互いを癒やす音楽にも代わるものだ。

そんなことを考えながら、静かなだけの愛の巣を見つめていた。明日になれば新しい陽も射すだろう。目を閉じた、そして聞こうとした。夜の静けさ、夢に導かれるような夜の静けさを、肩の力を抜いて、いろいろな後悔とあきらめをそこに感じながらも、また明日が新しい自分を連れてくることを思って。

しかし違った。聞こえてきたのは足音だった。耳元、いや頭の中から聞こえてくる。林の向こうからではない。得体のしれない不安がすぐに巻き起こった。存在しない人々の口から飛び散る言葉と、身体を揺すり合うざわめき、床板を踵で踏み鳴らして気ぜわしい群れが、頭の中を移動している。彼らは急いでいるようだった。集まりながら、どこかへ移動して行かなければならない、追われている難民にも似ていたが、飛び交う言葉が何一つ聞き取れない。それが耳元で渦巻く。

頭を振って立ち上がった、外に出た、もちろん誰もいない。月が雲に隠れ、風も無いのに紫陽花（あじさい）の花が震えて揺れただけだ。

「トーマス」後ろにアリスが立って、彼の肩に手を置き、そっと呼びかけた。

「恐ろしい夢をみたんだ」

「どんな？」彼女は尋ねた。彼の背に顔を埋めた。

「いるはずのない人間の群れが、早口で何かしゃべりながら俺の耳元を通って行ったのさ」

「ならいい」彼は雲の間から放たれた三日月を見つめながら言った。

「俺の頭の中だけに現れるものだったら？」

「もし、そうだったら？」

「幽霊よりも始末に負えないだろう」

「どうして？」

「解決する方法はひとつしかない」

アリスは黙った。

「死ぬことだ」

「違うわ」アリスはもう一度言った。「違う」

「どう違う？」

「あなたは自分を独りだと思っている、そこが違うのよ」

今度はトーマスが黙った。

「わたしも聞くわ、あなたと同じ音を」

トーマスは理解した。肩口から胸の奥にかけて、炎に似た剣がゆっくりと刺し込まれ、腹の下から煮え湯が湧き上がる。

「すまない」

「謝らないで。謝ってはいけないわ」

二人は互いの心臓の音を聞いた。美しい音色の心音を。

「明日また仕事に行こう」彼は明るく言った、明日、明日だ。

「知っている？　夏はもう終わるのよ」アリスは背中で笑いながら言った。

「いや、知らない、もう夏が終わるのか？」

「そうよ」アリスは彼を振り向かせた。「夏が終わったら、あなたに伝えたいことがあるの」

アリスの瞳は大きく開いて彼を見ていた。

「なんだ？」「今は言えない」

「今は言えないのか？」「そう、言えない」

それ以上の言葉を遮るために、アリスはトーマスの唇をふさいだ。秘密は甘美に代わろうとしていた。彼女の乳頭は硬く盛り上がって、彼の胸に押しつけられ、トーマスは彼女のうなじと背中を抱きしめた。彼女が口を大きく開けたので、トーマスは荒れたガサガサの大きな舌をねじ込み、女の口の中を撫(な)でまわし、たんねんに舐め上げ唾液と舌を吸った。彼の大きな火の柱が尿道の奥から、身体中を燃やして立ち上がり、彼女の腹に押しつけられると、二人の間に声にならない悲鳴が生まれ、お互いの身体に針で刺したような快楽の痛みが脳天にまで響き渡った。

彼女は下着を濡らした。アリスはトーマスの汗が残る肩口に舌を這わせて、一日中陽の下で焼かれた黒い肌を味わった。舌の上にびりびりする塩気が広がり、それだけで下着はもっと濡れた。彼女はがまんできずに彼の前にひざまずき、臭気が一段と高まっている隆起を掘り出した。トーマスの両腿の奥からは、尿と草むらのにおいが混じり合い、アリスの鼻腔に流れ込んだ。獅子が隠れていた草むらから、狩りをするために身を起こしたなら、同じにおいがしただろう。獅子の塊は花のような細い指先を弾き飛ばして躍り出た。激しているためにそれはゆっくり上下している。アリスは唇で捕らえ、唾液でなだめようとしたが、長くは続かなかった。たくましい腕に起こされ、後ろ向きにされた。長いため息がもれたあと、獅子の塊はアリスの美しい桃の丘をじらしながらたどり、待ち切れずに突き出されると、挿入された。アリスはぐぐぐっと喉の奥に詰まった声のあと、口を大きく開けて、はあああ！　と息を長く吐き出した。顎を上げて頭を振り、牛のように震え、失禁した。

夏の終わりに妊娠していることを告げた朝、トーマスは川から水を汲んで、たらいにあけ、アリスの背中を拭こうとしていた。彼はその場から少し離れ、あらためて妻の裸体を見つめた。

「星のようだ」

アリスはゲラゲラ笑った。センスのない冗談にしか聞こえなかったからだ。だがトーマスの瞳の光に気がついて笑うのをやめた。

「おもしろい冗談に聞こえたかい？」

トーマスはやさしく尋ねた。握りしめた亜麻布から水がぽたぽた落ちた。

「笑ったのは、恥ずかしかったからよ。本当は——」「本当は?」

「別のことを感じたの」「聞きたいね、どんなこと?」

アリスは背中を向けて言った。「拭いて」

トーマスは彼女の肩から立ち上るあたたかさにうっとりした。なつかしいものがたくさん思い出された。母親が手を振って呼ぶ声、うしろにあった新芽の輝き、初夏の庭、黒い海の果てから湧き上がる白い雲。また母親の呼ぶ声、ラズベリーがこぼれた庭にいる父、まだそんなに甘くない、しかしうまい、おまえはうんと甘いのが好きか?

「なにを考えているの?」トーマスの手が止まったので彼女は尋ねた。

「あはは、子どもの頃のことだよ。父と母が笑って俺のことを見ているんだ。ラズベリーは完熟したものより、少し早めに摘んだほうが酸っぱくておいしいって言ってね。子どもの頃はそうは思わなかった。ただ酸っぱいとだけ感じていた。でもどうだろう? 大人になってみると甘い味より酸っぱい方が、ずっと記憶に残っている。不思議だな、どうして酸っぱいものが記憶に残るのかな?」

「刺激の違いよ」アリスは向き直って言った。張り出した胸が桜色に輝いている。水滴をはじいて上気している。

わたしが感じていたのは、ねえ、トーマス、わたしたちが親になることよ。わたしには家族の思い出がないわ。牧師が孤児院からここに連れてきてくれた、それしかわからない。だから、わかるでしょ、あなたの親がわたしの親になるのよ。わたしは子育てを誰に教わればいい？　わたしは子どもを産むことはできるけど、育てることはできないわ。あなたできる？　あなたの両親の思い出が、そのまま育児になることを、わたしは考えていたのよ。トーマス、あなたの記憶はわたしの星。星を生み出す光。あなたの記憶が子どもを育てる。そしてわたしは母親になるために一緒に育てられる。ねえ、すてきじゃない？

「あなたの思い出が、甘い記憶ばかりじゃなくて良かったわ」

「どういうことかな？」

「刺激よ。わたしはいつでも刺激がほしいの。心がぐらぐらするものなら、なんでもいいの」

「子育てでも、そうありたいのか？」

「言うまでもないわ。だって――」アリスの瞳は牙になった。「子づくりがそうだったでしょう？」

「うん。それで、そうなんだが……」トーマスはアリスの肩に手を置いた。

「これは単なる思い込みだから、そのつもりで聞いてくれ。たぶん、俺たちは中途半端な親のままで終わる。ははは、可笑(おか)しいか？　言っとくが、俺たちはまだ大人ではない。どう思う？　そう思うか？　それは自分でわかると思うか？　俺は、わたしは、昨日とは違って、今日、今日から大人になりましたって、ははは、ばかげている。だがな、どこかで何かがあって、きっと実感する。勉強じゃないんだ、試験を受けるわけじゃない、そんなものない。感じるんだよ、教えてもらって頭で覚える？　違う、違う、もっと違う。うまく言えないが、なにかとすれ違うように気がつくのさ」

「あはは、すばらしいわ」アリスは肩に置かれた手に自分の手を重ねた。

「まるで大昔から知っていたみたいね」

「ああ」トーマスはよだれが落ちそうになったが、肩から手を離さずに言った。

「自分でもそう思うよ。自分じゃなくて、誰かが言っているような、誰かが俺に言わせているような、変な気分だが——」「気分だが？」

「良い気分だ」

「きっと十分に伝えたからだわ、今のところは」「今のところは？」

「まだ序章よ」

「そうだ、まだ一ページもめくられてはいないのかもしれないな」

第四章　アンの誕生

一八六六年、四月十四日。太陽はすでに昇っていた。人間の目には見えないが、太陽の左には金星、右に水星が並んでいた。占星術的には金星は愛と官能と娯楽、水星は知性、情報、言語能力、太陽は万物に対する無条件の奉仕、無制限の活力を与える。この三つが並ぶと、知的な会話能力とそれにまつわる有能な人脈が形成される暗示になる。アン・マンズフィールド・サリヴァン・メイシーは、その星を持って生まれようとしていた。

リンカーン大統領が暗殺されてから、一年が経とうとしていた。彼は、一八六五年四月十四日に暗殺された。むろんそのこと自体に気持ちを寄せる者は誰もいなかった。出産の張りつめた空気がそうさせていた。夜明け前からテントには清潔な毛布と亜麻布が何枚も運び込まれ、牧師手作りのベビーベッドも用意されていた。

「飼い葉桶のほうがよかったですかな?」

残念ながら誰もその冗談を気に留めた者もいなかった。牧師は少し残念に思ったが、「どんなときでも冗談は無駄ではありませんよ」そう言いながら出ていった。誰も牧師が出ていったことにも気がつかなかった。

外の炉には大鍋で湯が用意され、産婆であるメル婆は司令官になって妊婦の隣に座り、初産の若い女性を激励するために、陽気な大声を飛ばしていた。

「卵を取ってきな、母親に栄養のあるものをたくさん用意しなければならないよ。トーマス、おまえが食べるんじゃないんだよ。ああ、でもおまえはパンケーキをお食べ、子どもが生まれるまでずっと番兵しなきゃ、ずっとだよ。小間使いもあんただよ、あたりまえだろう、女房が命がけで子どもを産むのに、おまえがだらしない口を開けて寝ていてどうする、ええ？　わかったかい、このでくのぼう、ちっとは役に立つところを見せてごらんよ」

三日月は、まだ西の地平線の上にあった。青白く美しく輝いている。明るい朝の空に浮かぶ月は夜更けの月よりも美しかった。妊婦の吐く息が急に重くなった。霊的な時間になったのだろうか、息は濃密になり、川岸の藪の中や、森の奥にある鳥の巣のにおいがした。息はカーテンになって天井から下がった。

「メル婆さん」「なんだ?」

「俺は怖い」

メル婆は返事をする代わりにそっぽを向いた。だが、思い直して伝えた。

「そうだろう、そんなものさ。新しい命が誕生する時だ、いろんなものが競い合っておかしくない、見える世界も見えない世界も」

「どうすればいい?」「ふんばれ」

「ふんばるのか？」「よく見ておけ、力を入れて顔を向けていろ」

　アリスの口の端から、低いうめき声が床に伝わり落ちた。彼女は大きな歯をむき出しにして口を広げ、喉の奥から命がけの印を吐き出そうとしていた。

〝エエエ！〟

　トーマスは初めて人間の吠える声を聞いた。どちらかと言えば屠殺場に送られる牛のうめき声にも似ている。これから新しい生命を産み落とす人間の女は、生と死の、裏と表の一体となった境目を渡って来るに違いない。

「アリス！」トーマスは呼びかけた。にわか雨のように吹きつけてきた不安を払いたかった。

　彼女の瞳にやさしい光が灯され、微笑みが口元に浮かんだ。

「トーマス、そこにいるのね」言葉と一緒に白い指がのばされ、彼は握りしめた。

「俺は、君の役に立つことができるかな？」

「ええ、できるわ」アリスは激しく胸を波打たせ、涙を流した。

「そうかな？　どうすればいいのかわからない」

「そこにいればいいのよ」それだけ言うと、彼女の顔から一気に汗が噴き上がった。

「どきな」メル婆が横から彼を押しのけて、彼女のまたぐらに手を突っ込んだ。

「もう少しだ、あと少しだよアリス」

　彼女は返事をする代わりにうなずいた。

メル婆は今日の日のために、特別な〝作業着〟を用意していた。まだ袖を通していない亜麻のワンピースに、同じ亜麻で作られた白い帯を締めた。そこには一本の緋色の糸で刺繍がほどこされてある。絵柄はバラだった。彼女はそれを身につけ、振り向くと光がさし込み、その場所は祭壇となった。

「湯を用意しな、熱くてもぬるくてもいけない、人肌より少し熱めがいい」

トーマスは表に走り炉に薪をくべた。湯は沸いていたがそれを捨て、新しい水に汲み替えて湯を沸かした。テントの中では妊婦の心を和らげるために、わずかに香が焚かれ、香りは空中に漂わず、彼女らの足元を流れ始めた。香はトーマスに蹴飛ばされないように部屋の片隅に置かれ、赤い星となっている。ぱちっと音がして火花を散らした。

「湯を持ってきたか、持って来たらここへ置け。毛布を用意しろ、あるのか、ならここへ置け。まだ使っていない布はあるか？　あるならありったけここに用意しろ。妊婦に飲ます水を持ってこい、少し蜂蜜を混ぜておけ」

ああそれから、とメル婆は怒鳴った。「おまえの顔と手もよく洗っておけ！」

暗がりの中でアリスの白い脚が、なにものかを蹴るように動いたが、漂っていた香が乱れただけだった。汗にまみれた身体は低く恐ろしいうめき声に抱かれて、撃たれた虎のようだった。

ひとしきりうめいた後、アリスはメル婆に伝えた。「始まるわ」

メル婆は返事をしないで、腹を触って確かめている。「でたらめに息を吐くなよ。シッ、シッ、シッと小刻みに吐く息をコントロールしろ、吐き出す息に集中だよ」
アリスは返事も呼吸もままならなかった。悲鳴をあげただけだった。両手を虚空に伸ばし、たち込めてきた濃密な空気に爪を立て、そこをよじ登ろうとしている。

「支えて、わたしを支えて」

トーマスは生つばをごくりと飲み込みながら、恐る恐る近づいたがなにもできなかった。

「顔を拭いておやりよ、すごい汗だ」

メル婆は右手を彼女のひたいに当て、トーマスを振り返った。彼は震えていた。

ああ、汗、そうだな、今、今すぐやるよ。

「おい！」メル婆の厳しい声を聞いて、彼は呼吸が止まった。冷たい氷の柱が背中に当てられたくらい驚いた。

「うろうろするな！」「してねえよ」

「おい！」火の張り手がトーマスの頬を打った。

「おまえは小便をもらしている、川に行って身体を洗って来い、意気地なし！」

トーマスが飛んで出てゆくと、アリスはメル婆に呼びかけた。

「力が抜けてゆくわ、身体が浮かんでくるのよ」

「手を握れ」メルは力を込めて自分の指を彼女の指に組み込ませた。「息を吸え、深く」アリスの目がかっと開かれて、また閉じられた。唇に血の色が戻り、吐き出された息に腐敗したたにおいが混じった。いっそう部屋の空気が濃くなった。

川から戻ったトーマスが濡らした布をひたいに当てると、首も頬も耳も、ぎゅっと硬くなって彼は驚き、思わず手を引っ込めた。

彼女はうめいて首を振った。「あああああ！」彼女は力のすべてを顔に集めたので、真っ赤になった。しわくちゃになり、広がり、ぎゅっとすぼみ、一瞬とても小さくかたまり、弾けた。

「う！」次にふううう、と息が吐き出され、ぴしゃっと水の弾ける音がして、メルがよしっ！と叫び、赤ん坊を受けとめた。

「わはははは！」

メル婆が大きな声で笑い始めた。赤ん坊はまるでひどい仕打ちを受けたかのように、大きな声で泣き始め、アリスも最初は微笑んでいたが、声を上げて笑い、まあかわいい！と言った。

その声を聞いてトーマスは、アリスがいつもの姿に戻ったことを感じ、深く安堵し笑い始めた。アリスは目にいっぱいの涙をためていた。「かわいい！」彼女は大声でそう叫ぶと、再び力を下脚に込めた。多量の血と水がほとばしり、後産が勢いよく流れ出て、ぐったりとした。

メル婆は清拭をしてから、赤ん坊についている粘液と血を拭き取った。細い枯れた手が子どもの顔や指や性器を撫でまわし、無事であることを確かめると、彼女も若い母親に負けないくらいの、安堵のため息をついた。「五体満足なお嬢さんだよ」

女の子はへその緒を切られ、完全にこの世に誕生し、母親の胸へ導かれた。母と子は一緒にため息をついた。

「アン、この娘の名前は、アン」

アリスは小さく宣言した。産婆と夫に感謝の瞳を向けた。「ありがとう」

アン・マンズフィールド・サリヴァン・メイシーは、自分で大きく呼吸を始めた。


翌日、チャーリー牧師が花束とビスケットに蜂蜜を添えて、いそいそとやって来た。赤ん坊の顔をのぞき込み、あああ……とため息をもらした。

「かわいい子だ、アリスも無事でよかった」

「牧師の祈りのおかげだわ」アリスが半分からかいながら言うと、牧師は目頭を押さえた。

「こんなにうれしいことはないよ」

牧師の顔を見て、からかったことをアリスは後悔した。

「この子は、流れのほとりに植えられた木だ。時が来れば実を結ぶ」

牧師は、子どもに向けて手をかざし、祈った。

「この子のすることはすべて、繁栄をもたらしますように。受け継がれてきたものが豊かに実りますように」

子どもは声にならない声をあげて笑った。

チャーリー、受け継がれてきたものってなに？　そうアリスが尋ねようとした時だった、入り口にそっと立っていた小さな黒い影が動いた。アリスはやさしく呼びかけた。

「レイナいらっしゃい、赤ちゃんに会ってあげて」

入り口の影は少し動いた。牧師は空気が大きく動かぬように、そっと左へずれて、彼女が入ってこられるだけの隙間と配慮を作った。しかしトーマスが川から水を汲んで現れたのに気がつくと、鳥のように消えた。トーマスは皆が自分をじっと見つめているのに気がついた。

「どうした？　深刻な相談か？　それとも俺には秘密のジョークか？」

アリスが笑わずに答えた。「レイナがそこに立っていたのよ」

「俺を見て逃げたのか？」

「そうだわ」アリスが笑った。「きっと男の人が怖いのよ」

牧師はあらためてトーマスにお祝いの言葉をかけた。

「母子ともに無事でなによりでしたね、おめでとうございます。この教会コロニーみんながお祝いしています。レイナには今朝わたしが伝えたのです。一緒にお祝いに行こう、そう言ったのですが、そのときはうずくまったままで、返事はしませんでした。でも気になったのでしょうね」

トーマスは、少女が消えたあとを振り返りながら言った。

「あの子が、ひきこもりから抜けるきっかけになれば良いですね」

「まさにそのとおりです」

牧師は生まれたばかりの子どもを見つめた。「この子も、それを望むと思います」

若い二人の親は黙っていた。言葉の意味を考えながら、生まれたばかりの子を見つめた。そうなればよいと思った。

赤ん坊の泣き声は、小さなコロニーにあって、大きく響き渡る鐘の音になっていった。その声を聞いた者は床を取り払い外に出た。天気を見て畑に出た。なにかしなければならないと思い、身を起こした。長く伏せっていた者にとっては、気持ちを切り替えるチャンスになった。

また、異様な緊張を感じて牧師に相談する者もいた。

「牧師さん、あっしはこのところ、えらく気持ちが、こう騒いで、ええ、騒ぐんですよ。今まで、だらだらと何もしないで、寝そべっていたのに、それがね、牧師、寝そべっていることに、こう、気持ちの悪さを感じるんです。焦っているような、恐ろしい、今までにない恐ろしい不安なんですよ。牧師さん、あっしは死ぬんでしょうか？」

「ジム、それはいつからだい？」

「赤ん坊の泣き声が聞こえるようになってからでさあ」

「それは困ったね」牧師は大仰にうなずいた。「大変なことになるかもしれないよ、ジム」

「どうなっちまうんで？」

「ジム、あんたはこれから床を取り上げ、仕事に出るようになる。今まで寝ていた分、取り返すように働くようになってしまうんだ」

そこまで聞くと、ジムはあまりのことに悲観して泣き崩れた。牧師、あんまりだ、いったいあっしがどんな罪深いことをしたんですか。床を自分で取り上げて、働きに出てゆくなんて。これまで真面目に床に臥せって、ただ寝ていただけなのに！

「ジム、あんたは病気にかかってしまった。この病気は恐ろしい力を持っている。ときめき、という名前の病気だ。この病気にかかってしまった者で、助かった者はいない。ある者は、恋人と結婚してしまうし、歩けなかった年寄りが喜んで散歩に出るようになるし、人前に出ることができずにひきこもっていた若い女の子が、人前で神を称える歌を歌うようになるし」

「先生、やめてくれ、もうたくさんだ。あっしはもう助からないんですね？」

「そうだ、あんたはもう助からん」

腰を上げたジムを牧師はひきとめた、

「座れジム。これから毎朝赤ん坊の声が聞こえる。そのたびにこれからは、このように心の中で唱えるといい」

「なにをですか？」

「祈りだよ。赤ん坊の声がある限り、恵みと慈しみはいつまでもわたしを追いかける」

「それだけですか？」

「それだけだ」

ジムの落胆は激しかった。首が落ちるほどで、絶望を噛みしめながら教会を出た。

しかし次の朝、犬を連れてはつらつと散歩をする彼の姿を、何人もの人が見て驚き、牧師に報告するために走ってきた。

「先生、大変ですよ、あのジムが犬連れて散歩してます！　どうなっているんで？」

牧師は執務中だったので、顔を上げずに答えた。

「病気だよ、赤ん坊の声にときめいてしまったんだ」

「先生それじゃあ、やつはもう終わりですか？」

「終わりだ」

それからジムが製材所で働き始めたという噂が流れ、その噂を確かめた者は皆驚いた。

「だってよお、あいつが弁当持って、朝早くから仕事に出ているんだぜえ」

床を取り上げたのはジムだけではなかった。灰色の髪のカレンは、いつもにも増して卵を集め、牛乳と蜂蜜を混ぜたミルクセーキを作って、若い母親のもとを訪ねることが日課となった。赤ん坊よりは母親との関わりの方が楽しそうで、ほとんどしゃべることはなかったが、じっと室内を見渡し、必要があれば清掃し、整頓し、オムツの必要を見定め、川に行って洗濯した。

そしてある日、川の水がいつもより冷たいと感じて見上げると、空は大きく広がり秋になっていた。

しばらくすると、アリスは寝ている時間が多くなり、きついにおいの息を吐きながら、身体をよじってうめくことがあった。カレンがじっとアリスを見つめると、

「大丈夫よ、心配しなくていいの」そう言いながら笑顔はすぐに消えた。カレンはアリスの下血にも気がついていたが口に出すことはなかった。思い出したように腰の痛みを訴えることがあり、自分の考えたマッサージを施したが、そのたびにアリスの身体は燃えるように発熱した。

「もう少し寝ているわ、横になっていたいの」

授乳する時以外は横になり目を伏せ、話をする時も声を小さくして、体力や気力を温存しているように見えた。このことをカレンは誰にも言えないでいた。軽々しく口にしてはいけないと思っていたからだ。また、不安を表現する力がなかった。

トーマスはすべてを恐れた。なにか得体のしれない不安を恐れた。しかし一番恐れたのは、何もできない無能な自分だった。

「心配いらないわ、きっと産後の疲れが出ているのよ」

そう言われると、そう思うしかなかった。女性の身体、出産、育児など全く見当もつかない。彼にできることは無職を返上してお金を持ってくること。

よしそうしよう、それならわかる。そう立ち上がったが、焦りばかりがグルグル回り落ち着かない。すでに手元の金は尽きている。教会の善意でパンと牛乳は毎日配達される。アリスの身の回りの世話も十分に配慮されていたからよけいに焦った。

そんな朝、片腕の老人ロスに呼び止められた。

「おい、トーマス、子どもが生まれたばかりなのに浮かない顔だな、どうした?」

「仕事だよ、仕事を探している」

「そこらじゅうにあるだろ」

「そうだ、そこらじゅうにある、それで悩んでいる」

「何を悩むことがある、そこらじゅうにあるのなら、右から順番にやっつければいい」

トーマスは苦笑いをして下を向いた。どう答える？

「難しく考えすぎる」ロス老人はそう言った。簡単に考えろよ。

「それができなくて悩んでいる」

「おまえは頭が良すぎる。つまりな、ぐちゃぐちゃとこれは難しい、これはつまらないとわがままをこねくり回しているのさ」

「そうかな」

「なんでもいいからやれよ、それだけだよ。これからぶどうの木を見てくる」

そう言って彼は林の方に歩いて行った。トーマスは取り残された。また言われた、また自分勝手だと言われた、くそ。しかし次の瞬間思いついた。そうだ、給料というものをもらってみよう。世の中には出勤さえすれば金がもらえる仕組みがあると聞いた。それをやろう。町だ、町へ行こう。トーマス・サリヴァンは町へ出かけた。

スプリングフィールドは、すでに人口一万人を超える商業地区になっていた。州議事堂が建つ広場には公園が整備され、憩いの噴水が人々に初夏の涼感を与えて、ポップコーン売りや新聞を売る少年を輝く季節のパノラマに見せていた。

人々は広場に集まり、政局の行方を論じ合った。広場ではあきたらない人々のために酒場も乱立した。簡易食堂から、ご婦人たちが長く座って話ができるようなカフェも続々と誕生し、それらを支えるために食料品店は大忙しで、仕入れをしているそばから商品は売れていった。

州議会の会期中には議員と家族、従者、さらには議会を傍聴しようとする人々、議会を運営するスタッフ、それを他州に伝えるために集まるジャーナリストたちで町は大きく膨らんだ。ホテルが次々と建てられて街が創造され、ホテル専門に食料品を配達する商人が増えた。隣には紙屋、花屋、靴屋、衣料品店、家具屋も店を開いていった。

鉄道の駅舎は二つあった。売店が開設され、運送業者がどんどん入り込んで営業を始め、産地直送を売り込みにしている食料品店は業績を拡大させた。人々は迷うくらい選べる買い物の楽しさを満喫した。畑作農家は穀物の大量輸送が可能になり、付随して農機具も高い需要に押されて発展した。

トーマスは北六番街にある「エドの店」で足を止めた。赤ペンキの大きな看板がひときわ目立ち、そこには〝情熱、信頼、それはあなたのために〟と白くスローガンが書きなぐってある。店頭には焼きたてのパンの香り、銀の紙にくるまれた大きなバター、塩の大袋、その三倍のボリュームで黒砂糖、小麦粉はもっと広いスペース、隣にはラード、バスケットには鶏卵、ボトルに詰められた牛乳はしっとり汗をかいている。新聞は七紙がスタンドに天井まで届きそうに挿し込まれ、紙の匂いが新しい〝今日〟を強くアピールしている。

彼は店の中に進んだ。人影がなかったのでカウンターの後ろにあるウイスキーと煙草の見たこともない銘柄を見つめた。奥には猟銃が重たくて冷たい光を湛えているが売り物ではない。

「いらっしゃいませ、何をさしあげましょう」

銃の奥から静かな声が聞こえ、現れた人は髪をきれいに整え、ひげを剃り、襟にアイロンが当てられたシャツを着て看板と同じ色のベストを身につけていた。若くて背の高い優雅な男性、その人がエドだった。

「どうなさいました?」

エドはトーマスの顔を見てそう言った。顔色が良くないですよ、お客様。

「いや、たぶん緊張している」

「ほう、食料品店に入ってくるのに緊張されると?」

「ああ」トーマスはズボンの膝に手の汗をこすりつけた。

店主はその動きをじっと見ていた。「それで?」

「この店で俺を使ってもらえないか?　子どもが生まれてどうしても仕事が必要なんだ」

店主の顔にそう大きな変化はなかったが、目が少しやわらいだ。

「失礼ですが、新聞は読めますか?」

「いやほとんど読めない、知らない言葉が多すぎる」

「暗算はできますか?」「それならできる」

「三の倍数はいくつですか?」「九だ」

「けっこう」

トーマスは背中に冷たい汗が流れ落ちるのを感じ、口の中がカラカラになったが、どこか頭の中にぴんと張りつめた力がみなぎるのを感じた。

「あなたが万が一、店の売り上げを失くしたり、商品を壊してしまったりしたときに、代わりに弁済してくれる能力と信用のある方はおられますか? つまり身元保証人ですが」

「いる。教会の牧師だ。大金は持ち合わせていないだろうが、信頼できる人物だ。逃げも隠れもしないだろう」

「よろしい。それではいつから働けますか?」

「今日、いや今から」

「まだお名前を聞いていませんね。わたしはエド、エド・マクベイト」

「トーマス、トーマス・サリヴァン」

店主は壁の大きな時計を見上げた。

「それではトーマス、今から十分後、西側の駅に小麦を積んだ貨車が入ってきます。裏に大きな台車がありますから、それを使って受け取ってきてください。受け取り伝票はこれです。お金は要りません、サインしてくるだけでいいです。他にも人が大勢集まっているから場所はすぐにわかるでしょう。よろしいですか、理解できましたか？」

「ええ、大丈夫です、頭に入った」

「これからは、語尾に気をつけて、入りましたと言う習慣をつけてください、トーマスさん」

トーマスは息を呑んだ。急に大きな鉄の爪に身体をわしづかみにされたような気がした。

「はい、わかりました」

とても自分の声には聞こえない別人の声、別人のような頭、別人の世界。

「ああ、それから、これだけは守ってください、いいですか？」

「はい」

「わからないことはわからないと、すぐその場で言ってください。絶対にわからないことをわかりましたと言わないこと。どんなささいなことでも必ず尋ねて確認してください。それはわたしだけではなく、お客様にもそうしてください。わからないことは正直に、わたしにはわかりかねますので、申し訳ありませんが教えていただけますか？　と礼を尽くして尋ねるのです。よろしいですか？」

「はい、そのようにいたします」トーマスの心は硬くなった。

「ではトーマスさん、店の名前が入ったエプロンがあそこにありますから、あれを付けて行ってらっしゃい。そんなに緊張しなくてもいいですよ、客商売ですからね、笑顔、笑顔で」

トーマスは緑色のエプロンを付けた。白い文字で店のスローガンがプリントされてある。あの店主は俺の素性を聞こうとはしなかった、初対面なのに。

裏に回り頑丈に作られた台車を取り、飛ぶように駅に向かった。昼になろうとしていた。

その同じ頃、アリスのベッドのそばにそっと近寄る小さな影があった。アリスは気づいていたが寝たふりをしていた。小さな影は赤ん坊のそばに近寄り、寝顔をのぞいた。そして足元に黄色い花を一輪置いて出てゆこうとした。

「レイナ」アリスは呼びかけた。影は口元に手をあてて彼女を見た。「いいのよ、ここにいて」

レイナは黙っていた。そこを動こうとしなかった。

「あなたの助けがいるわ、レイナ。ここに来て」アリスは右手を伸ばした。

「正直に言うわね、わたしは動けないの。身体がとても熱くて、そして眠いわ。この布を冷たい川の水で絞っておでこに当ててほしいの」

小さな影はアリスの右手から布をひったくり、出ていった。アリスが天井を見つめていると、影は言われたとおり絞った亜麻布を広げて病人のおでこに置いた。そして逃げていった。

代わりにカレンが牛乳とスープ、苺(いちご)とパイを入れたバスケットを持って入ってきた。

「今、レイナが来てくれたのよ」

カレンは何も言わなかった。

「布を川で絞ってきてくれたのよ」

カレンはそれには反応せず、スープは？　と尋ねた。

「いただくわ」

カレンは慎重に深皿にスープをよそり、低い声で言った。

「あの子は毎日来ている、わたしについてくる」

「それで何をしているの？」

「見ている」カレンはそれだけ言うと出ていった。彼女が去ったあとにはラベンダーの香りが残った。アリスはスープの入った深皿を見つめたが、それを口にする気持ちにはなれなかった。

赤ん坊があくびをした。アリスは床を離れ、非常な努力をして赤ん坊を抱き上げた。

「あなたはいろんな人を連れてくるのね」

そして外へ出て、小鳥が飛び交う木立の中へ入っていった。この鳥たちもみんなあなたのことを知っているのかしら？　子どもはよだれを垂らしながら笑った。楽しい？　そう楽しいの？　あなたはどこにいても、誰が来ても楽しい？

木立の隙間から青空がのぞいた。すっと抜けてゆく空は少し高くなったような気がする。季節が変わろうとしているのかもしれない、澄み切った空にそう思った。

教会の鐘の音が聞こえて、顔を向けるとサルビアの花畑の中にレイナが立っていた。赤い花の中に立つ少女は子鹿のように見える。どんな言葉をかけようか迷っていると、頭と身体が重くなってきた。しかし声かけをしなければならない。

「いい天気ね」

レイナは答えなかった。じっとしている。

「一緒に歩かない？」

子鹿はもじもじしていたが、手になにか持っている。さっと花畑を飛び越えて走り寄り、手の中のものをアリスに押しつけて走り去った。濡れた布だった。川で絞った布だったが、握りしめていたために、冷たさよりは彼女の手のぬくもりの方が残っていた。

「レイナ！」レイナ！　もう一度呼んだが返事も足音もなかった。移り行く夏の陽を浴びて赤く反射するサルビアの上を、ゆったりと風が渡っていっただけだった。

暗闇にひきこもるだけだったあの子がわたしを気づかい、自分から働きかけてくれるなんて。人の役に立とうとしている、誰に言われたわけでもないのに、自分からそれを進んでやろうとしている。赤ちゃんの力かしら？　だとしたらアン、あなたはすばらしい力を持って生まれてきたわ。人生をないがしろにしていた人を労働に向かわせ、心をふさいでいた少女に希望を与える。この世に生まれてきただけなのに、ねえ。

赤ん坊はコロコロと笑った。二人の笑い声は鈴の音のようだった。

夕方、トーマスは家に帰る前に教会に立ち寄り、牧師に会い、無断で保証人にしてしまったことを謝った。

「すいません牧師さん、とっさに出てしまって。いや、俺には他に頼れる人があんたしかいなくて」

「かまいませんよ」牧師は笑って答えた、良い仕事が見つかって、アリスもほっとするでしょう。もちろんわたしたちも安心しました、気持ちは一緒です。赤ちゃんが生まれてどんどん良い話が増えましたね。

アリスも牧師と同じことを言った。良い人に巡り合ったようね。

そう思うか？　トーマスは気持ちの高ぶりを正直に顔に出していた。「顔に書いてあるのか？」

「そう、大きく書いてあるわね」アリスもまた美しく微笑んでいた。

「まるで初めての航海に乗り出してゆく水兵のようだわ」

おお！　トーマスは大きくうめいた。絶賛されたと思ったのだ。

二人は店主からプレゼントされた紅茶を噛みしめて飲んだ。

「おいしいね」

カップから顔を上げてアリスは尋ねた。それでどんな人なの？

「最初はホテルマンだったそうだが、なじみのお客さんに頼まれて一週間だけお店を手伝ったそうだ。そうしたら仕入れがおもしろくなり、値段をつけることが楽しくなって自分に向いていることがわかった。そのお客さんに商売の基本や資金のやりくりを教えてもらい、ホテルを辞めて独立したそうだ」

「へえ、チャンスがあったのね」

「ああ、自分の才能に気がつくすばらしいチャンスだ」

アリスは赤ん坊を見つめながら言った。

「あなたにもチャンスが来るわ、この子にも」

「君にもだろ?」

アリスは笑顔を見せた。そうね、そうなるといいわ、そう祈るわ。

翌朝トーマスはいつもより早起きして、子どものおしめを川で洗いながら、ていねいにひげを剃った。爪も切った。洗い立てのシャツを着て、飛ぶように店に出かけた。エドはもうカウンターに立っていた。

おはようトーマスさん、さっそく仕事を始めてもらうけどいいかな? ポールさんの農場に行って卵を買ってきてください。道が悪いから気をつけて、転ばないように。

卵? せっかくきれいなシャツを着てきたのに鶏小屋へ行くのか。

「はい、わかりました、行ってきます」

トーマスは線路沿いに町を抜けて山道へ向かった。しばらくすると森の彼方から木を切り倒す音や大きな歯車が回る音、土砂がひっくり返る音に大勢の人の声が入り交じり、騒音が大音響になって流れてきた。山を越えて海岸線に向かって伸びてゆく鉄道線路の工事だった。それはただの音ではなく、トーマスにしてみれば、やっと仕事にありついて、とぼとぼと鶏小屋へ向かう自分を激しく追い越してゆく時代の走ってゆく音だった。

急に目の前から、人間が管理している道路が消えて、枯れ木と草むらの中に獣道が現れる。人がかき分けていった跡をたどりながら歩こうとするが、細くて起伏が激しい。彼は卵を入れるための大きなバスケットをふたつ持って歩いていたが、不安を感じた。今は軽いが帰りにはぎっしりと重くなっている。エドさんは平気でこの道を渡ってきたのか？

感慨深く歩いていると、フーッ、フーッと獣が息を吐きだす音が聞こえ、彼は緊張した。しまった、武器になるものを何も持っていない。足音は聞こえないが、獣はトーマスのにおいを嗅いでいるのだ。熊ならばどうする？　どうすればいい？　慌てて背中を見せて逃げてはいけないのだ、ゆっくり歩け、獣は人間を恐れている。そうだ、やつは俺を恐れてとりあえずにおいを嗅いでいるだけだ。においい！　そうだ試しに！

ズボンのポケットからハッカの飴を取り出し、音の気配辺りにざっと放り投げた。気配が一瞬止まり、獣が身を伏せて目だけを動かしているのを感じて、すっとその場を離れた。飴が落ちた草の葉が揺れて獣が動いた。ハッ、ハッ、と息が強くなり、乱れた。今だ、彼は歩みを強めた。駆け出した頃には頭の中が真っ白になって、人家が見えた時には安堵のあまり涙が出た。人の家がこんなにもありがたいものだとは。涙をぬぐうこともなくオイオイと子どものように泣きながら、鶏が囲われている農場の中へ入っていった。

灰色の作業服を着て鶏の餌を作っていた男が手を止め顔を上げた。髪もヒゲもずいぶん濃くて鼻がとがっている。

「どうした？」「泣いている」

「エドの店から来た新入りか？」

「そうです、すみません、トーマスと言います。卵を売っていただきたいのですが」そこまで話すとまた涙があふれた。

「それで？」

「途中で獣に後をつけられて、ハッカ飴を撒(ま)いて逃げてきました」

男はそこまで聞いて大声で笑い始めた。「熊かと思ったか？」

「はい」

「そうか、たぶんうちの犬だ」

「犬？」

男はやさしい顔になった。

「この辺は開拓が進んで、熊も狼もインデアンもいなくなった。たまに鹿が道を横切るくらいさ」

トーマスは力が腹の下から抜けてゆくのを感じた。

男は自分がポールだと名乗った。卵が一番売れる商材だと気がついて養鶏を思いついた、ここの鶏は気が強いぞ、と彼は笑った。中身の濃い卵を産ませるためには、闘争心を植え付けるのが一番だと思ったのさ。

「闘争心？」

「そうだ。アジアでは鶏を闘わせてギャンブルにする連中がいるらしい。闘牛のようなもんだな。俺は思った、その鶏が卵を産んだら、さぞかしエネルギッシュな黄身が飛び出してくるだろうってね」

　ポールはそう言ってポケットから卵をひとつ取り出した。普通サイズよりひとまわり大きい。

「両手を出してみな」トーマスが両手を広げると、その中で卵を割った、割る時も石を拾ってぶつけるようにして割った。バチン！　と音がした。驚いて見ている彼の前に、重たいどろりとした白身が落ちてきて、その中に胸を反らして盛り上がっている黄身が現れた。

「香りが違いますね、まるで牡蠣（かき）の香りだ」

「おたくの国はどこだ？」

「アイルランドです」

　故郷の海岸線には古い壊れた船着き場があって、海岸にはもう誰も使わなくなった舟がそのまま放置してあった。子どもたちは隠れ家にして遊んでいた。海に潜り捕らえた牡蠣は、いつも腹を空かせている彼らの腹を少しだけ満たした。蟹（かに）は火をおこさなければ食べることができないが、牡蠣はそのまま食べることができて、子どもたちは好んで食べた。トーマスは海水につけたまま食べるのが好きだった。猛烈な塩辛さの中で練り込められた甘味はクリームの食感をもたらした。

　ポールが何も言わず自分を見つめているので、急いで卵を飲み込んだ。それは牡蠣をいっぺんに三つくらいまとめて飲み込んだくらいの猛烈な弾け玉だった。ひとつなら芳香だが、三つ固まると強い吐き気に変わる。目を開いてポールを見上げると、楽しそうに笑いながら話し始めたところだった。

「餌に差をつけて与えるのさ。目の前でわざとやる、量に差をつける。太いミミズをこっちにはあげて、あっちにはあげない。沢蟹を好む鶏もいる。もちろんトウモロコシは大好きだが、食い意地が張っている。人間と同じで餌に差をつけられるのが一番頭にくるらしく、相手を攻撃してまで自分の欲しい餌を奪おうとする。そこをわざと刺激してゆくのさ」

　卵を頑張って飲み込んだトーマスは答えた。「なかなか残酷ですね」

「そう思うか？」

　トーマスはポールの顔を見た。うかつなことを言ってしまった。

「ああ、いや、まるで鶏が、ああ、自分が鶏になったみたいで、あはは、俺ならまごまごして自分の喰いたいものも獲られてしまって、どうしていいんだかわかんないで、とりあえず走り回るだろうなって、はは」

　ポールはじっとトーマスの顔を見ていた。

「鶏の先祖が恐竜だということを知っているか？」

トーマスは真顔になって、知らないと答えた。

「鳥そのものが今も恐竜だ。ティラノサウルスから逃れるために、やつらは翼をあみだした。空へ逃げることを最初に考えたやつはすごいな、そう思わないか？」

空？　翼？　はあ？　すいません、もう一度、あの……。

「その卵には空へ逃げてゆく遺伝子があると考えるのは俺だけかな？」

トーマスはあらためて、この男の顔を見た。卵屋にしては冷徹な瞳をしている。ポールさん、俺、いやわたしには難しすぎる話ですよ。ポールはフーッと息を吐いて笑った。

「俺は卵を量産する計画はない。それはやろうと思えばできるだろうが、コストや管理のことをずっと果てしなく考えてゆかねばならない。そうだろ？」

「ええ、そうでしょうね」

本当にわかるのか？　そんな瞳で見つめられてトーマスは下を向いた。わからないのだ、そのようなことは考えたこともない。

「そんなことをしていたら、卵のグレードが落ちるだろ？　違うか？」

卵のグレード？　初めて聞く言葉だ。卵とはたかだか鶏が産み落とすもので、どれもこれも同じではないのか。

「よその養鶏業者と同じ卵であるなら、特に俺がやる必要はない。他人と同じことをするなんて、愚かだと思わないか？」

トーマスは胸の下がだんだん持ち上がってくるのを感じた。船に乗って故郷を離れたときにこれと同じ気持ちになった。そうだ、俺はあのとき。

「起業家はどれくらい他社と差をつけられるかが勝負だ。商いは戦争と同じシステムかもしれない。負けることは死ぬことだろう、違うか?」

「ええ、わかります」

「そこで考えたのが遺伝子の強さを特色にした卵さ。わがままな鶏たちが教えてくれたんだよ」

トーマスがどれくらい理解できるかを眺めながらポールは話していたが、ここで視線を外した。

「でもまだ本当に商品となっているかわからない段階だよ」

「それはどうしてです?」

「モニターが不足しているからさ」

「モニターってなんです?」

ポールはにんまりして、一呼吸置いた。

「この卵を食べた人たちの健康や体力がどう変わっていったかを知りたいのさ。言わば実証実験みたいなものかな? 変わった人、全く変わらない人、もしかしたら病気が治ったり、美容に、精力になんらかの良い変化が現れたかもしれないしね。栄養があるのはわかっているけど、それが身体の中でどんな影響を与えたのか、それがわかるようになればいいなと思っている」

トーマスはずいぶん時間が経ったような気がした。ポールはそんな彼の顔色を読んで言った。

「大丈夫、ここで道草をくってもエドは怒らないよ。俺の商品に対する説明を聞いていたと言えばいい」

二人はそれから引き締まった脚をしている鶏たちの間を縫って卵を集めた。ここの鶏はヒナを護(まも)るためにイタチやキツネにも立ち向かってゆくんだ。これは本当の話なんだが、キツネが殺されたことがある。つつかれて頭が割れていた、さすがに怖いと思ったね。

トーマスは帰り道を急ぎながら、やっぱり恐竜なんだなと思った。自分がモニターになってみようかと思った。アリスに持ってゆこう、彼女こそ強い栄養が必要なときだ。

バスケット二つに詰め込まれた卵はさすがに重かった。何度も下ろして腕を休めなければならなかった。トーマスが考えていたよりずっと時間がかかったが、エドは時間がかかったことより、無事に届いたことを喜び、ご苦労さまとねぎらってくれた。そして良い話を聞けましたか？　と尋ねた。

「ええ、それが、ふだんわたしが考えもしないことばかりで、それがよくわかりませんでした。でしたけど……」

「ええ何ですか？」

「この卵を妻に食べさせてあげたいと。子どもを産んでからいつもの元気がないような気がして」

「持ってゆきなさい」とエドは言った。

「ありがとうございます。代金は給与から差し引いてもらっていいですか？」

「そうしましょう、少しサービスしましょう」

これは理想的なことです、とエドは言った。

「自分の店の商品を家族のために買って帰りたい、自分の働いている店の商品を好きになる、なんて良い話でしょう」

トーマスはもっともだと思った。しかし思っただけで言葉にすることはできなかった。そこに立って笑っているのが精いっぱいで、なにか話についてゆけない。急なことばかりだ。

「どうしました？」

エドはトーマスがただ笑いながら黙っているので、彼自身がどう思っているのか聞きたくて言葉を促した。

「すみません、みなさんたいへん物知りで、わたしなんかはとてもついてゆけなくて」

「思ったままを、感じたままをどうぞ」

「それができなくて……」エドはうんうんとうなずきながら、

「まあ環境というものがお互いにありましたからね、そのうちなんとも思わなくなるでしょう。わたしは銀行にお金を預けに行ってきます、すぐに戻りますので」と言って出ていった。

ひとり残されて急に店が大きくなったように感じ、客が来なければいい、正直にそう思った。

その時だった。

「カシューナッツはあるか?」そう言って入って来た男は、白い麻の上着と、同じ色の顔が隠れる大きな帽子をかぶっていた。「女に贈る花もいっしょに出してくれ」

トーマスは焦った。カシューナッツがどこにあるのかわからないし、女に贈る花など見たこともない。「すみません、お客様、今あいにく」

「早くしろ」「は?」

「早くしろと言っているんだ」客はトーマスの言葉など聞いていなかった。

「ラム酒はあるのか?」

トーマスは返事もできなかった。

「で、いくらになる?」

トーマスは謝るしかないと思った。

「申し訳ありませんお客様、実は」

「もういい」「は?」

「スターライトホテルの四〇七号だ、そこに持ってこい」

客は出ていった。トーマスは口を開けていた。長い時間が経ってエドが戻ってきた。

「エドさん、お客様が来ましたが、わからないことがたくさんありました」

「お客様が来ましたか？」

「はい、それで、最初から言うと、クラッカー、じゃなくて、あの、アーモンドみたいな」

「……」

「あああ！　カシューナッツをくれとその人は言ったんです」

「この店にはありませんよ」

「ええ、わたしもそれは置いていませんと言ったのです。それでその人は帽子をかぶっていたのですが、女に贈る花はないのかと言われて」

「それもないですね」

「ああ！　そうだったんですか。わたしが店のどこかに、あ、カシューナッツもそうなんですが、どこかに、あの、あるのかなって、探そうとしたら、お客さん、その人が、ラム酒はあるのかって。それで三ついっぺんに言われたもので、どこから探して良いのかわからなくて、迷っていたんです。そうしたら、もういいって、その人が言って」

「その人がもういいと」

「ええ、それでホテルの名前を、ああ、何と言ったか、ホテル、四階の」

「どのホテルです？」

「持ってこいと言って出てゆきました」

「で、どのホテルです？　ここには十三のホテルがありますよ」

トーマスは泣きそうになった。まるで思い出せないのだ。

「今度からメモをとったほうがいいです。わたしもたくさんメモします、これです」

胸ポケットから巻紙を出して見せた。細かな文字が日付と時間を刻んでぎっしり並んでいる。

「わたしは過去に二度、約束の時間を忘れたことがあります」そしてにっこり笑った。「手痛い失敗をしましたよ」

「それで、わたしはどうすればよいのでしょう?」

「どうすることもできません、待つしかないでしょう」

「何を待つのですか?」

「もう一度その人が来るかもしれません、必要ならもう一度来るでしょう」

「いやです、待ちたくありません、探しに行きます」

「ふざけるな!」

エドは店の商品がすべて床に落ちるほどの大声で怒鳴った。トーマスは直立した。

「いいか、よく聞け。これからおまえは入荷したばかりのトマトの仕分けをする、大きさと形をそろえる、それが終わったら店頭の掃除、次に小麦粉をふるいにかけて小分けして袋詰め、それから駅に行って品物を受け取る、そのあとはツケがある酒場をまわって集金だ。これを午前中にやれ、わかったか、わかったらやれ、やるんだ、考えるな今すぐやれ、今すぐだ、走れ!」

トーマスは頭と身体に鉛を埋め込まれたようで、走りたくても走れなかった。壁や棚につかまりながら、やっと店を出たが今何を言われたのか、もう忘れていた。くやしい、くやしい、自分の愚かさがくやしい。大きな声で怒鳴られ小さくなってはいつくばっている自分がくやしい。町中のホテルを探すなんて幼稚なことを言ってしまった自分がくやしい。だめだ、逃げよう、俺には無理なんだ。また失敗した、また失敗した、またやった、また言い訳を考えながら家に戻らなければならない。逃げてしまえばそれで終わりだ、エドは追いかけてこない、心配もしない、クビになったと言えばいい。

早い時間に夫が帰って来たのを見て、アリスは口を開きかけたが、青ざめた顔を見てやめた。なにかあったのだ。トーマスはエドが大きな声で怒鳴ったいきさつを話した。

「それで逃げてきたの?」と、アリスが声を低くして尋ねた。

「そうなんだ、俺はケンカに負けた子どもみたいに逃げてきた」

アリスはしばらく黙り、考えて言った。「でも逃げ込める家があってよかったわね」

でも本当はよかったなんて思ってなかった、生まれたばかりの子どもを見て恐ろしい不安を感じていた。

「俺が使い物にならない男だとは思わないのか?」

「気持ちを切り替えて、何度でも、何度でも挑戦すればいいじゃない」

「馬鹿にしないのか?」

「しない。わたしはあなたが何度でも気持ちを切り替えてゆく姿を見るの」

笑顔が生まれた。「感謝しなければならないな」

「わたしにではないわ」笑顔が消えた。「新しく起きる、これからのことによ」

トーマスはうなずいて、そうだな、と言った。預言者のようだな、その瞳はうつむいていた。


秋の初めに、彼はホテルの雑役夫に就いた。雪が降ってしまったら、仕事は限られるからな、と笑顔で言った。安定した職場がいいだろう。

アリスはそれは良い仕事を選んだわと、笑顔を返した。

トーマスは自分に向いている仕事だと思った。裏路地の清掃、ゴミの廃棄、客室の清掃、なるべく客と顔を会わせないようにしてくれ、という支配人の言葉は、彼にとっては都合が良かった。そしてなるべく自分ひとりで仕事ができるようにと頼んだ。なぜかね？　支配人は一応尋ねた。トーマスは特に深い理由はないが、ひとりのほうが集中できるような気がする、と答えた、支配人は少しうなずいただけで、何も答えなかったが、そのように手配してくれた。

秋の終わりにトーマス一家はテントから丸太小屋に移り住んだ。開拓民が移動する時に、教会に寄付すると言って残していったものを譲り受けた。最初の給与でトーマスはオーブン付きのストーブを購入した。彼は森に入り木を切り倒して薪を作った。それから家族は教会コロニーの中にあるリンゴの森を歩いた。すばらしい香りが木々の間に満ちていた。トーマスは小さな籠にリンゴを詰めて支配人にプレゼントした。彼はたいそう喜び、全体でどれくらいあるのかと尋ねた。トーマスが大体の分量を大きな台車で譬えると、「二台分もらおう」と言ってくれた。さっそくトーマスは牧師に報告した。

「恵まれたホテルです」牧師はそう言って、「今日中にお届けできますよ」笑顔で作業着に着替え小走りにリンゴ園に向かい、

「今年のリンゴは出来が良い、これを町で売ることができれば相当な収益になりますねえ。コロニーが冬を越す財源になる」

牧師はリンゴに向かって祝福し、感謝の祈りを捧げた。

第五章　弟の誕生

そして二年が流れた。

アンの弟ジミーが生まれた夏は大雨と日照りが交互に繰り返され、いったん雨の中に沈んだ森は濡れたまま幾日も泥の中にあって、腐ったにおいは絶えることがなく、風が強い日には森の奥から水に巻き込まれそのまま泥の中に横たわった獣が、死臭となって人里をうろついた。

また、開拓民たちが処理しきれずに残していった農機具、家具、家畜の餌、糞尿、あるいは家畜小屋そのものが川に流され、川面は汚染された。川岸の肥沃な土壌を選んで畑作を営む農家は、悪臭に加え、ハエの大量発生にも苦慮しなければならなかった。

教会のコロニーもその例外ではなかった。トーマスの家族はおしめを川で洗濯することができなくなり、丘の上に転居した。少なくともそこは悪臭が目の前で渦巻くことはなかった。

「ここならハエはいないの？」アンは母親に尋ねた。

「ええ、そうよ、でもどうして？」

「ハエが目にたかるの」

そういえばハエがたかると言って、アンはよく目をこするようになった。赤く腫れていることともある。アリスができることは、きれいな冷たい水に布を浸し、まぶたと顔をふいてあげることだけで、生まれたばかりのジミーは発育が悪く、よく発熱し下痢をして、すぐに吐いた。

若い母親には不安なことがいろいろとあった。彼女は夫よりもメル婆によく相談をしに出かけた。老婦人はいつも笑顔で迎え、忍耐強くアリスの話に耳を傾けたが、ジミーの病弱についてはわからないと言った。泣くのはかまわないが、吐くのはよくない。それに、彼女はアンのまぶたに手を置いて、熱があるねと言った。

「医者にみせなさい」

「そうね」

「どうした？　医者にみせるお金がないのかい？」

アリスは黙ってうつむいた。メル婆は若い母親の心情を思った。トーマスには言えないんだね？　アリスは返事ができなかった。

「あんたが落ち込むと子どもの病気は治らないよ」

メル婆はお金をアリスの手の中に押し込んだ。アリスははっとしてメル婆を見たが、その手を包みながら受け取った。

「ありがとう、遠慮なく借りるわ」

「そうしておくれ、トーマスには内緒だ」

帰り道はゆるい登り坂が続く。アリスは胸の苦しさと一緒に腰の刺すような痛みに、目の前がかすみ始めた。

「少し休みましょう」

親子は木工場の片隅に積まれてある材木に腰掛けて休んだ。

「ナイショってなあに？」

アンが笑ってアリスの顔をのぞき込んだが、その瞳はひどく充血していた。

「誰にも言わないって約束することよ」

アンは何度もしゃがみ込んで目を押さえた。アリスはせかすことなく、子どもが立ち上がるのを待った。言いようのない焦りと不安で空を見上げた。青く張りつめた空を。

夜半に帰宅したトーマスに不安を打ち明けたが、返答は期待したものではなかった。

「もう少し様子をみたらどう？」

そして部屋の片隅に毛布を丸めて犬のように寝てしまった。明日も早番だ、疲れたよ。

アリスはしばらく彼を見つめていたが気を取り直し、まずアンに卵のスープを与え、それから慎重にジミーを抱きかかえて授乳を始めた。腰に刺す痛みが走る。座り方を変えながら痛みを逃がし、子の頭がグラグラしないようにしっかり押さえたが、自分の気持ちは収まりどころを見つけることができない。身体が熱い、口臭もきつくなっている。おでこに手を当てると焼けた石のようだ。わたしも早く寝なければならない。

時間をかけて授乳しているうちに、アンは床で寝てしまった。寝ている子を抱き起こしてべッドに連れて行くと、身体中から悲鳴が上がった。腰がみしみし音を立てる、硬直しているかのように背中が曲がらない、腰から下が痺れたあと感覚が消えることがある。何度も転びそうになった。

翌朝、トーマスは食事もしないで出ていった。その後ろ姿を見ながら、家庭がめんどうくさくなってきたのかなとアリスは思った。もっと喜んで家庭に関わってくれると思ったのに、わたしが悪いのかな？　でも何が悪いのだろう？　思いつめながら洗濯物を抱えて井戸に向かうと、チャーリー牧師と見知らぬ男性が坂を上がってくるのが見えた。

「やあアリス、メル婆から話を聞いたよ。この方はドクターロバート、わたしの古くからの友人だ。事情は説明してある、診てくれるそうだ」

ドクターロバートは銀色の髪に精悍（せいかん）な青い瞳をして、折り目のついた黒いズボンをはいていた。

「初めまして奥さん、どんな様子かお話ししていただけますか？」

そう言いながらもロバート医師はすでに、ぴたりと母親の腰に寄り添っているアンの瞳を診ていた。

「ハエがたかっていませんでしたか？」

母親はまっすぐに医師を見て言った。ええ。

医師は即答した。このままでは失明します。

アリスは返事もできず呆然として立っていた。代わりに牧師が言葉をつないだ。

「どうすれば治りますか？」

「通院して治療するしかありません。薬が必要です」

医師はジミーも診たが、おそらく内臓が弱いのだろうと言った。それ以上のことはわからない、今は。最後に医師は若い母親に厳しい目を向けて忠告した。

「しかし奥さん、あなたも治療が必要ですよ。しかも今すぐにです。妙な息切れを感じませんか？」

「ええ」

「肺の病気かもしれませんよ。わたしの病院へ来てください。お子さんも心配でしょうが、まずお母さんが先です。あなたが倒れてしまったら、わかりますよね、どうなるか」

アリスは返事をしないで、お礼を言った。行くとも行かぬとも答えなかった。その姿を見て、牧師は具体的な提案をした。

「アリス、君は今までとてもよく働いてくれた。そこでボーナスを出そうと思うんだ。幸い今年はリンゴがよく売れた。この分を君にまわそう」

「だめです、そんなことだめです、わたしだけそんなこと、受け取れません」

「君がいったん受け取るんだ。そして健康になりわたしたちに還してほしい。金銭ではなく何か別な力と働きで」

アリスはうなずいて感謝した。それ以上のことにめぐらすだけの知恵が浮かんでこなかったからだ。そして途方に暮れていたからだ。

夕方になり早番だったトーマスが帰宅したが、まだ夕飯が出来ていなかった。いいんだよ、俺は別にメシを食いにここに来るわけじゃあないんだから。そう言ったトーマスの目は笑ってはいなかった。アリスはその瞳に今日の出来事を語らなければならなかった。

「ふーん」と、トーマスの反応は冷淡だった。アリスはこわばった。

金が足りないってことだよね。「そうだよな、俺の稼ぎなんかわずかなもんだ」

「ごめんなさい、あなたを責めているわけではないわ。そんなふうに聞こえたらごめんなさい。ただね、薬代がとても高いのよ」

トーマスは横を向いて言った。

「よかったねえ、頼りになる人がいて。俺ひとりじゃあ話にならないってことだよな」

「トーマス、あなた何を言っているの？」

「何をって、事実さ」

「トーマス、待って。わたしにはあなたしかいないのよ。あなたがわたしの夫であり、友でもあり、そして親でもあるわ。あなたが絶対の存在なのよ。わたしを置いてゆかないで、突き放すようなことを言わないで」

「違うな」トーマスは立ち上がり言った。

「おまえはそう言うが、一番大事なことを、一番最初に俺に言わず誰かに相談している。俺は二番目か？　三番目か？　果ては一番最後に出来上がった話を、これこれこんなふうに決まりましたと連絡を受ける。なるほど俺は司令官かもしれない、この家ではな。しかし作戦の参謀は俺の知らない誰かだ」

トーマスは目を開いているアリスを見つめて言った。それには理由がある。

「俺の仕事がフラフラしているからだ。そうだろう？　顔に描いてあるぞ」

「今、そんなこと考えたくないのよ、わかるでしょう？」

「おお、そうか。俺は今見当違いなことをしゃべってしまったんだな。それで？」

アリスは込み上げてくるものを、ぐっとこらえなければならなかった。ああ、だんだんわからなくなってくる。

「トーマス、あなただけがわたしを救える人、あなただけ。だからあなたにはいつも、いつも輝いていてほしい。まぶしくて目を細めるくらい輝いていてほしい。自分の好きなことを思ったまま、ひらめいたままでもいいわ、あと先のことを考えなくてもいい、まっすぐに進んでほしい。だから、だからね、よけいなことをあなたの耳には入れたくないの。ええ、隠していたのよ、心のどこかで黙っていようと思っていたのよ」

アリスは一気に語った後、自分の心の形に気がついた。そう、隠していたんだわ。

トーマスはアリスの瞳に何か言いかけた。

「違う！」と、アリスは言った。アリスは自分自身に言った。違う。

「トーマス、言っておくわ。あなたとわたしは別々の人間じゃない、ひとつなの。今もこれからも」

トーマスはまだ何も言えなかった。再びアリスは自分の言葉に祈りを込めた。

「トーマス、わたしが今怯えているのがわかるかしら？」

「わかるよ、子どもが二人病気なんだろ？」

「違うわ、子どものことではないのよ」

「誰のことなんだ？」

「わたしよ、わからない？」

「わからないよ」

「わたしは長く生きられそうもないの」

二人は黙った。

「どういうこと？　医者がそう言ったのか？」

「いいえ違う」

「では誰が？」

「誰も言っていない。でも自分の身体よ、わたしが一番よく知っている」

「すると勘か？　勘がそう言ったのか？」

そうよ。

トーマスは言った。

「わからんね、わからないんだよ、そんなことを今言われても。それでどうする？　俺になにか特別なことができるのか？　明日またホテルに行って今日と同じ仕事をするだけだよ」

「ええ、そうね」

アリスは力尽きてうなだれた。身体が熱い。休まなければならない時間だが、ジミーが泣き始めてしまった。彼女はジミーを抱いて家の外に出た。夫にうるさいと言われる前に。

母親のあとを追いかけてアンが走ってきた。ぶつかるようにして身体をあずけ、しがみついた。「大丈夫よ」母の声は優しかったがアンの返事はなかった。母と娘は耐えなければならなかった。夫の心を乗っ取っている冷淡に、父親として本来の姿から程遠い無関心に、そして虫のように這いずりまわる理不尽な嫉妬に。

「お父さんは一生懸命働いているわ」アリスは幼い娘に語りかけた。そして笑顔を作った。

「つらいこともあるでしょうけど、お父さんはわたしたちを思って、きっと辛抱してくれる」

アンは言った。「お父さんが目を治してくれるの？」

「そうよ」若い母親は言葉ではそう言ったが、気持ちの上では違っていた。心の中ではそうあってほしいと思っていた。そして娘を抱きしめる腕は、今のわたしの言葉を信じてと言っていた。

抱きしめられた娘は、身体をゆらゆら揺らしながら尋ねた。「いつ?」

「もうすぐよ」

「もうすぐっていつ?」アンは泣きながらそう言うと、頭を母親の身体に激しくぶつけ始めた。

「目が痛い！　痛い痛い、目が痛い！」

そのとき、ふうっとあたたかい気配を感じて振り向くと、トーマスが立っていた。彼は昼間が夕暮れへと光の力を変える場所に立って家族を見つめていた。

「アン、おいで、公園に行って目を洗おう」

アンはどうしたらいいかと母親を見上げた。母親はうなずいて、行きなさいと促した。父親がさらに手を伸ばして導いた。さあおいで。

若い家族が暮らす住宅地にはまだ荒地が広がっていたが、急増する移民のために公園と井戸が各地に用意されてあった。広場にはバスケットコート、丸太を半分にしたベンチ、粗雑にペイントされたブランコ、そしてむき出しになっている井戸のポンプがあった。

「ここに来なさい。まず両手をきれいに洗って」

アンは両手を差し出した。ポンプをゆっくりスライドさせると、すぐに圧力が加わって水が上ってくる。ほとばしる水の中で小さな手のひらは白い花びらのようだ。

「目の周りをそって洗ってごらん」

アンはびしょ濡れになった両手を目にこすりつけた。

「こすりつけないで、水をかけるだけでいい」

トーマスは少しずつでいい、目の周りが冷えてくればいいよと、水を汲み上げながら声をかけた。「自分ひとりでできるようにしなさい」トーマスはポケットから小さく切った布を出して娘の顔を拭いた。目の周りが赤いあざになって腫れている。冷やすのをやめるとすぐに熱を帯びてくる。顔全体をまんべんなく冷やしたが、娘がずっと黙っているので呼びかけた。

「痛くないかい、アン？」

アンは返事をする代わりに、顔に爪をたてて掻きむしろうとした。

「どうした？　かゆいのか？」後ろから急いで抱きしめ両手を押さえると、アンは声を上げて頭をのけぞらした。トーマスの顎にもろに当たり、ゴンという鈍い音がした。うっと声をあげて彼は娘を突き飛ばした。娘は砂利の中に倒れ込み、そのままうずくまって大声で泣き始めた。

「どうしたい？」まるで獣のようだ。人間の形をしているが目も鼻も口も耳もどこを向いている？　なにが欲しい？　なにが気に入らない？

「帰ろう」

子どもは少しずつ砂利の中から立ち上がり、父親が埃を払うのに任せた。しかし泣くことをやめなかった。西の低い空に一番星が輝き始めた。

「ほら金星だよ、アン」娘は空を見上げることもしなかった。

戻ってきた夫は妻に言った。

「困った子だよ、なにがしたいのか全くわからない。なにを聞いても黙っているしね。いつもこうなのか？」

アリスはずっと微熱が続いているので、ジミーと一緒に横になっていた。顔だけを夫に向けた。「普段からそうよ。目がよく見えないからだと思うけど、なにをしてもチグハグで頭と身体がバラバラ、だからいつもイライラしている」

「どうすればいいかな？」

アリスは気持ちだけ前向きだった。

「今はまだ食が細いけど、たくさん食べてもっと大きくなって、走り回るようになれば気持ちも変わるわよ」

「君はどうだ？」

トーマスの耳は彼女の胸の奥からもれてくる奇妙な音を聞いていた。

「わたしは大丈夫よ、少し身体がだるいけれど」

「薬代を稼がなくてはならないな。アリス、アン、ジミー、三人分」

アリスは手を延ばした。彼はそれをつかんだ。もう話をしなくていい、休め、彼がそう言うまでもなく、アリスの身体から力という力が抜けていった。

次の日、まだ歩けるうちにとアリスは子ども二人を連れて病院へ出かけた。牧師から紹介されたロバート医師の病院は、灰色の土の壁と赤いレンガで造られていた。もともとは教会で、草創期に信徒たちが植樹したポプラが歩道に並んでいる。右脚を失った松葉杖（まつばづえ）の若い男性が看護婦に付き添われて、そのわずかな木陰を歩んでいる。レンガの壁には蔦（つた）が茂り、目で追ってゆくと二階の白枠の窓から頭に包帯を巻き付けた青い顔の男がこちらを見ていた。

　待合室は礼拝堂をそのままに使っている。小さな窓が南向きに開いており、レースのカーテンがわずかに揺れて、暗く湿った床、それ以上に暗い廊下が青白い照明に支えられ、静かに延びている。アリスたちの他に誰もいなかった。

　足音が近づいてくるのを、アリスは強い眠気の中で聞いた。耳を上げてそちらに気を向けたが何もかもぼんやりとしか見えない。誰なんですか？

「立てますか？　先生がお会いになります」

「なんですか？」

「ここは病院です。あなたは病気になっています、わたしにつかまってください」

　看護婦のメアリーは元従軍看護婦で、南北戦争が終結した後はこの病院で仕事をしていた。背の高いたくましい肩をした女性で、広い額とその下に一見冷徹の黒い瞳を持っていた。

　アリスは処置室ではなく、そのまま入院するための病室に運ばれた。六つのベッドが置かれており、母と子はそれぞれに分けられ、アリスは子どもがベッドに寝かされるのを見て気を失った。

急速に街が発展するアダムスストリートにあって、アイルランド移民たちがそれに消されまいと、存在の痕跡をかけて造り上げた白い尖塔(せんとう)のあるバプテスト教会が、午後二時の鐘を打ったとき、アリスは目を覚ました。ちょうどロバート医師がアンの呼吸を確かめようと近寄ったときだった。

「気がつきましたか?」

「すみません、わたし寝てしまって」

「違いますよ奥さん、気を失ったのです」

返答もできないアリスに医師は落ち着くように、と両手を広げてひらひらさせた。

「あなたは、いやあなた方は単なる風邪をひいたのではありません。重い感染症にかかっています。特にあなたと坊やは重篤な状態です。お嬢さんの目は少しタイプが違うようですが」

「重篤と言いますと?」

「病状が非常に悪い状態です。自分でもそう思いませんか?」

「ええ」

「わたしは軍隊の医者なので外科が専門です。感染症にはそんなに詳しくないのですが、男の子はもう立てないでしょう。奥さん、あなたもです」

しんとした廊下を誰かが急ぎ足で渡っていった。

「感染症は、ばい菌が傷口に入るのとは違って全身に広がって行きます。わたしが知る限り、この手の病原菌は肺に、そして骨にまで届いてしまうのです。立てなくなるのはそのためです」

　医師は最後までの予測をきちんと伝えなければならないと思っていた。戦場ではいつもそうしていた。切断するぞ、あきらめるな、脚を失うが死ぬわけではないからな、おまえは生きる、しかし脚は死ぬ、いいな。

「先生」アリスが呼びかけた。

「なんでしょう?」

「男の子は生き抜くことができますか?」「難しいです」

「あとどれくらい生きられますか?」「わかりません」

「では、わたしはどうでしょう?」「長く生きることはできないでしょう」

「男の子もそうですか?」「そうです」

「女の子は?」

「女の子は違います。目の病気にかかっていますが、全く治療ができないわけではありません。良い治療を受ければ回復の可能性があります。それにこの子はまだ病原菌に侵されていません。そこが違います」

「夫にこのことをすべて伝えるべきでしょうか?」

「いいえ」医師はそう言うと、少しだけ視線を足元に落とした。

「わたしは今、なぜあなたがそう尋ねたのか考えました。伝えるのなら、医師にわざわざ聞く必要などありません。しかし伝えたくない場合、人間は判断をためらうものです。伝えたくない、あなたは黙っていようと思った、そうですね？」

「そうです」

「それは残された時間の重さを考えたからですね？　伝えてしまえば、当たり前のことが当たり前でなくなる。夫は常にあなたの顔色を見る、そしていつもと違うことを言い、ふさわしくない行動をとるだろう、そう思いましたか？」

「思いました。なにか、形だけの日常が突然現れるような気がしたのです」

「わたしもそう思います」

「どうすればいいですか？」

「特別なことはなにもありません。いつもどおりのことを当たり前にするしかありません。そして穏やかに過ごすのです」

「そんなことできるかしら。こんなに恐ろしいのに」

「できます、できますとも」

「どうして？　どうしてそんなことが簡単に言えますの？」

「この娘さんですよ。この子があなた方二人分まで生き抜くからです。しかも信じられないくらいの強い力で」

これはわたしの臨床経験からわかることですよ、そう言って医師は部屋から出ていった。

するとアンがベッドから滑り下りてきて母親のそばに立った。母親はその頭を引き寄せた。

「あなたは強い子よ、アン」

「おかあさん」子どもは母親を呼んだ。おかあさん、おかあさん、おかあさん。すると母親の意識が遠くから戻ってきて子どもの前に立った。子どもは言った「帰ろうよ」

母親はうつむいて、しばらくじっとして身体中から熱い火がほとばしるのに耐えた。

「うん、そうだね、帰ろう」

その夜はつましく豆のスープと黒パンで、家族は食事をしていた。トーマスはホテルの路地裏で知り合った新聞記者の話をした。

「スエズ運河の工事には、ばかでかい機械が使われているようだな。もう人間が川に入らなくてもいいらしい」

アリスが皿を片づけながら、楽しそうに返事をした。

「あなたが川の中で仕事をしていた時代が、大昔になってゆくのね」

アリスはゆっくり歩いていた。トーマスはその動きを慎重に目で追っていた。

「今日は調子が良さそうだね」

「ええ、病院で頂いた薬が効いているみたい」

「そうか、薬か」

夫婦の会話がそこで中断した。アンが顔を上げて父に尋ねた。

「おだやかに過ごすって、どんなこと？」

トーマスの瞳に力が入った。

「おだやか？　アンはその言葉をどこで聞いたのかな？」

「病院」

「先生がアンにそう言ったのかい？」

「おかあさん」

「そうか、先生とお母さんが話をしているのを聞いていたんだね」

アリスは急に明るく言った。「あら、アンは眠っていなかったのね」

アンは返事をする代わりに母親の顔を見つめ、そして父親を見た。いつもと違う表情の父親がいた。

「静かで、幸せという意味だよ」

アンが黙っているので彼は続けた。「もっと特別な意味かと思ったかな？」

アンは首を振った。

父親は身を乗り出した。「先生はアンになにか話しかけたの？」

アンは首を振った。

「目のことだよ？」アンは首を振った。そして黙った。父親も母親も黙った。

それから家族はそれぞれの感情と沈黙を抱いて眠りに就いた。静かではあったが、決して穏やかではなかった。ぶつけられない思いがあり、隠さなければならない言葉があり、正直に顔を上げてはいけない間があった。その中を不安の影のように小さな魚が泳ぎ、アリスは眠れなかった。トーマスは眠っていた。

決して隠し事をするわけではありません、と言った医師の言葉が何度も思い出され、アリスは胸を苦しくした。そして背中には〝火の針〟を刺し込まれ、横を向いても丸まっても、のけぞっても火の針は何度も皮膚と骨を貫き、身体のどこかに溶炉があり、誰かがそこで針を火にあぶっているようだった。彼女は眠れなかった。しかしまどろみ、明け方には夢をみた。黒い馬が川の中をしぶきを上げて走って行く。赤く光る瞳は狂気を探して獰猛に燃えている。もはやそれを止めることができるのは死しかない。

翌朝、アリスは起床することができなかった。咳をすると胸に大型ハンマーが叩き込まれ、そのたびに何も見えなくなったが、トーマスの姿はすでになく、遠い意識のどこかで起きなければならないという呼び込みの力が働いていて、か細い伝達が手足のあちらこちらに伝わっていた。どうしても起きなければならない。よくわからない義務が彼女を起こそうとするが、その力は砂のようにどこかにこぼれていった。

気がつくとベッドから落ちていて、頭も手も歪んだまま床に広がっており、隣にジミーも同じように横たわっていた。

「アン！」

彼女は娘の名を呼んだ。声だけは出た。「あんたがジミーを落としたの？」

しかし返事はなく、人が動く気配もなかった。同時にジミーににじり寄り、触って体温があるかどうか確かめた。息子は死んでいるのではなく眠っていた。ホッとして顔を上げたが目がかすんでよく見えない。まぶたをこすりつけて開き、ようやく目に力が戻り、こめかみに手を当て室内を見たが娘の姿はなかった。冷静になるためにひとつひとつのことを確認することから始めた。

トーマスが仕事に出かけたあと、二人はベッドから落ちた。おそらくジミーが先に落ちた。それをアンが知らせに母親に駆け寄り、身体を揺すった。それでアリスは身体を起こそうとしたが、失敗して床に落ちた。そのまま息子は眠ってしまい、自分は気を失った。では娘はそれからどうしたのか？　なぜこの家にいないのか？　目が不自由な子どもがどこへ行くのか？　外に出てみよう、病院から借りてきた松葉杖がベッドのわきにある。

彼女は両腕と首を使い自分の身体を引きずった。それは濡れた土のう袋のように重く冷えていたが、必死の力は重いとか痛いとか苦しいとかを感じさせなかった。外に出よう。涙を流しながら立ち上がるとドアを蹴飛ばした。

郵便配達をする初老の男が通り過ぎる。彼は荷馬車を追い越して消えた。彼女はテラスの階段を下りることができない。それで松葉杖を頼りに仁王立ちになり、歯を食いしばりながら戦況を見つめる司令官のように、そこに立った。しかし見えているものが見えていないに等しく、なんの信号も情報も入ってこない。焦っているからだ、アリスはそう言い聞かせた。怯えているからだ、自分の鼓動が険しい山と谷を越えてはるか遠くからやって来る。だめだ、また浮き上がる。彼女はまた歯を食いしばりそれに耐えたが、下半身は耐えられなかった。彼女は時間をかけてそこに座り込んだ。倒れ込まないだけの力がまだ残っていた。

そのとき、坂道を馬車が急いで上がってくるのが見えた。その馬は明確な目的をもってこちらに向かってくるように感じ、アリスは新しい不安を覚えて身構えた。とたんに背中と腰が切り裂かれ、痺れた。頭の中を右から左へ激しい痛みが通り抜けた。馬車は意外なほど静かに彼女の目の前に止まり、それ以上に静かにロバート医師とアンがそろって降りてきた。アリスは稲妻のように叫んだ。

「アン！　あんたどこへ行っていたの！」

ロバート医師は往診カバンを持っている。

「おはようございます、奥さん、娘さんがひとりで来たので驚きました」

アリスはすべての感情が止まったたまそこにうずくまっていた。医師は静かだ。

「よほどのことがあったと思い、来てみたのです」

「アン、あんた目が見えるの？　見えるようになったの？」

アンは震えながらも落ち着いて返事をした。

「薬よ、先生からもらった薬が目を少しだけ良くしたの」

「よかったですねえ、薬が効いて」

狼狽している母親は、娘の言葉も医師の言葉も聞いてはいなかった。

「だめよ、アン、ひとりで外へ出ないで！」

しかし娘は意外なことを言った。

「自分で考えたことだから仕方ないの」

アリスはその言葉の意味がわからなかった。

「なんですって？」

五歳になる娘は髪は伸び放題、爪も汚れていた。耳の周りには垢が浮き上がり、黄色い目やにが大きくこびりついている。まるで顔を洗ったことがないように見える、このみっともなさをアリスは母親として恥じたが、それにしても今の娘の言葉は、外見に見えるものを飛び越えており、もしも言葉の背後にあるものが知恵だとしたら、驚きというより不気味だ。自分が後れを取ったのか、娘はどこかで成長の飛躍を遂げるきっかけをつかんだのか？　それとも母親である自分だけが、彼女を取り巻く大きなエネルギーに取り残されていったのか？　そうだとしたら、それは単に病気のせいか？　それとも平常の生活では感知できないとても速い力が彼女だけを選んで移動したのか？

「先生」アリスは医師ならばわかると思った。

「わたしは娘がなにを言っているのかわかりません。今なんと言ったのですか?」

医師は笑いながらヒゲをさすった。

「お母さん、わたしにもわかりませんよ。しかし人間は何かしらの極限状態になると、ああ、つまり特別な緊張とか、不安とか、自分の身に迫ってくる状態によっては、想像もつかない力を発揮することが精神医学の世界では伝えられています。譬えがよくありませんが、火事場の馬鹿力のような、後から考えると、なぜあのようなことができた？　と本人も周りも首をかしげる出来事ですね」

「それがこの子に起きたと言われるのですね?」

「それに近いことです。普通であるなら、目がよく見えない病気になっている子どもがたった一人、馬車で移動しなければならない道のりを歩こうとするでしょうか?」

「ええ、そこまではわかります」

「しかしこの子は歩いてきたのです。なんのためでしょう?」

「ええ」

「自分のことではなく、お母さんがベッドの下で倒れているのを見たからです」

「この子がそう言ったのですか?」

「そうです」

医師はお母さん、と言った。「どうかこの子をしからないでほしいのです。いや、たくさんほめてあげてください。わたしはこの子の行動する力にも驚いていますが、なによりも驚いたのは、何ものも恐れないまっすぐな力です。すばらしい素質ではないでしょうか？」

それから医師はアリスとジミーのために、具合が悪くなった時にはこれを、と言って頓服を置き、代金は後からと言いながら出ていった。


頓服は具合が悪くなった時だけ、そう聞いていたにもかかわらず、アリスは常用するようになった。

「これを飲むとボーッとして気持ちが楽になるのよ」

「それ、あんまり飲み過ぎると良くないよ」

トーマスはそれが麻薬に近いものだと気がついていたが、口には出さなかった。

「どうして？」アリスは茶色い液体の入った小瓶をゆらゆらさせて笑った。

「飲み過ぎると効かなくなるのさ。身体が慣れてしまって、もっと強い刺激を求めるようになってゆく。たぶんそうなる」

「あら詳しいのね、知らなかったわ」

「いや、詳しくはないよ、なんとなくそう思うだけだよ、なんとなく。それより薬代が心配だな」

「ないわ」

トーマスは黙った。アリスは目を上げた。

「薬代なんてもうとっくにないのよ。トーマス、あんたこの家にお金があると思っていたの？」

そうだな、トーマスはうつむいて返事をしたが、急に顔を上げた。

「もうひとつ仕事をしよう」

「どんな？」

「青果市場で荷降ろしの仕事があると聞いた。夜明けの二時間くらいの作業だ」

「それが終わってからホテルの仕事に行くの？」

「そうだ」

「身体をこわさない？」

「大丈夫だよ、たった二時間だ」

「そう、あなたがそう言うのならきっとうまくゆくわ。でも無理はしないでね」

アンは父と母が話しているのをじっと聞いていたが、一緒に寝ている弟の足がずいぶんと冷たく感じて、身体を起こし弟の顔を見た。呼吸はしている。透けて見えるほどその顔は白い。アンは両親を見た。彼らは熱心に語り合っている。こちらを振り向くこともなく顔を近づけ合って語り合っている。

ジミーは三歳になっても走ることができなかった。頭が大きく、口は鼻が悪いせいでいつもだらしなく開かれ、目の光は鈍く曇っているかのようにどんよりしていたが、茶色い髪の毛だけはよく陽をはね返し美しく輝いていた。

トーマスはジミーのために簡単な歩行器を作った。杖も作った。喜んだのはアンで、熱心に彼を練習に誘った。ヘビに触るように恐る恐る歩行器にしがみつく弟をじっと見つめ、不安を訴える眼差しに耐えた。アンは優秀な介助者になった。排泄（はいせつ）、食事、更衣、入浴、起床、就寝、加えてなにかと口ごもる彼の代弁者となり、心の表現者にもなった。つまりジミーはアンがいなければ生活することはおろか、生きてゆくことも非常な困難を極めた。彼女はジミーを部屋にこもらせておくことはしなかった。寝てばかりいると青白い顔が透き通る白に変わり、死人のように見えるからだ。

「外へ、外へ出よう、外はきれいだから」

ジミーは少しずつ家から庭へ、庭から通りへ、通りから広場へと距離を延ばし、目に飛び込んでくる世界を開拓していった。しかしどういうわけか水を恐れた。公園の噴水は彼にとって最も恐ろしい場所で、水が飛び跳ねるのを遠くから見ただけで泣きだした。

「アニー、水はいつもゆらゆら揺れているから、怖い」

アニー、アニー……、ジミーは甘えるときも怖がるときも、アンをアニーと呼んだ。

「目を開けているからだよ」

「目を閉じればいいの？」

「あんたは気が小さいから、よけいなものまで見える。あたしは見えていないから平気だ」

ジミーは手を伸ばして姉の顔に触れた。彼はこの動作を一日に何度も繰り返す。それは安心を得るための儀式であり、不安を打ち払うおまじないであり、人生を生き抜くための魔除けでもあった。そして心にあることを言った。

「お母さんの身体から、ゴロゴロが聞こえる」

「ゴロゴロってなに？」

「音だよ」「猫の鳴らすゴロゴロ？」

「違う」「どんな？」

「猫みたいにかわいくない、もっと怖い」「怖いの？」

「怖いよ、だってその音が聞こえると、お母さんの目が白くなる。そのたびにお父さんが身体を揺すって起こしている」

「あんたはなにをしているの？」

「寝たふり、怖いもの」

「ふーん」アンは知っていた。しかし知らないふりをした。そのほうが怖さが半分になると思ったからだ。アンは他にも知っていた。こっそり血を吐いていること、よく物を落とすこと、つまずくこと、目を閉じてぼんやりしているうちに倒れてゆくこと。そんなとき、アンは母親に黙って寄り添った。身体を寄せることがたったひとつできることであり、母親のため息や呼吸を聞いていると、それがどんな状態であれ安心できた。

目が病気のアンは、見えるものより耳に伝わるものの方を自然と選ぶようになっていた。そして父親の言葉遣いが微妙に険しくなり、チェッ、と舌打ちする回数が増え、子ども心に父親が何かに不満を持ち、イライラしていることにも心が乱れ始めていた。

「お父さんは怒っているの？」

「お仕事が忙しいのよ。今はふたつ仕事をしてくれているの」

母親は笑顔を付け足した。しかしアンは不満だった。

「チェッ！　て言った」「そうね」

「ジミーを怒鳴った」「なんて？」

「手を使え、手を！　手だよ！」

「ジミーはなにをしていたの？」

「顔を洗おうとしていた。お母さん知っている？　ジミーは水がこわいんだよ」

「ええ、そうね」

「でもお父さんは怒鳴った」

「それでどうしたの？」

「ジミーの頭をつかんで無理やり洗面器に押しつけたの。だからやめてやめてって、噛みついたら、今度はアンをぶった」

「あんたお父さんにぶたれたの？」

「うん、初めてじゃないよ」

アンは熱を帯びた母親の瞳を見て笑顔を作った。

「でもそれだけじゃないよ、お父さんはおもしろい話をたくさん聞かせてくれるよ」

「あら、どんな？」

「旅人の話。狼に育てられた人間の子の話」

「そう、怖いの？」

「お父さんが話すととても怖い」

「アンは怖い話が好きなの？」

「好き。本当にあった話は怖くても大好き」

「おとぎの国の物語や王子様がお姫様を助ける話よりも、そっちのほうがおもしろいの？」

「そう」

「どうして？」

「お父さんの顔が変わるから」

「おもしろいわね、どういうこと？」

「お父さんは、作り話はつまらなそうに話をするけど、本当にあった話は立ち上がったり、飛ぶまねをしたり、川を渡る場面は浅いところと深いところを、身ぶり手ぶりで、おぼれそうになる場面では本当におぼれそうな顔で話をしてくれるの」

アリスはいろいろ想像して楽しくなり、笑った。

「あらいいわねえ、今度はお母さんもいっしょに聞きたいわ、いいかしら?」

アンは返事をする代わりにまじめな顔で母親に尋ねた。

「ひとりぼっちって誰?」「なんですって?」

「ひとりぼっちって誰なの?」「誰が言ったの?」

「お父さん」「なんて言ったの?」

「ひとりぼっちが来るよって」

アリスは微笑んで娘を見つめた。

「さあ、なんのことを言っているのかしら」

アンはうつむいて、それから話をしなくなった。

アリスは横になってトーマスの不思議な言葉の続きを考えようとしたが、頭がどこか深い場所に急に落ちていった。

第六章　アリスの死

一八七四年、夏の終わり。星の明かりが暗く切り立った森の上でぶるぶると震えた頃、トーマスは酒のにおいを漂わせて帰ってきた。家に入る足取りは、これから狩りに出かける獣のようだ。獣は自分の縄張りを印すために放尿するが、彼は尿の代わりに臭い息を吐いた。安酒の臭気と、自分を汚すことに快楽を覚えた下劣な魂のにおいをそこらじゅうに撒いた。

最近こんなに楽しんだことはなかったぜ、彼は暗闇に向かって語りかけた。なあ、おまえもそう思うだろ？　ははは、恐れ入ったぜ、みろよ、このざまを、いいからみろよ。

「誰に話しかけているの？」

恐ろしく白く見えるアリスの顔の中で、瞳はとても静かで澄み切り、音もなかった。彼女は身体を起こすことができなかったので、首を横に曲げてトーマスを見つめていた。彼が家に入ってきたときからまばたきもせず、見つめていた。

「お友達がいるの？」あなたの一番のお友達かしら？

「ああ、アリス、今夜はそうだな、帰りが少し遅いようだな、うん」

「お酒を飲むお金があったのね？」

「ああ、そうだ、そのことだ、アリス、それでだ、そのことで、つまり酒代だが、そのことで俺たちは話し合わなければならないかな？　どうだ？　どう思う？」

「あなたが決めればいいわ」

「なにが？」

「お金の使い道よ」

「そうか」

トーマスは顔を撫でまわしながらニヤニヤした。なにか途方もない失敗をしたに違いないが、それは酒を飲んだことではない。酒代を薬代にしなければならなかったか？　いや、違う。

「どうしたの？」

「いやどうもしない、ただな、ただ」

「ただ？」

「俺はなにか、その、言い訳を探しているらしい。そうだ、男らしく胸を張れない、苦しい言い訳だ」

「仕事を辞めたのね」

「これはこれは」

トーマスは両手を広げて何かをかき集めるまねをした。これくらいか？　いや、もっとだ、もっともっと、たくさん持ってこい、そして俺を支えるんだ。

「なぜわかる？」

「神のお告げがあったわ」

ニコリともしないで彼女はそう言って長いため息をついた。ついてないのかしら、それとももっと深い理由があって、わたしと子どもたちが病気になり、夫が飲んだくれになって勝手に仕事を辞めてくるのかしら。次から次、次から次、そして次から次。

「アーメンと言ったのか？」

トーマスは床に座った。もうずいぶん髪を切っていない。汚れた髪がだらしなく流れて、見るだけで生臭いにおいがする。丸めた背中からも汚れた川のにおいがする。どこから見ても立派な浮浪者だわ。わたしは夫がこんなふうになるまで、気がつかないでいたの？

「アーメンは、神様同意します、だったよな？　アーメン、神様あなたのお望みのままに。いいね、どうぞお好きなように。神様、いるんだろうな、いるのか？　教会のきれいなひな壇の上か？　美しく磨かれた十字架か？　うん、少なくともここにはいないな、見たことがない、だろ？　アリスそう思わんか？　キリストイエスは盲人の目を開けたぞ。何年も床についていた病人を一瞬にして歩かせた。墓場につながれていた狂人を正気に返したではないか。なあ、アンの目はどうかなあ？　なぜイエスは無視する？　例外か？　いやわからん、この家を素通りされたのかもしれん。三人もいるから、おっと俺を忘れるところだった、四人だ、どうだ多いか？」

トーマスはよだれと一緒に涙を流し始めた。この家で最も救われなければならないのは俺だ、ううと嗚咽、はあああとため息、犬のように丸まって泣いた。そして眠り始めた。すると床の上に泥水に似た臭気と海鳴りを響かせるいびきが重く冷たく広がった。

そのとき、暗がりから娘が母を呼んだ。

「お母さん」

「アン、ここにいるわよ」

「お父さんはお母さんをぶったの？」

「いいえ、ぶったりしていないわ」

「なぜ、泣いているの？」

「泣いていないわよ、アン」

アンのいつもより大きく見開いた瞳がこちらを見つめている。あら、アン、今夜は目の調子がいいの？　そう言いかけたときだった。

「お母さんの周りにいる人たちは誰？」

そのひとりの男はまぎれもなく農夫だった。ヤギの皮で作られたチョッキを着て、干したスモモを噛んでいる。腰にぶら下げた革袋にはヤギの乳が入っていて、搾りたての香りが強い。隣に立っている背の高い女は頭にオレンジの布を巻いている。灰色のワンピースを着ていて、それは作業着だろうか。手にしたランタンはよく磨かれ、これから夜の巡回に出かけるようにも見える。口元はかたく閉じられ、瞳はまっすぐこちらに向けられている。

もうひとり、しわだらけの僧服を着た老人が立ち上がり横を向いた。この老人は肩幅が広かった。がっしりとした身体つきで、僧というよりも兵に近く、横顔にはこれから儀式を取り仕切る厳しさがあり、彼が歩き始めると遠くから雷の轟(とどろ)く音が聞こえた。彼はその音に護られながら、巨大な祭壇が待つ闇の中へ消えていった。同時に二人の姿も消えて、部屋の中にはかすかに松の葉の香りが残った。

「アン、誰もいないわよ、いるわけがないでしょ」

母が娘に言葉をかけたのはそのときだったが、アンは母の言葉が嘘であることに気づいていた。弱い雨のように言葉が震えていたからだ。


いつの間にか秋になって、昼の光が急速に弱まった頃、アリスの容体が悪化した。トーマスが珍しく上機嫌で新しい仕事のことを語った朝だった。

「スプリングフィールドは、またいくつかの山を切り開いて住宅地を広げるらしい。そのための測量助手だ」

「山の中に入ってゆくの？」

「いや、まだ山には入らない、道路を広げてゆく工事が先だ」

「では、山の飯場に泊まり込むことにはならないわね？」

「大丈夫だよ、まだ当分は大丈夫だが、アリスはなにを心配している?」

「あなたが家からいなくなることを心配しているのよ」

「どうした?」

「不安なの」

トーマスはアリスの顔を見つめながら考えていた。

「俺は家を空けることはしない」

「そう。それなら安心だわ」

ではいってくるよ、いってらっしゃい、アリスは松葉杖をついて、いいから座っていろよ、と言う夫を無視して玄関に立ち、朝の光に消えてゆく夫を見送った。

もう少し横になっていよう。左足を一歩後ろに下げると、刺すような痛みが腰から背中を走り、うなじをつかんで駆け抜けた。アリスは動くのをやめた。呼吸を整えながら少しずつ肩や肘を動かし、神経の感触を確かめた。いつもどおりだわ、大丈夫。だがもう一呼吸待った。正確には動こうとしたが足が丸太のように感じ、冷たく重く、地面のようにへばりついていた。足がどこにあるのかわからない。額の中心から熱が沸きあがり、汗といっしょに顔に下りてくる。それは身体の下の方から昇ってくる悪寒と口の辺りで交わりそうだ。瞬く間に全身に広がるだろう。背中を丸めなければ立っていられない。松葉杖を握る両手が氷の中にあるように冷たく痺れ始めた。一本一本指を動かそうとしたが、どの指がどこにあるのかわからないほど痺れている。アンを呼ぼう、そう思って口を開けたが、出てきたのは、声にならない悲鳴と飲み込めない唾液だった。それはぼたぼたと汚れている床に落ちた。

　アリスは持てる力すべてを振り絞って身体を反転させた。子どもたち二人が眠っているベッドが見える。薄い毛布を頭からかぶって眠っているが、アリスはそれが残念だった。あの毛布さえなければ、ささやくような叫び声も届いたかもしれない。そう思うと、なんとかあの毛布をずらしてくれないかと祈る気持ちになった。

　待った。血流が戻れば、痺れが消えて移動することができる。彼女は頭を振った、目がかすんできたからだ。やはり毛布が邪魔だ、子どもの顔が見えない、顔が見たい、もう一度見たい、瞳の奥に焼き付けておきたい。半開きになった桜色の唇、桃の香りがする頬、投げ出された小さな手、人形のように動く指先、すべてが美しく輝いていた。これほどまでに美しいものは他にない。それらが今、遠いところへゆこうとしている、二度と触れられぬ遠い場所へ去ってゆこうとしている。アリスは深く息を吸い込もうと胸に力を集めたが、それは困難なことだった。

　どうかお慈悲を、最後のお慈悲をください。神様、わたしの最後のお願いをどうかお聞きください。声を、今一度声を与えてください、子どもの名を呼ばせてください。アリスは大きく息を吸おうとした。しかしその瞬間、胸がつぶれて息を吸うことはできなかった。

　代わりになにか吐き出された。息かもしれなかった。それに子どもの名を乗せた。アン、ジミー。ああやっぱり子どもの名を呼べるって幸せなことだわ。気持ちがとてもあたたかく、優しく、ふわりと軽くなってゆく。ふふふ、おかしいくらい身体が軽い。痛くもない、浮いているようだわ。

〝アリス〟

〝トーマスどうしたの？　忘れ物？〟

〝アリス、外へ出よう、少し歩こう〟

〝どこへ行くの？〟

〝俺たちが最初に出会った場所だよ〟

その川の岸辺にはメイフラワーが重なって頭を垂れている。

〝俺たちの祝福がどこにあるのか知っているか？　アリス〟

〝まあ、トーマス、まるで司祭様のような口ぶりね、新しい人みたい〟

〝俺たちの財宝が船に積み切れないくらいあるのは知っているよな？〟

〝ええ、知っているわよ、あなたがそう言うのなら〟

〝俺は昔海賊で、おまえは一番の相棒、すばらしい船乗りだった〟

〝すてきね、それで？〟

〝思い出せるか？　海の向こうの話をしたよな？　水平線があまりにも輝いて見えるから、あそこになにがあるのっておまえは聞いただろ？〟

〝そうだった？　おぼえていないわ、でも楽しそうね〟

〝次の世があるのだ〟

水平線は昼間よりも強く輝き始めた。

〝俺たちの祝福がそこにある〟

〝トーマス、どこに行くの？〟

〝どこにも行かない、隣にいる〟

〝トーマス、そこにいるのね〟

〝恐れるな、アリス、恐れなくていい〟

〝ありがとう、ああでも今、なんて言えばいい？〟

気がつくと、アリスは大きな船の舳先に立って揺られている、すごく気持ちがいい。目を上げて青い世界を見つめた。海と空のけじめがつかない彼方に、一艘の古い舟が浮かんでいる、どこかでみたような。行ってみよう舟まで、誰か知っている人がいるかもしれない。舟は近づいてみると大きくはなかった。小舟のように見え、誰も乗っていない。それどころか、小舟はどんどん小さくなって、笹の葉になった。すでにそこは大海ではなく、たらいの中だった。アンとジミーがたらいに水を張って、トーマスに作ってもらった笹の葉の小舟を浮かべて遊んでいる。あらジミー、あんた水がこわいんじゃないの？　ジミーは返事もしない。アンがクスクス笑いながらジミーを突っついている。

〝ジミー、グルグル回しちゃだめよ、ふふふ、だめだったら〟

〝アニー、お母さんにも見せてあげて〟

〝だめよ、お母さんはきっと目をまわすわ〟

大丈夫よアン、お母さんはさっきからここで見ているけど平気よ。

〝もうひとつ舟を作ってアニー〟〝どうするの？〟〝競争しよう〟〝このたらいの中で？〟

〝うん〟〝わかったわ、でもあんたはアタシには勝てっこないわよ〟〝わかるもんか！〟

なかよしね、二人とも、すてきだわ。

突然、立ち上がってアンが草むらに駆けてゆく。

アン、ずいぶん走るのが速くなったわね、見えているの？　アン、目が見えているの？

ジミーはそれを見て、すっと立ち上がった。松葉杖も歩行器もない。そしてアンの後を追いかけて走り始めた。

おお！　なんてこと！　ジミーが走っているなんて！　神様、神様、夢のようです。

二人の子どもは太陽の明るい光をいっぱいに浴びながら走って行く。笑い声が空の高さまで響き渡る。手が踊り髪が揺れて、光がそのあとを追いかけて二人を包み、白く光る雲の下へ運んでいった。


トーマスは北九番街の交差路を右に曲がり、黄色いレンガで造られた花屋の店先を眺めながら通り過ぎようとした。いつもどおりの歩調だったが、その時初めて見る店主が声をかけてきた。

「奥さんにはバラがお似合いですよ」

白いエプロンには丹念にアイロンがかけられてある。胸ポケットには冗談とも思えるほどの赤いバラが挿し込まれてあり、彼は自分の手をそっと胸元に寄せながら笑顔を向けていた。

「あいにくと、俺はこれから仕事なんでね」

トーマスは笑顔を向けることもなかった。

「さように急いではなりませんな、お戻りください」

「なんだと？」

店主は四角い顔をして血色が良かった。ふたつに盛り上がった顎、鼻は垂れ下がり、その上にある瞳は大きく灰色に落ち着いている。きれいに分けられた七三の白い髪。

なんだと？　トーマスはもう一度聞き返した。

すると「これを奥さんに」いつの間にか花屋の店主はトーマスの前に白いバラを差し出していた。

「なんのまねだよ」

「花言葉はご存じでしょうか？」

「はあ？」

「白いバラの花言葉は〝わたしはあなたにふさわしい〟です。よほど自信がなければ言えないセリフですな」

「やめてくれよ、俺はこれから仕事に行くんだ」

「お戻りください」

「なんでだよ、おまえ、さっきから」

「奥さんにお渡しください、必ずですよ」

「アリスを知っているのか？　あんた」

店主は答えずに裏口に姿を消した。おい、待てよ！　トーマスがその後を追ったが、裏口には花を運搬する木箱が重なって置いてあるだけだった。しかし手にしたバラは残っている。

彼は深く考えずに歩き始めた。仕事には行かなければならないが、大きな不快感が前進させてくれない。「こんなバラの花」そう言って捨てた。しかし一歩進んで引き返し拾った。

「もっと遠くへ捨てればいい」彼は投手のように大きく振りかぶり、思い切り藪の彼方へ放り投げた。これでいい、音もたてずに花は枯れ草の中に落ちていった。これでいい、忘れていい。草むらは静かだ、墓場より静かだ。右手の指にバラのトゲが刺さっているが、これも問題ない。

東の空が赤く染まった。曙の残像が最後の照り返しを天頂に浮かぶ半月にぶつけたのだ。なんのためかは解らぬが。

「くそっ！」

トーマスはつばを吐き捨てた。そして踵を返して花を放り込んだ草むらに飛び込んでいった。

くそ！　あれ、見つからない。いや、そんなはずはない、すぐに見つかる。しかし、くそ！　あれ？　ここだろ、いや待てよ、いやいいんだ、あれ？　枯れ草の侘しいにおいが顔を打つ。あれ？　なぜ見つからない？　またかよ、また、また始まった、イライラする、どうして？　グルグル回りながら探す。頭がだんだんおかしくなってくる。どうしてこんなことになる？　いつもだろ、俺はいつもこうやって簡単なことがわからなくなる。いったん捨てたものを拾いに行く、なぜだろう、なぜ二度手間をわざわざ作って繰り返すのか？　なぜだ？

トーマスは草むらから飛び出して家に向かって歩き始めた。バラなどどうでもいい、戻れ、何もかも振り出しに戻せばいいのか？　くそ、くそ、くそ。途中から走り始めた。走りながら考えよう。また言い訳かよ、仕事を欠勤して帰ってきた理由、バラの花が消えてしまった件、実に奇妙な花屋のオヤジ、どう言えばいい。

アリス！

部屋で倒れているアリスを見て、トーマスは天井が落ちて来るのを感じた。子どもたちは寝ている。アリスの足元に白いバラが落ちているのを見つけて、驚きや不思議を飛び越えて怒りが込み上げた。なんだよ！　なんなんだよ！　アリス、どうした？　そのバラはどうした？　なぜバラがここにあるのか知っているのか？　でたらめな話をまともな話に変える力をおまえは持っているのか？　アリス！　耳をつかんで耳の中に呼びかけた。おい、アリス！

しかしその耳は氷に閉ざされた花びらだった。瞳は半分だけ開かれ、床の一点を見つめている。白くなった唇に血の気を探したが、すべてが失われ青紫の浸食が始まっていた。ただ頬だけが果実の明るさをほんのりとどめている。指は握ると折れてしまう、冷たくなった乳房に顔を押し付けるが陶器のようだ。冷たい、どうしてこんなに冷たい。手を伸ばして髪に触れる。おまえの髪が明るいのは知っていたが、冷たくなっても輝きは変わらないよ、アリス。もっと話しておけばよかった。

（なにを？）

なんでもさ、不安ばっかりだったから、話せば愚痴になると思って話せなかった。

（知っていたわ）

知っていたのか。おまえは俺のことを知っていたのに、俺はおまえのことは何も知らないでいた、死ぬことも。

（それは、たまたまね）

違うぞ、これはまぐれでも偶然でもない、わかっていたことだ。だとしたら、くそ。アリス、なあアリス、どうすればいい？　医者か？　呼んでくるのか？　医者が来ればおまえは息を吹き返すのか？

（やめて）

やめる？

（なにもしなくていいわ、誰も呼ばないで）

ではどうする？　こんな時、人はどうする？

（なにもしなくていいのよ。ただ、わたしを見つめて）

トーマスは考えた。彼女が息を吹き返す可能性、医者を呼んでくる間に子どもが起きて、息をしていない母親を見つけてパニックになること、もう息をしていないのに医師を呼ぶこと。もう息をしていない、鼓動も消えた、硬直が始まっている。そして彼女の口の中から小さな虫が這い出して来るのを見た時、トーマスは彼女を担ぎ上げ、骨が折れないように苦心しながら背負った。重いな、おまえはこんなにも重かったのか。力を込めて踏み出し、外へ出た。

（丘の上にわたしを埋めて）

ああ、そうするつもりだ。よかったな、二人とも同じことを考えていて。最後まで気が合うな俺たち。物置からスコップをつかみ取る。

（これからもよ）

そうだ、これからもだ。

（トーマス、大事なことを言っておくわ）

なんだ？　言えよ。

（始まるのよ、大事なことが。いいこと、頭で考えてもわからないことよ）

わからないことが始まるのか？

（そう、わからないことが始まるの）

彼らは住宅地を抜けて、夏には野バラが咲き乱れていた山道にたどり着いた。そこに光が溜まっている丘があった。そこから二人が出会った川が見えた。二人が結婚生活を始めた教会のコロニーが見えた。羊が放たれている牧草地に、二人の作った牧柵が銀の首輪のように流れている。この景色がよく見える大きな楡の木の下に彼女を座らせた。

トーマスは墓穴を掘った。黒土を掘ってゆくと赤土が出てきた。太陽は天頂に近づいている、子どもたちが目を覚ましたらどうする？

（連れてきて）

おまえが土の中に入るところを見せるのか？

（そう）

どうやら本気らしいな。よし、おまえの頼みならそうしてやる。

穴を掘り上げると彼は急いで家に帰り、ジミーを背負い、アンの手を引いて丘へ向かった。

「どこへ行くの？」

アンは震えながら父に尋ねた。

「お母さんが丘の上で、おまえたちを待っているんだ」

秋はもう終わりに近づいていたが、それほど風は冷たくなかった。

「おまえたち、よく聞いてくれ、お母さんが死んだ」

三人は歩くのをやめなかった。泣いても叫んでも、血を吐くようにわめいても、三人は進んだ。一刻も早く母親に会いたかったからだ。

　アリスは木にもたれて脚を伸ばし、後ろから見ると眺望しているように見える。首はまっすぐに立ち上がり崩れない。誰かが支えているのだろうか、それとも本人の力だろうか、最後の丘を目に焼き付けて、それははるかに望んでいる。トーマスはアリスの両手が組まれているのを見て息が止まった。この場を離れるときは、両脇にだらりと下がっていたからだ。それに首も右に傾いていた。

　子どもたちは母親にしがみついて泣いた。枯れ草をなびかせて風が丘を上がってくる。トーマスは毛布を二枚使ってアリスの身体を包んだ。彼女はもう川も牧草地も見てはいなかった、子どもたちを見ていた。アンとジミーは母親の顔が白く輝いたので声を上げて驚いた。一人ずつ口づけをした。ジミーは耳に唇を押し付けてなにかをささやいた。アンは髪の中に顔を埋めて、まだ日なたの匂いがする髪をいとおしんだ。トーマスはまぶたと唇に口づけをした。アリスの目から涙が流れた。

　アリスはエプロンをつけたまま下に降りていった。途中一度だけ家族の顔を見て、空を見た。そして次に来るべき世を信じて瞳を閉じた。子どもたちは熱心に土を落とした。すると下から土と枯れ草がカサカサとささやき合う音が聞こえた。三人は耳を澄ました。母親がいつものように冗談はやめて、と笑うかもしれないと思ったからだ。しかしはるか頭上で大きな翼を持つ鳥が、張りつめた群青の空を引き裂いて消えただけだった。

「お母さんのエプロンの匂いがする」

そう言ってアンは激しく泣いた。トーマスは土をかけようとスコップを握っていたができなかった。スコップを置き、子どもたちの肩を抱いて祈った。

「主よ、ここにおられる主よ、わたしに静かに動く力を与えてください。音が大きくなりませんように、急ぎませんように、震えているわたしに、もうあと少しの力と、時間を慈しむ力をお与えてください。今、土の下にいるわたしの妻をお認めください。妻が後ろを振り返らないように、ためらわず次の世に進んで行けますように。主よ、あなたの御手を彼女のまぶたの上に置いてください。同時に耐えなければならないわたしたち三人には、あなたからの慰めが降りてきますように。主よ、今一度妻の身体に土をかけなければならないわたしに力をお与えください」

アリスは土に埋められた。そこに墓が出来た。「石を集めよう」トーマスは家族に提案した。三人は思い思いの石を集めて墓の上に載せ続けた。トーマスは自分の腕くらいある樹を二本切り出し、革ひもでくくり墓の後ろに立ち上げた。十字架は樹液を湛えており、切り口からにじみ出て新しい墓を濡らした。そして祭壇になった。三人の司祭はその場にひざまずいた。

「ありがとうを言おう」

大人の司祭がそう言うと、小さな司祭たちは両手を胸の前で組み合わせ、祈りのポケットを作り、その中にありがとう、と涙を入れた。「お母さんありがとう」小さな声が思い切り空を暗くした。群青が紫に、そして暗くなり、風も無いのに灰色の雲が集められ、丘の上から光を取り去った。遠くの谷から龍のつむじ風が湧き上がり空にぶつかると、雷鳴がこの世を震わせた。

「お母さんが空を暗くしたの？」

アンが父に尋ねた。父は答えた。

「そのとおりだ、アン。お母さんの悲しみが山や風を揺すぶっているのだ」

三人は彼方を見つめた。西の空の一番低い場所に太陽が傾こうとしている。黄金が最後の光を撥ね飛ばした。三人はもう一度十字架を見上げたが、そこはすでに、石と土の香りに満ちようとしていた。

第二部　パーキンス盲学校

第一章　救貧院

一八五二年にマサチューセッツ州立裁判所によって認可された救貧院は、医療施設としてテュークスベリーのまだ原生林が深く残る広大な敷地に建設された。

当時、急増するアイルランド移民は全員が就労できたわけではなく、慣れぬ環境に落ちてゆく者が後を絶たず、また疫病や衛生面の不備から病気になり、社会的な墜落が膨大になって、救貧院はその受け皿、箱舟として建設されたが、急がされたために設計面での多くの不備が見つかった。しかし待ったなしの救済にそのまま見切られた。

瞬く間に八百人が施設を取り囲み、五百人がかろうじて収容された。その三分の一が子どもであり、残りの成人のほとんどが男性だった。やがてベッドは精神的な疾患者が占領していった。

一八七六年、二月。

「アン、大事な話があるんだ」

トーマスはアンだけではなく、ジミーも呼び寄せた。

「おまえたちは、テュークスベリー病院へ入院することになる。そこでアンは目の治療を、ジミーは身体を丈夫にする」

トーマスは救貧院という言葉を使わなかった。しかしそれはごまかしたのではなく、彼は病院と周りの人から聞かされており、そう思っていた。子どもたちは大声で泣いた。

「いやだ、お父さんと離れたくない！」

「目の治療が先だよ、放っておくと見えなくなってしまう」

それでも子どもたちは父親の足にすがりついて離れなかった。

「少しだけだよ、また一緒に暮らせる、少しだけ我慢しておくれ」

それから数日後、小さな馬車が救貧院の正面に到着した。御者が男の子を抱いて降ろした。その子はすぐに松葉杖をついた。次に女の子が独りで降りた。最後に父親が降りた。荷物はなかった。ランプが灯る待合室でしばらく待たされ、案内されたのは婦長室だった。

「お待ちしておりました」

わたしは婦長のエレナです、と机の向こうから座ったまま彼女は名乗った。灰色のスーツが軍服のように見える。そしてその眼差しはいくつもの戦場を走ってきた光を持っていた。

彼女はアンに尋ねた。

「歳はいくつ？」

「十歳です」

「わたしの顔は見える？」

「いいえ」

エレナ婦長は眼差しと体勢を少し変えたが、それだけで堅固な中年の女性が、いくぶんやわらかく、若く見えた。

「自分の手は見えるかしら？」

「わかります」

今度はトーマスに尋ねた。

「今までどんな治療を？」

「目を洗うのです」

「毎日してきましたか？」

「いいえ」

彼女はノートに書き込んだ。うなじが白く見える。男の子はどうです？

「わかりません」

「わからない、とは？」婦長は緑色の目を上げた。父親は緊張した。

「ただ、その、身体が弱いというだけで、どんな病気であるのかもわからないのです。それで、治療というレベルでは、あの、生活の中で考えたことがないのです。五歳になりますが、幼児のようです。ええ、悪い菌が身体の中に入っているとは聞いているのですが」

そうですか、と言った後、彼女は立ち上がりトーマスに近づいた。インクの匂いがした。トーマスは緊張を深くして身構えた。

「ここにサインしてください」目の下に書類が差し出された。彼を見る目は穏やかだが、彼女はトーマスの知らない規律をまとっていた。

「トーマスさん、残念なことを最初にお伝えします。当院では専門的な治療は行ってはおりません、それはご存じと思います。わたしたちがサービスできることも限られています。五百人からの収容者を一人一人ケアしてゆくには職員の数が追い付いていません。おわかりいただけますよね？」

「ええ、わかります」

「わたしたちの本当のサービスは、トーマスさん、あなたへのサービスです。わかりますか？」

「はい」

「あなたの生活が軌道に乗るまでのサービスであると、お認めいただけますか？」

トーマスはうなずいた。みじめだった。

「あなたが、今の悲しみを乗り越え、仕事と健康を軌道に戻すことです。軌道ですよ、わかりますか？　適当な思いつきであっては元に戻ります」

トーマスはじっと彼女の瞳を見つめた。何を言われているのだろう？

「新しい伴侶も必要でしょう、家庭はあなた方を助けるはずです」

「ええ、わかります」

「わたしたちに大きな期待をしないでください。すべてはあなたのこれからであると思いますが」

婦長は忙しかった、短時間ですべてを言い切らなければならなかった。

「ええ、婦長さん、わたしは心を引き締めてここから出てゆくことができます」

婦長はうなずいて看護婦を呼び、子どもたちを部屋に案内するように言いつけた。

トーマスはひざまずいて子どもたちを抱きしめ、何度もすまない、すまない、すまない、と繰り返した。しかし、すぐに迎えに来るとは言わなかった。これが永遠の別れになることを、ぼんやりとだが感じていた。そして何も見ないでその場を去った。

メーサーという名前の看護婦はまだ十七歳だった。

「あんた全然見えないのかい？」彼女はそう尋ねた。

アンは見えるときと見えないときがあり、今は見えないと答えた。

歳はいくつだね？　十歳、ふーん、十歳には見えないね、もっと小さいかと思ったよ。

青く暗くぬらぬらと光っている廊下の真ん中で三人は立ち止まった。

「ここから先は女部屋で、男は入れないよ」

どこかの部屋から男が牛のように吠えるのが聞こえた。メーサーはチッと舌打ちして、また😄だよ、と言った。

「だめ！　だめだったら！」アンは両手を振り回して叫んだ。

「ジミーはわたしがそばにいないと死んでしまう。だめ、絶対だめ！　お願い一緒にいさせて」

「だめだよ」メーサーは当たり前のように言った。「規則だからね、守ってもらうよ、わがままは聞かないよ」

「わがままなんかじゃないよ！」アンは大声でわめいた。「おまえなんかにジミーの言っていることがわかるもんか！　ジミーはうまくしゃべれないから、わたしがそばにいる、いつもいる、悪いかよ！」

騒ぎを聞きつけた婦長が静かに歩いてきた。アンは耳を向け、叫んだ。

「あんたからも言って！　あたしたちをバラバラにしないで！　ジミーはわたしがいないと何もできない、できない！　できるもんか！」

婦長は落ち着きなさい、とまず声をかけた。そしてメーサーに男の子も一緒に連れて行きなさい、と指示した。若い看護婦は口の中で小さく返事をして、こっちだよと手招きした。ジミーはフラフラと松葉杖をつきながら後を追いかける。アンはありがとう婦長さんと言ってその後ろについて行った。松葉杖の不器用な音が少しずつ消えていった。

八人部屋に入り、ベッドが一つしかない場所を指してメーサーはアンに言った。

「ここがあんたらの家だ、ここにはお似合いの仲間がいっぱいいるんだよ、仲良くしてもらいな」

そう言って出ていった。

二人はそこで子犬のように抱き合って身体と心を休ませた。ベッドにはカーテンの仕切りもなかった。部屋の真ん中から、片隅から、あるいはどこからともなく嗚咽と、長いため息とボロぞうきんのにおいが天井から床まで渦巻き、子どもたち二人は、臭い、とても臭い、臭いよとささやきあった。そしてフクロウに似た大きな瞳が、一斉にこちらに向けられているのがわかった。また、長い舌を出して死のにおいや怯え、希望から見放された横顔を嗅ぎつけようとしている鬼火もいくつか飛んでいた。味わったことのないゆっくりとした時間が、冷たい床や何の装飾もない壁から水のように染み出てくる。

姉弟はそれから少しでも逃げるためにきつく抱き合った。夜でもない昼でもない薄い暗がりが、いつまでも窓際に張り付いて離れない。母親を奪った何者かがそこに立ってじっと二人を見下ろしていた。

夜半になり、風が防風林を揺らし始めるとジミーは訴えた。

「アニー、ぼくの足をさっきからさわっている人がいるよ」

「ジミー、それはあたしだよ。あんたの足があたたかいから、こすりつけているのさ」

アンは嘘を言った。その夜は天井からずっと足音が聞こえていた。

「あの人うるさいね、ずっと足を引きずって歩いている、ずっと歩いている」

ジミーも眠れないでいた。

「アニー、ぼくの背中に手を入れないで、冷たいよ」

アンは眠っていた。だからジミーの声と恐怖は、隙間風がさらっていった。アニー、アニー眠っているの？　カーテンが浮き上がり廊下がみしっと音を立てた。アニー起きて、誰かいる。

「誰もいないよ」

声は言った。ジミーは目を上げることができない。身体の力が抜けてゆく。アンの衣の裾をつかむこともできない。

「眠れないの？」その声はささやいた。

夜が明けて朝食が運ばれてきたとき、ジミーは発熱していた。意識がもうろうとしており、看護婦の呼びかけにも応えることができないでいた。すぐに解熱剤が与薬されて枕と両脇に氷嚢が処置された。半日してジミーはアンに呼びかけた。

「アニー、喉がかわいた」

アンは寄り添ったままウトウトしていたが、ジミーの声を聞いて、はっと身体を起こした。

「ジミー、気がついたの？　待っていて、今水を持ってきてあげる」

「アニー、行かないで」

「どうして？　お水が飲みたくないの？」

「ここから離れないで」

アンは返事をする代わりに彼を抱きしめた。すると牛のような声が聞こえた。

「水がほしいのかい？」声の主は女だった。小人かと思うほど背が低く、太っていて、歪んだ顔に鼻がつぶれている。彼女はコップを持っていたが、床に座っているのではないかとアンは思って、返事をせずに見つめた。ジミーは震えて、姉の胸の中に顔を隠している。

「喉がかわいたって聞こえたからさ」

女はぶっきらぼうだが、アンを見つめる瞳はやさしかった。

「おねえさん、ありがとう」

「あんたは」女は言った、「目が見えないのかい？」女はアンの手を導いてコップを渡した。

「ここで目の病気を治すって、父さんが言っていたわ」

「そっちのぼうやも、ここで病気を治すって、あんたの父さんは言ったのかい？」

「そうよ、それがどうかしたの？」

「どうもしないよ、ただ聞いてみただけさ」

女の頭に腐ったサボテンが載っているのかと思ったが、それは髪の毛だった。その下から好奇心いっぱいの瞳が幼い姉弟を見つめている。

「ありがとう、サボテンのおねえさん」

「サボテン？　そりゃなんだね？」

「あだ名よ、あたしが今つけた。髪の毛がサボテンみたいだから」

サボテンは大声で笑った、「そりゃいいね」部屋の中に響く大きな笑い声は、一気にこの部屋の明るさを強め、空気を軽くし、二月の厳寒の中にあって春への希望をわずかに降ろした。

「楽しそうね、なにかおもしろい話?」

そう言って近づいてきた女は、逆に髪の毛が無かった。眉毛も無かった。つるんとした卵そっくりで、アンは身体を固くして見つめた。

「そんな怖い顔して見ないで、あたしは身体中の毛がないだけだよ」

その声は若かった。よく見ると彼女は若かった、まだ少女かもしれなかった。

「わたしはオリビア、よろしく」

オリビアは森の中の動物たちをカラフルにイラストレーションしてある四角い缶を持ってきて、ジミーに見せた。

「わたしが描いたのよ。どう、おもしろい? この中にビスケットが入っているの、好きなものをあげるわ」

ふたを開けるとバターの香りが姉弟を包んだ。ジミーがふたつ取り、ひとつを姉に手渡した。

「おねえさん、ありがとう」二人はお礼を言った。オリビアは二人の顔を見つめて、なにも言わなかった。ジミーがその眼差しに話しかけた。

「ゆうべ、男の人が入ってきたよ」

オリビアはじっとジミーを見つめたまま黙っていたが、やがて明るく言った。

「ここは女性だけの部屋で、男の人が入ってこれないように鍵がかけてあるのよ」

「その人はね、ライフルを杖にして歩いていたんだ」

オリビアの表情が魚のように青くなった。

「それで?」

「何か捜していた」

「何?」

「オレの足を知らねえか?　って」


二月の朝はとても穏やかで、灰色の光を大地に注いでいる。空には薄いカーテンが広げられているようだ。それとは逆に慌ただしい足音とガラガラと急いで運ばれてゆく台車の音が、廊下の奥から響いてくる。

「巡回だよ」オリビアはそう言って自分のベッドに戻った。

歩いてきた医師は大男で、小さなメガネをかけている。わたしはモリソンだ、そう名乗った。アンはそのときボロボロ涙を流していた。まぶたが腫れていて、そのせいで顔全体が腫れ上がって見える。

モリソン医師は、巨大なゴツゴツした手を彼女のおでこに当てて尋ねた。

「目はいつから痛い?」

「もうずっと前から」

「お父さんもお母さんもアイルランドから来たのか?」

「お父さんはアイルランド、お母さんは違う。なぜそれを聞くの？」

大男の医師はそれには答えず、ジミーにも尋ねた。

「お母さん、咳をしていたか？」

ジミーが答えると、お母さんと一緒に寝ていたか？　と尋ねた。ジミーは、お母さんは死んでしまったよ、と答えた。

「そうだな、聞いている」医師は言葉少なく返事をして、ファイルに記録をまとめた。

わたしは少し前まで軍医だった、戦場のテントで傷ついた兵隊の手当てをしていた、と姉弟に言った。

「その目はアイルランドから来た人たちに多く見られる病気だ。ここでは十分な治療はできない、できるところを紹介しよう。それまで、目には触らぬこと。涙や目やにで汚れてきたら、きれいな水とやわらかい紙を使って軽く押さえなさい。強くこすってはならないよ。それから他人が使ったタオルは絶対に使ってはいけない。わかったね。目の中に入れる軟膏があるからそれを出しておこう」

それで、とジミーに目を転じた。

「君の病気は治りにくい。まず食べること、一日三食全部食べなさい。ゆっくりと時間をかけてよく噛むこと、体力をつけなければならないよ。それからだ、寝てばかりいてもいけない。よく食べてよく動くこと、病気と闘うためにはそれが一番大事なことだ」

「モリソン先生」

「なんだね？　ジミーくん」

「先生は兵隊さんたちの足を切ったの？」

「ああ、切ったよ、切らなければその人は死んでしまうからだ」

「ゆうべ、兵隊さんの誰かが、足を捜してここまで来たよ」

「ほう、ここまで捜しに来たのか。それで彼は見つけたのか？」

「見つからなくて泣いていた」

「そうだろう、少なくともその〝足〟はここには無い」

「どこにあるの？　先生は兵隊さんの足をどこに隠したの？」

「ジミー、今度彼がまた足を捜しに来たらこう言ってくれ、『おまえが捜している足は〝大鷲(おおわし)の砦(とりで)〟にある』と」

ジミーはうつむいて何か考えていたが顔を上げた。

「大鷲の砦だね、そこに行けば足は見つかるんだね」

「ああそうだ、そして他のものも……、いや、彼が見つけたいものはすべてそこにある。兵隊さんはそれを見つけて、たぶん安心する」

ジミーはその兵隊になったように安心して、笑顔を見せた。ボクは少し寝るよ。

「眠りなさい、起きた時にはもっと元気になっているから」

アンは彼らのやりとりを横になったまま聞いていた。

医師はアンを振り返った。

「優秀なぼうやだ」

「どこが?」

「わたしの話をすぐに理解した」

「それがなんなの?」

「多くの人はたくさん質問する。たくさんのことを尋ねて、やっとひとつのことを理解する。ところがジミーはひとつの答えだけですべてのことを理解した。そこが優秀だ」

「たくさん聞くと頭が弱くて、ひとつだけだとほめられるの?」

「本当に兵隊がここに来たと思うかい?」

「思わない」

「どうして?」

「幽霊よ」

「君も見たのか?」

「ふふ、先生、あたしが見たと言えば、信じてくれる? 嘘だと思うでしょ?」

「そうだな、いや、今のはジョークだ。それで、君はどうして幽霊だとわかったのかね?」

「壁の中に消えていったわ」

なるほど、うんうん、とモリソン医師はうなずいた。

「君はわたしの目より、もっと能力のある目を持っている。いいかい、あきらめてはいけないよ、目の病気の治療はこれから長い時間をかけて始まる。風邪のようにしばらくしたら治る病気ではないからね。どこでどんな医師が、どのような治療を始めるか、まだわからない。いやどんどん技術は進化してゆくはずだ。だから、繰り返しチャンスをつかんで何度でも新しい治療をためしなさい」

「あたしのような子どもはたくさんいるの？　先生」

「いる、世界にたくさんいる」

「あたしが見えるようになれば、その子たちも見えるようになる？」

「なる」

大男はうなずいた、そして元気づけて部屋を出ていった。

深夜になり、弟は姉を揺すって起こした。

アニー起きて、トイレに行きたい。

ジミーだいじょうぶ？

大丈夫だよ。

ねえジミー、あんたほんとうに大丈夫？

なにが？

いいえ、なんでもないわ。

ドアを開けると青白く光る廊下が、死んだヘビのように横たわっていた。

聞こえないね今夜は、とジミーが言った。それは病院中に響き渡る、神経を病んだ男の絶叫だった。それに女のすすり泣く声。その中に交じって、ひたすら笑う老人の陽気な声もあったが、今夜はそのすべてが消えていた。だから消灯された廊下には、人間の形や息、ぬくもりなどは完全に消えて、誰かのいたずらだろうか、天井からぶら下がった裸電球が風もないのにゆらゆら揺れている。

「ジミー、トイレって遠いの？」

「もう少しだよ」

二人は霊安室の隣を通り過ぎた。

「なに？　なんのにおい？」

ジミーはそれには答えなかった。霊安室という名前や意味や理由を知らなかったからだ。しかし彼は嗅覚でそこにあるものを想像することができた。それはアンも同じだった。二人は一瞬にして同じことを思った。早く通り過ぎよう。

「寒いね、ここはストーブの暖かさが無いよ」

ジミーがそう言うとアンは答えた。

「戻ろう」

「戻ってどうするの？」

「いいから戻ろう、ここは……」と言いかけたときだった、アンがピタリと止まった。

「どうしたの？」

「ねえ聞こえる？」「なにが？」

「足音よ」「何の？」

アンは答えなかった。答えるまでもなく、軟らかいゴム靴が廊下をこするようにして近づいてくる足音がはっきりと聞こえたからだ。足音は止まり、彼女らに話しかけた。

「そこでなにをしている」

「ぼくたちはトイレに行こうとしているんだ。おじさんは誰？」

「わたしは夜警のデイブだ、この時間は巡回をしている。おまえたちのような迷子にも声をかけるのが仕事だ、病院は広いからな、特に夜はな」

夜間警備人のデイブは幼い姉弟に尋ねた。

「おまえたちはどうして、同じところをグルグル回っている？」

姉弟は鳥のように首を伸ばしてざわめいた。回っている？　同じところ？

「トイレがわからなかったのか？　そうだな？」警備員がそう問いかけても、姉と弟は答えられずに泣き始めた。もうトイレにゆくのはいやだ。

おお、待て、泣くな、トイレに行くのに泣かなくていい。わたしが案内するから、ここで泣くのはよせ、よすんだ。

取り乱した姉弟を見て警備員はトイレまで案内した。そしてなぐさめの言葉をひねり出そうとしたが、実際に口に出したのはよけいな言葉だった。

「まちがっても霊安室には入るなよ」

「れいあんしつ？　なにそれ？　しつ？　部屋なの、誰かいるの？」

弟をかばいながらアンが尋ねた。

「死体さ」

警備員は、ぐったりしてきたジミーを抱き上げながら答えた。

「埋葬の順番が来るまで遺体を置いておく部屋だ」

「死体なんて聞きたくない。早くジミーをベッドに戻してくれる？　おじさん」

「ああ、そうしたほうが良さそうだ。ついでに当直医も呼んでこよう」

当直の若い医師はすぐに来た。ジミーの熱や血圧を測定しながらアンに声をかけた。

「お父さんにはすぐに来てもらえるのかい？」

アンは首を振った。「わからない」

若い医師はそれ以上のことを言わずに出ていった。

翌朝、朝食が運ばれてもジミーは食べようとはしなかった。大きく胸で息をするのを見て、看護婦は食べさせようとはせず医師を呼んだ。医師は食事を下げさせ、枯れ木のような細い腕に注射を打って出ていった。

「ジミー」アンは弟を呼んだ。

するとと弟は身体を震わせながら答えた。

「アニー、ずいぶん暗いね、アニー、ぼくが見えるかい？」

「ジミー見えるよ、今朝は見えるから、見えているから。ジミーどうして暗いの？　暗くはないよ、朝だよ」

ジミーは瞳を大きくしてそれを確かめようとしたが、それはすぐに閉じられた。

「アニー、気になっていることがあるんだ」

「なに？　なんのこと？」

ジミーは笑顔になった。

「いつだったか、お母さんのエプロンのポケットにセミの抜け殻をこっそり入れたんだ。あれはどうしたのかな？　まだあのままかな？　アニー、お母さんをびっくりさせようと思ったんだ。ぼくが自分で歩いて林の中で拾ったって言ったら、驚くと思ったのさ。喜んでくれるとも思ったよ。でも変ないたずらかな？　やめたほうがよかったのかな？　アニー、ぼくは……」

その後の言葉はヒューヒューと風の舞う音に聞こえて、アンは聞き取れなかった。ちょうど検温に来た看護婦がジミーを見て、医師を呼びに走り去った。すぐに二人の若い医師がやって来てジミーをのぞき込み、用意してきた台車に移し変えた。そしてアンに言った。

「君の弟はとても容体が悪い、治療できる部屋へ運ぶから」

待って、待って、だめ、ジミーはあたしがいないとだめなの、だからあたしもいっしょにつれていって！

ベッドから落ちそうになっているアンを支えたのは、頭髪のないオリビアだった。

「ここで待ちなさい、あんたが行ったって邪魔になるだけなのよ」

「おまえなんかになにがわかる、はなせ、はなせってば！」

オリビアはアンの髪の毛をつかみ顔を上げさせ、右頬をひっぱたいた。ビシッと大きな音が部屋を走り抜けた。

「大声を出すなよ、待ちな、待つんだよ。おまえにできることは泣きながら待つこと、それだけだよ」

夕方になってもジミーは戻ってはこなかった。アンは枕に顔を埋めて寝てしまった。

そして夜になった。アンは隣にジミーが戻ってきていないことに気がついた。天窓から月の光が差し込んでいる。それはいったんは満ちた月が、溶けて行くように欠け始めた月で、あたかもその傾きは満ちていた頃を懐かしんで、目を閉じようとしているかのようだった。

アンはその光の下に黒いヘビが頭をもたげているのを見た。じっとしていては身体に巻きつかれてしまう。身体なら振りほどくこともできようが、恐怖という心に巻きつかれては逃げることはできない。締め上げられて気を失い、あとは呑み込まれてしまうだけだ。

アンは心の中に大きなたいまつを掲げた。あたしは知っている、わかっている、あんた方はジミーをかくした。意地悪、あんた方は意地悪だ、あたしが泣くのをみて喜んでいる。あたしの目をボロボロにして、それがおもしろいのか？　ちっぽけな女の子だと、それがおもしろいのか？　いいわ、せいぜい、そう思うがいいわ。

アンは芋虫になってベッドからズルズル落ちた。床を這いつくばり、ゴム靴のにおいと吐き気のする尿臭の中を泳いだが、また別なにおいもひものように漂っている。よく知らないにおいだったが、恐ろしいものであることは本能が知らせている。それはとても大きくて、恐ろしい、とても恐ろしい。アンは考えてもわからないことや、知らないことを心の中から順番に捨てていった。たくさんのことを思わないで、自分が知っていることだけを思うようにした。最初はジミーの耳の形。

〝ジミー、あんたの耳はカエルのお尻にそっくりよ〟

〝そんなに変かなあ。アニーとどう違うの？　みどり色なの？〟

二人はぬるくなった沼の水が大好きだった。ぬるぬるして生臭くて、泥が急に冷たくなったり、ヒルに食いつかれたり。

〝アニー、見て、ボクの足痛い。なにかぬるぬるしている。アニー、アニー〟

〝待ってて、すぐ行くわ！〟

彼女は這いながら、廊下へ出た。すると薬品のにおいに交じって、花の香りが流れてきた。

切り取られたばかりの花の香りだ。茎からまだ吸ったばかりの朝露がこぼれ落ちている。アンは立ち上がった。その花のある場所へ行かなければならない。その場所はそう遠くない。

彼女の弱い目の中に、少し開かれたドアが映った。廊下の奥から誰かが咳をするのが聞こえた。その生きている人間の気配は幼い女の子に安心を与えた。だいじょうぶ、そばには誰かいる、誰かがいる。

アンは扉をあけて中に入った。意外に明るい部屋だった。誰もいない、動いている人は誰もいない。とても静かな部屋でベッドがひとつある。誰か寝ている。いや、寝かされてある。顔に白いハンカチがかけられて、枕元にはシクラメンが供えられ、アンは薄い紫の花を見つめた。ランプのそばで、その花は切り取られてもなお生き生きとして、太陽の下にいた時よりも強く背を伸ばしているように見えた。

アンはハンカチを持ち上げてみた。ジミーだ、小さな男の子は死んでいた。白くなった顔の中に桜貝のような小さな唇がある。その唇は死の力に負けて閉じることができないでいる。アンは唇を閉じようと、それをつまんだ。

「ジミー」

あんた、だめだよ、ひとりで、だめなんだよ。どうしてだまっていったの？　どこへゆくの？　あたしがいないと、あんたはなにもできないのに。だめ、だめだよ。

「ジミー、誰がお花を持ってきてくれたの？」

アンは手のひらを弟の頬に、まぶたに、耳にこすりつけた。冷たくなっている。顔を胸元にこすりつけた。お母さんのエプロンの匂いがする。

〝おかあさん、アニーがぼくをぶった〟

〝ジミー違うの、アニーはあなたの頭を撫でたのよ。かわいいから、頭をなでなでしようとしたのよ〟

〝違うよ、ぶった！〟

〝アニーは目が見えないから、あなたの頭がどこにあるのかわからなくて、さがしているうちに手がぶつかったのよ〟

ジミーごめんね、ぶったのよ。あんたがお母さんにばかりくっついているから、いつもお母さんをひとりじめしようとするから、頭を叩いたの。そうよ、叩いたわ。でもねジミー、お母さんは知っていたの、あたしがあんたをだいすきだってこと。

「アン、すまなかったな」

「お父さん？」

お父さんの声にアンは驚いた。どうしてここに？　いつ来たの？

トーマスが後ろに立っていた。

「おまえがずっとジミーを守っていてくれたのか、おまえひとりで」

トーマスはアンを抱きしめた。すまない、間に合わなかった。

「ジミーをお母さんのところへ連れていってあげよう。来なさい」

「今？　今すぐなの？　こんな夜中に？」

「そうだ」

アンは父親がとても強い力を出していることが不思議で、怖く感じたが黙っていた。トーマスはジミーを背負い外へ出た。月の光が広がっている。

「月の夜ってこんなに明るかったかな？」

父親はそう言ったが娘は黙っていた。

「ジミーは痛い痛いと言ったか？」

「ううん、言わない、一度も言わなかった。お父さん、本当はうんと痛かったの？」

「そうだ、ずっと痛いのをがまんしていた」

「どうして？　痛いのなら、痛いと言えばいいのに」

「ジミーはおまえを心配していたんだ。痛いと言えば、おまえがよけいに心配すると思っていたのさ」

「あたし、ジミーにあやまる」

「なにをあやまる？」

「だってジミーががまんしていたのに、あたしは大声で文句ばかり言ってた。臭いと言ったり、スープが冷たいと言ったり、足音がうるさいとか、こんな所いやだって」

父親は笑った。

「ジミーは助かっていたのさ。おまえがジミーの代わりにたくさん文句を言ってくれたから、自分は黙っていればいいと思っていたんだ。だからそれで良かったんだ」

「そうかな？　ねえ、ジミーそうなの？」

アンは父の背で気持ちよさそうに揺られている弟に声をかけた。弟は答えなかった。

丘に着いた。彼らは丘にたどり着いてみて、背後から壮大な朝焼けが追いかけてきていることに気がついた。

「お母さんの十字架、きれい」

アリスの十字架はまっすぐ立ち上がり、朝陽をはね返して、砥石（といし）で磨かれた剣のようにそびえていた。

「ジミーを連れてきたよ、抱いてあげてくれ」

トーマスはアリスの墓の上にジミーを横たえた。そして自分が着ていた黒いコートを息子の上にかけた。

「アン、覚えておいてほしいことが、ひとつだけあるんだ」

アンは泣いて震えていたが、父親に顔を向けてうなずいた。

「お母さんとジミーは冷たい土の下にずっと眠るわけではない。別な人になってアンに会いに来る」

アンはじっとしていた。

「この先、アンがどこでどんな人と出会ってゆくか、それはわからない。しかし、とても親切にしてくれる人、あたたかくしてくれる人、とてもお世話になったり、逆にお世話をしたり、その関わりが不思議なくらい深い人たちの中で、この人は特別だ、と感じたら、その人がお母さんかジミーだ」

娘は黙っていた。父親の瞳から大きな涙が落ちた。

「そう思ってほしいんだ。そうすればきっと希望が湧くはずだ。お母さんやジミーはどこにも行っていない。すぐそばにいて、知らないうちに話をしたり、コーヒーを飲んだりしているかもしれないってね」

「わかったわ、お父さん」

娘は力を奮って父親を見上げ泣いた。これが二人のとむらいだった。祭壇も祭司もいなかったが、代わりに悲しみを乗り越えてゆこうとする挑戦があった。

父は全霊をかけて言葉を選び、来るべき希望の姿を具体的に示した。トーマスには学歴は無かったが、それ以上の学識があった。それは古くから農民たちの間に伝承されてきた生と死の循環、土と畑と陽と風の破滅と再生、人間の無力と魂と呼ばれるものの無限の力、そして生まれ変わりにある強い絆（きずな）の存在。それらは机上の空論ではなかった。有識者と呼ばれる人々の書いた書物でもなかった。または童話作家が描いた絵本でもなかった。口伝により伝承されてきた「農民たちの体験記」だった。やがてそれは信仰のように翼を広げることもあったが、基本的には「自分の目でみたもの、自分が体験したこと」以外の何物でもなかった。秘められたそれはいろいろ考えるものではなく、涙と同じように湧いて出てくるものだった。

トーマスはアンを抱き寄せた。アンは思いのほか父の胸が温かいので意外に思った。父の胸は冷たいと思っていたのだ。その心を見透かしたように父は娘に尋ねた。

「どうした、なにか不安なのか？」

アンは答えられなかった。言いようのない恐ろしさを感じ始めたからだ。

「お父さん？」

「なんだ？」

「あなたは本当にお父さん？」

「どうしたアン？」

アンはしっかりと父の顔を見ようと顔を上げたが、目には光を遮断するカーテンが引かれているようで見えない。

「アンどうした、なにを怯えている？」

「違うわ、あんたはお父さんじゃない。お父さんは遠くの森で仕事をしている、ここにこんなに早く来れるわけがない。どうしてジミーのことがわかったの？」

「だから言っただろう」と父は答えた。「別な人になって会いに来るって」

「別な人？　誰？」

父親が笑顔を向けていることはわかった。

「アン、お父さんはもう自由におまえに会いに来ることができる」

「変な話はやめて、お父さん、変だよ」

父親はゆっくり話をしている。

「お父さんだけではない。お母さんも、いや、ジミーもここに来てしまった」

いやだ！　お父さん、いやだ、そんな話はいやだ！

「手紙を送ろう、幸せになるように、お父さんはおまえに手紙を送る」

手紙は特別なものだ、みんなを笑顔にする、どんな人でも笑顔に……

お父さん？　アンの耳から父親の声が離れてゆく……

お父さんは無学だが、手紙の喜びは知っている……

お父さん……

字が下手でもうれしいものだ、だから……。

第二章　バーバラ神父

テュークスベリー救貧院の夜明けは忙しい。病棟に続くキッチンはスープ作りから始まるが、寝坊してしまって主任のカーターにどやしつけられたベンは、作業を急ごうと普段とは違う動きをしたために、不用意に棚から小麦粉の入った大きな缶を落としてしまい、完全に取り乱した。彼は大きな口を開けてなにか言おうとしたが、その前にカーターが怒鳴った。

「なにやってる！　なにをしている？　なにをしていると聞いているだろ？　どうしてすぐに掃除しない、そこで突っ立っているな、謝るな、俺に謝ってどうする？　小麦が元に戻るか？　モップ、ブラシ、早く、おまえができることは掃除だ。さあ、わかったら早く、早くやるんだ！」

そしてそれを聞きながらクスクス笑っているマゴットを見た。

「おい、マゴット、おまえはタマネギを刻んでいるのか潰しているのかどっちだ？　誰がそんなに力を入れろと言った、そうじゃない、ナイフは滑らせて使え。いや、もういい、それはもういいから、コンソメを二缶持ってこい、すぐにだ、今すぐ！」

「だんなさん、あたしはタマネギのほうがいいでがんす」

カーターはわかっていた。食糧の保存庫は霊安室の隣にある。明るくても暗くても、朝でも昼でも皆あそこへ行きたがらない。

「行くんだ」

カーターはできるだけ静かに言った。マゴットは、はいと言ってうつむきながらキッチンを出ていった。それでいい、とカーターは言った。

マゴットは十五歳の小娘で、自分のことを役立たずよりは少しマシと思っていた。大好きなことは食べることで、田舎にいれば貧乏な綿農家のままで食いっぱぐれるずら、だども、ここに来ればごちそうの余りを好きなだけ食べられると思って働きに出てきたのだ。彼女はできるだけ楽しいことを考えようとした。楽しいこと、楽しいこと。しかし楽しいことはいくら考えても思い浮かばなかった。逆につらいことばかり思い出された。南部の綿農家だった貧しい家、家出をした兄、父さんはわたしに言った、好きな所へ行って一人で生きろ。

霊安室のドアが開いている。あれ？　いつも閉まっているのに、誰だろうドアを開けっ放しにしたのは？　おお気味が悪い、それでなくともここは気味が悪い。マゴットは思い出した。夜警のおじさんが、深夜の廊下を自分の部屋をさがして歩く幽霊を見たと言っていた。その幽霊は足のない兵隊で、霊安室に消えてゆくと。足？　足だ、いや、その足ではない、マゴットは霊安室の中に転がっている足を見て大声を上げた。

キッチンからカーターが飛んできた。どうした？　何事だ！　マゴットはすでに腰が抜けて床にへたり込んでいた。足、足だよ。足がどうした？　立てないのか？　違います、足があそこに。指先には足が、確かに人間の足、子どもの足、誰か来てくれ！　人が倒れている！

若い医師が走ってきた。大丈夫だ眠っているだけだ、抱きかかえながら、いや気を失っているのかもしれない、と言い直すと、走ってきた女たちが、この子はアン、アン・サリヴァン、八人部屋と言った。医師はその声に支えられながら、うなずいて病棟に入り、そっと寝かせて、起こさなくていい、このましておくように、と医務室に戻っていった。大部屋の女たちのささやきが残ったが、やがてそれも消えていった。

アンが目覚めたのは昼過ぎだった。

「お父さん！　お父さん！」首を上げて二度呼んだ。

「お父さん？」

男性の気配を感じてそう呼んだが、その人は燭台の香りを漂わせて近づいてきた。

「わたしの名はバーバラ、この救貧院の神父をしている。ジミーは残念だったが、先ほど主のもとに召されていった」

バーバラ神父は膝をついてアンの目線に合わせた。黒の僧服が床に流れた。

「すまない、ここではジミーの他にもたくさんの人が亡くなってゆく、葬儀は急ぐ必要があってね、君の回復を待っている時間がなかった」

「違うよ」アンは言った。「ジミーはお父さんが背負ってお母さんの隣に埋めたのよ。あたしといっしょに、お花をあげたんだから」そして言った。「あんたなんかに関係ないわ」

　神父は豊かな銀色の髪に指を入れて、頭皮をマッサージするようにかきあげた、アンの言葉を否定することはなかった。

「そう、わたしは遅れてきた、一番大事な時間に遅刻したかもしれない」

　そう言ってうつむいた。

「お父さんがお祈りをしたのよ」

「その場に居れなかったことが残念だよ、アン」

「お父さんのお祈りはとてもすてきだったわ」

　神父は胸の十字架に触れながら言った。

「そのお祈りを聞かせてくれないか？　どんな言葉だった？」

　アンは、「何度でも、いつでも、どこであっても、なにをしていても」と言った。

「あなたであることを、教えてください。食べるものがないときでも、さむくても、星の下にあなたがおられますように」

　神父は胸の前で両手を組んでいた。その中に頭を落とし祈っていた。いや、赦しを乞うていた。主よ、お赦しください、わたくしはまた出遅れました。あなたが先に進まれてゆく足音を聞き逃しました、申し訳ありません。神父はあらためて顔を上げた。

「アン、あなたの話を聞くために、わたしは目を覚ましていよう」

アンは微笑んだ。

「なんだか、いつでも寝ているみたいな言い方に聞こえるよ」

「そうだ、いつでも寝ている。本人は起きているつもりでもね」

アンはさっきまでとは違う眼差しを向けた。

「神父さんの隠れ家はどこ?」

「隠れ家? あはは、そう呼んだほうがいいかもしれない。隣に教会がある、そこだ」

「そこでなにをしているの?」

「神様と出会いたい人を待っている。たいがい待っている間に眠ってしまうがね」

神父はとてもまじめな顔をして、じっと自分を見つめている少女に向かった。

「聖書には〝目を覚ましていなさい〟と書いてあるがね、なかなか難しい」

「なにが〝なかなか〟難しいの?」

バーバラ神父は呼吸を整えた。

「目を覚ましている、ということは、ただ眠らずに目を開けていることではなくて、気持ちをこう動かして」

神父は胸の前に両手を使って舟を作り、それが波に揺れる様を演じた。ゆっくりと大きく動かした、彼女の視覚が捉えられるように。

「自分のためではなく、誰かのために働かせることなんだ」

「それは、神父さんだからそうするの？」

「それは良い質問だ、アン、その質問だけですばらしい」

「なにがすばらしいの？」

アンの語気が変わった。彼女はからかわれていると感じたかもしれない。

「神父だからそうするのか？　そうだ、そのとおりだ。神父だから他の人より誰かのために祈り、働かなくてはならない。誰かのために手紙を書き、それを届け、誰かのために畠（はたけ）に種を蒔（ま）き、パンとミルクを運ぶ。そうだ、そうしている。もうひとつの質問は、なにがすばらしいのか？　そうだったね」

アンは黙っていた。神父は神に答えるように彼女に答えた。

「答えが広がったからだ」

神父はここで間を取った、職業的な間を。

「誰かのために心を配ることが、神父の仕事に限られてしまうことはおかしなことだ。そう思わないか？」

アンは黙っていた。そして、容易にうなずくことはしなかった。

神父は言った。「みんな、やればいい」

神父はこの言葉にあまり自信がなかったので、いったんはうつむいた。まるでそれが日常のくせのようだった。

アンはよくわからなかった。

神父は職業的な責任よりも、個人的な情熱から今までの自分の言葉をつないだ。

「この町は開拓民が切り開いた。彼らはとても勇敢で、失敗することを恐れなかった。知らない土地で新しいことを始めるのだから、仕事のほとんどは失敗した。それでもチャレンジすることを選んで生きようとした。そして自分のことだけではなく、誰かのためにも力を惜しみなく与えた。それは失敗することを恥ずかしいと考えなかったからだ。わかるかな？」

アンはじっと彼を見ていた。

「目を覚まし続けるということは、失敗することを恥ずかしいと思わず、誰かのために自分の力を与え続けることなんだ」

大部屋のあちらこちらから、小さな声でアーメンと声が聞こえた。神父は身体を起こした。

すまない、長々と話をしてしまった、また来てもいいかな？　と大部屋に向かって尋ねたが、誰も返事をしなかった。バーバラ神父は十字を切りながら部屋を出ていった。

アンは神父の長い話を聞いて疲れた。寝てしまった。

夕食を運んできた看護助手のマリアはアンに言葉をかけた。

「バーバラ神父が、目のお医者さんを呼んでくれるみたいよ。ここにはそんなお医者さんがいないから」一呼吸おいて、「簡単な手術のようだけど」と言った。

アンは顔を上げることもなかった。

「あたし、そんなこと頼んでいないの、だからわからない」

マリアはそれには答えず、別なことを言った。

「お父さんから手紙が来ているわよ、どう？　ここで読む？」

「お父さん？」ここではいや、アンは身体を起こした、違う場所へ連れていって。いい場所があるわ。二人が向かったのは図書室だった。

　テュークスベリー救貧院の設計者は、図書室を教会の礼拝堂にイメージして造り上げた。天井が高く、咳をしたり、多少乱れた足音で歩いても、雑音は吸い込まれるように高みに消えてゆく。またその高さは黙っていることの徳を誘い、小さな天窓からわずかに注がれる光が、自然な黙想を生み出していた。

　本の背表紙には看護のための覚書や、人間像を冷静な視点で書き出した医師たちの記録、神経を平穏に導くための伝記文学、聖書から触発された母と子のための童話、そして精神に抱えた病気と闘う人々が残した〝言葉〟そのものが本として残されてあった。

　アンは着席したイスの心地よさと、少し冷たく感じる机の肌触りを確かめたあと、読んで、と言った。手紙が開かれる音が二人の間を流れた。

「アン、お父さんは山の中で木を伐（き）り出す仕事をしている。とても危険な仕事だが、おまえの目の手術のためにこの仕事を大切に考えている。施設の中ではたくさんの不満を感じるだろうが、がまんしてもらいたい。おまえにはたくさんのチャンスと良き話し相手が恵まれるように祈り続けている。アンはわたしの娘だ、強くあってほしい。また強くあるために、良いめぐり合いが訪れますように」

マリアは、これで終わりよ、もう一度読む？　と尋ねた。

アンはお願い、と答えた。

マリアは手紙を四回読み返した。

「ジミーのことが書いてないわ」「そうね」

「その手紙はいつ来たの？」「今朝よ」

アンは怒りに似た感情の中にいた。大切なことが全く書かれていない、どうでもよいことだけが書いてある。

「それは本当にお父さんの手紙なの？」

マリアは驚きながら笑った。「なんですって？」

「お父さんの手紙とは思えないわ」「なぜ？」

アンはドキドキしながら答えた。「あり得ないからよ」

「なにがあり得ないの？」

「だって、お父さんが本当に山の中にいるのなら、ゆうべここに来られるわけがないもの」

アンは昨夜のあらましを語った。

マリアは注意深く聞いていた。そして言った。

「すべてが起こったのよ。あんたはたぶん奇跡を体験する人だわ」

それってなに！　とアンは口走った。

「ねえ、もっと話して。今感じていることを全部、全部よ、全部話して。あたしは」アンは身を乗り出して言った。「目を覚まして聞くわ」

マリアは笑って手を前に出し、迫ってきそうなアンを制して言った。

「待って、落ち着いて、アン、勘違いしないでね、わたしはこれ以上のことを言えないわ、悪く思わないでね、今言ったこと以上のインスピレーションは、湧いてこないわ」

「インスピレーションってなに？」

「ひらめきよ」と言ったあと、マリアは自分の心をなぞるように話し始めた。

「今感じていること、そうね、父親のことかな。わたしには父親の記憶がないの。もっと言えば母親の記憶もないわ、捨て子だったから。いや、そう聞いたのは最近よ、ここに捨てられていたの。だから作り話をわたしにしてくれていた。みんな親切だったの」

マリアは笑顔をアンに向けた。

「感謝しているわ、みんなの嘘に」

アンはおしゃべりがしたかった。

「わたしだったら、本当のことを知ろうとするわ」

マリアは体勢を変えながら返事をした。

「最初からって、こと?」

「そう、一番最初」

「それって本当に大事なことかな?　わたしは、最初はどうでもよくて、途中からのことがもっと大事に思えるわ」

「どうして?」

「わたしに集まってくる力を感じるから」

するとアンは強く言った。

「あなたがいなければならないわ」

「なにが?」

「手紙を読むときには、あなたがいなければならないのよ」

「別な人が持ってくるかもしれないわよ」

「いいから、あなたが読むの!」

人間にはそれぞれ育ち、というものがあって、それは感謝の気持ちを伝えるときに、言葉や顔にはっきり現れる。そこには家柄とか豊かさ、貧しさも関係ない。アンのそれは動物のように単純で、品が無くあからさまで感情的だったが、マリアはそれほど不快には思わなかった。

看護助手は暗さを感じて手元にランプを引き寄せた。するとアンの影が後ろの本棚に大きく映り、揺れた。

「本を読んで」アンは大きな影の中で言った。「少しだけ、今読んで、なんでもいい」

マリアは本棚を見渡し、うなずいて聖書を取り出し、ページを選んで読み始めた。

「愛は忍耐強い。愛は情け深い。ねたまない。愛は自慢せず、たかぶらない。礼を失わず、自分の利益を求めず、いらいらしない、恨みを抱かない。道に外れた人間関係を嫌い、真実を喜ぶ。すべてを忍び、すべてを信じ、すべてを望み、すべてに耐える」

マリアは顔を上げた。「キリストの教えを世界に広めたパウロの手紙よ。もっと聞きたい？」

アンは今のところをもう一度、ゆっくり読んでと答えた。結局五回読み返した。

「今夜はその言葉を抱きしめながら休むわ。部屋に連れていって」

マリアはアンの手を取って廊下を歩いた。

「手紙っていいわね」アンがつぶやいた。ランプの灯火が二人の影を長く伸ばしている。

アンは言った。「幸せな気分だわ」

マリアも、「わたしもとてもあたたかい」と答えた。

アンはゆっくりと尋ねた。「本を読んだから？」

長い影を揺らしてマリアは答えた。「きっと手紙を読むと、幸せな気持ちになれるのよ」

アンは父親の字を見たことがなかった。それを言葉にしよう、伝えてみようと思ったがやめた。やめた理由は自分でもわからなかった。二人は別れた。一人は病室へ、一人は宿直室へ戻った。そして急に夜が明けた。

バーバラ神父が巡回してきたとき、アンは図書室へ連れていってとせがんだ。神父は喜んでお供しますよと答えた。

神父は図書室から庭に抜けるテラスに彼女を誘い、四月の明るい光の中に案内した。

「少し寒いかな？」

アンはそれにには反応せず、いきなり言い放った。

「愛は、にんたいづよいの？　すべてに、たえるの？」

神父はオウ！　と天を仰ぎ、笑顔を作って神を祝福した。とても喜ばしい。

「使徒パウロの手紙ですね。聖書をいつも読んでいるのですか？」

アンは一度も読んだことがない、ゆうべ初めて少しだけ読んでもらった、と答えた。

お父さんお母さんはどうでした？　教会には通っていたのかな？

お母さんは教会で働いていたわ。お父さんとお母さんは教会の仕事で知り合ったの。

神父は思い当たることを深く巡らし、やがて希望をつかんで語り始めた。

「出会いの場が教会であったことは、大きな恵みと祝福です。あなたはその大きな祝福を一身に受けて生まれてきたことになります」

それを聞くと、アンは猛然と頭を振った。

「目が見えないのよ、弟は病気で早死にした！　お母さんもわたしを残して死んだわ。それが恵みだなんて、あんた頭おかしい！」

「いや、おかしくはない」

少女の苛立つ語気に対して、神父の断言にはイエスの透徹した眼差しが向かい合っている。

神父は古いショルダーバッグからもっと古そうな聖書を取り出し、ヨハネ福音書を広げた。

「さて、イエスは通りすがりに、生まれつき目の見えない人を見かけられた。弟子たちがイエスに尋ねた。『先生、この人が生まれつき目が見えないのは、誰が罪を犯したからですか？　本人ですか、それとも両親でしょうか？』　イエスはお答えになった。『本人が罪を犯したからでも、両親が罪を犯したからでもない。神の御業がこの人に現れるためである。わたしたちはわたしをお遣いになった方の業を、まだ日のあるうちに行わなければならない』」

神父はここで聖書から目を上げた。

「もう一度読んで」アンは首を傾けて言った。

神父は再度読み始めた。「さて、イエスは通りすがりに……」

「待って、通りすがりってどこのこと？」

「どこにでもある、世界中の人々が生活をする道ばたのことだよ」

「ではとくべつな、場所ではないのね？」

「そうだ、君もわたしもこの場所にいる」

「生まれつき目の見えない人を見かけられた」

「待って、その人はどうしてそこにいるの？　目がみえないのなら、家の中にいて、いえ違うわ、家から出てはいけないのよ。なぜ人ごみの中にいたの？　あぶないわ、誰がぶつかってくるか、そうよ、誰かが意地悪して足をふみつけてゆくかもしれない、とてもあぶない場所にどうしてその人は一人でいたの？」

「この人はあえてここに居たのだよ。自分で選んで、この場所に座っていたのだ。一日中、彼はここに座っていた。毎日、彼はこの場所に来て座っていたのだ」

「どうして？　毎日？　なにをしていたの？」

「物乞いだよ。彼は道の端っこに荒布を敷いて座り、目の前を歩く人々にこう呼びかける。〝わたしは目が見えないので働くことができません。誰か、誰でもいいです、金銭か食べるものを恵んでください。いくらでもよいのです、わずかでも良いのです、誰か、やさしい人、わたしにお恵みを〟」

「その人は、ほんとうに目が見えない人？　嘘を言っているのではないの？」

「どうして、そのように思うのだね？」

「わたしだったら、そんな物乞いなどしないわ」

「つまりこの男はずるい人間だと？」

「そう、ずるい人よ」

「たしかに、目の見えない人がなにもできずに人から施しを受ける人になるとは限らないからね。立派に仕事をしている人もいる」

「イエスさまは、どうしておまえはずるいと言わなかったの？」

「どうしてだろうね」

「わかっていたでしょう、ずるいと」

「おそらくね」

神父は微笑みながら尋ねた。

「今ここにイエス様が居られたら、君の質問になんとお答えになるだろう？」

「わからない」

「アン、もう少し想像してごらん」

「イエス様はやさしいの？」

「そうだね」

「ただやさしいだけの人？」

「違う」

「やさしいけどきびしくもあるの？」

「そうだ、そのとおりだ」

「その人が自分で生きるために、すこしだけ手を貸す、違うかな？」

「そうだ、わたしもそう思う」

「その人がずるいとわかっていても、責めたりせずに、はげます」

「そうだ」

　神父は続きを読み始めた。

〝先生、この人が生まれつき目が見えないのは、誰が罪を犯したからですか？　本人ですか、それとも両親でしょうか？〟

　アンは頭を振って口をはさんだ。

「目がみえない人は、それだけで生まれつきの罪人と言っているの？　なにもしていないのに、ただ見えない、それだけでおそろしい罪人と同じにされるの？」

「医学が今よりもっと未熟だった頃、人々はそのように考えたのだよ。罪とか呪いとか、人の知恵では計り知れないものは、すべてそのように恐れた」

「今は？　今はちがうの？　おなじことを考えている人はいないの？」

　目に関して言えば、と神父は少し考えながら言った。「伝染病だと考えられている。ハエやホコリの中に目の粘膜を傷つける悪い菌があって、それが病気を起こす原因と考えられている。少なくとも、罪や呪いの時代は終わったよ」

「わたしはそうは思わないわ」

「ほう、なぜかね？」

「〝お父さんがなにか悪いことをしたの？〟ってわたしに聞く人がいたから」

　神父は黙った。

「その人はこうも言ったわ。〝弟が松葉杖で、あんたは目が開かなくて、どんなおそろしい呪いがかけられたのでしょう？〟って」

アン、神父は呼びかけた。

「その人はろくでなしだ。わたしが知る限り、そいつは生まれながら地獄の沼のほとりで、虫に血を吸われながらのたうち回る、いや、こうも言える、そのくたばり損ないは、あえて君の前に姿を見せ、神に見放された姿をさらしたのだ」

「神父さんがそんなひどい言葉をつかっていいの？」

アンは笑いながら尋ねたが、神父は笑わなかった。

「どうしてだかわかるかね？」

「なにが？」

「そいつがなぜ、君の前にわざわざ出てきたか？」

「わからないわ」

神父は指先で素早く十字を切った。

「覚えておきなさい。見放された者の目には、これから恵みを受ける人間がはっきりと映るのだ。そして前に出てきて、さげすむようなことを口にするが、実際は違う、その言葉は懺悔なのだ。赦してほしくて愚かなふるまいをするのだ」

アンは神父の言葉のほとんどは理解できなかったが、神父の信仰体験から生まれた、荒々しい勘は感じることができた。

「神の御業がこの人の上に現れる」

バーバラ神父はそう言って、聖書の次の意味合いを語り始めた。

「イエスはとても不思議なことを弟子たちに告げた。神の御業がこの人の上に現れる、上に現れると言ったのだ。つまりこの人の目が開いていようが、そのままであろうが関係ないのだよ。その人はそのままでよい、その人は生まれたままの姿でいっこうにかまわないのだ。なぜなら、その上に、光に包まれるように神の奇跡が行われるからだ。しかしひとつ条件がある」

神父が指を一本立てるのをアンは感じた。

「イエスはこの人の目を開けたあと、〝遣わされたもの〟という名の泉で目を洗うように指示する。この〝遣わされたもの〟とはなんだろう？〝遣わされる〟というのは〝使命のある場所へゆく〟ということだ。この人には自分の力を試すチャンスの場が与えられた。だから自分の考えられるすべての力を使って使命の場へ行き、仕事をしなければならない」

神父は少し考えてこうも言った。

「この人がなにもしなかったら、泉へは行かず、寝床に引き返したら、再び目は閉じられてしまうかもしれない」

そして気持ちをまた強くして読んだ。

「イエスは地面につばをして、つばで土をこねてその人の目に塗った。そして『シアローム

（遣わされたもの）という泉へ行って洗いなさい』と言われた」

「ねえ、神父さん」

アンは身体をうしろに反らして声をかけた。

「誰がその使命のある場所へ連れていってくれるの？」

これは意外な質問だった。

「誰？　誰が？」

神父は自分にも問いかけた。

「誰？　誰だろう？　身近にいる人か？　遠くから来る人か？　男か？　女か？」

神父はアンに向き合った。

「わからないよ、それは。ただ、望みを高くする、それしかない」

神父は後悔した、子どもに言う言葉ではなかった。

「あんたは、まるでわかっていないわ！」

雷鳴ではなかった、十代の少女の叫びだった。

「つい先日、たったひとりの弟が死んだばかりよ。その前にはお母さん。お父さんはあたしを残してどこかの山にいる、お父さんもひとりぼっちだわ。わかる？　あんたは家に帰れば誰かいるけどあたしはひとりよ。目が見えないから音を聞くだけ。誰かの咳、いびき、ネズミの走り回る音。おしえて、どこにあんたの言う望みがあるの？」

神父は黙っていなければならなかった。アンは歯をむき出しにした。

「おしえてあげる。もう一度そこを読んだらいい。イエスはその人の顔に泥を塗ったのよ。大勢の人の前で泥を塗られるってどんな感じ？　神父さんあんた、あんたなら耐えられる？　平気でいられる？」

　この男はね、バーバラ神父は答えた。

「長い間自分を、この世で最もみじめな人間です、と哀れな声を出していた。あまりに長くそう言い続けたために、でたらめが本当になってしまった。この男は自分が本当にみじめであると思い込むようになって、やがてそれ以外のことを考えなくなった。イエスがあえて泥を塗ったのは、顔を洗うためだった、水に映る自分の顔を見つめるためだった。男はたぶん自分の顔を洗うことも、いや、自分がどんな顔をしていたか、それすらも忘れていたのではないかな？」

　アンは神父の話を遮った。

「あたしはどう？　どう見えるの？　あたしはもう自分の顔もよく覚えていないの、忘れてしまいそう」

　わたしに言えることは、とバーバラ神父は言った。「この男がラッキーだったのは、神殿の近くにいたことだ、大勢人が行き交う場所にいたことだ、そして泉があったこと。神殿、人の集まる場所、水のある場所、この三つが人々にチャンスを与えると、聖書はそう暗示しているように、わたしには思える。だからこれからどこに行ったとしても、この三つは意識して覚えていてほしいんだ。やがて君の顔に〝泥を塗る〟人物が、どこかで現れる。その人物こそ、君をシアロームの泉に案内するはずだ。そう考えるといい」

「わかったわ」アンは即答した。「あたしの顔に泥を塗りつける人ね」

答えたあと、頭を下げて考え始めた。神父には居眠りを始めたように見えた。

第三章　クレメント修道士

それから二日経った朝、バーバラ神父の使いという少年がアンのもとにやって来た。

「ぼくはクレメント、君を病院まで案内するように言われた」

クレメント修道士は簡単に要点だけをまとめてアンの返事を待った。十五歳の少年は黒い髪に黒い瞳を落ち着かせ、若い梢（こずえ）のように立っていた。アンは少年の息からハッカの香りがもれてくるのに気がつき、それだけでついてゆく気になった。

「どこへゆくの？」

「聖ペテロ記念病院」

「ペテロってなに？　お菓子の名前？」

アンは少年が案内のために握ってきた手を、拒もうとは思わなかった。馬車に並んで座ると、びっくりするほど胸が高鳴り、顔が熱くなったので、なにか適当なことを言ってみたのだ。お菓子の名などどうでもよかった。

しかし少年は別なことを考えていた。

「イエス様のお弟子さんの一人で、失敗ばかりしていたトンチキだよ」

「トンチキ？」

アンは意外な答えに胸の高鳴りが一瞬引いてゆくのを感じた。トンチキ？

「一番弟子なのに、ヘマばかりしてイエス様に叱られていたんだ」

「へえ、そのヘマばかりしているトンチキが病院の名前になったの？」

「でもイエス様は、この失敗ばかりする弟子を一番愛された」

そう言ったクレメント修道士は明るく誇りを抱いて、顔を上げた。

キリストの名高い弟子の名を冠した慈善病院は新築されたものではなくて、古くはカソリックの修道士たちが、人里を離れて暮らすための建物だった。外観は小麦を貯蔵しておくための大きな倉庫に似ていて、通りに面した壁には赤レンガが使われ、窓がなかった。いかにもくたびれた鐘楼が空に吸い込まれているかのようだ。高い場所にあるものはいずれもそうであるが、この鐘楼も歴史を告げてきたひとつの権威に見える。同時に孤高も指していた。入り口は小さく見えるが奥は深く、中は大きかった。中庭にはかわいらしい野菜畑があり、花壇もひっそりと長く続いている。

あるとき、海を渡ってきた開拓移民の中に伝染病が広がり、もう死ぬしかないと見捨てられた、あるいは自ら死ぬために群れを離れた、離れざるを得なかった人々を、修道士たちが路上から、山間地から、川と泥の間から拾い上げ、介抱から看取り(みと)まで行ったことから、医学と看護に対する見識と目的が院内で大きく変わり、組織的な医療体制に変わっていった背景があり、やがて多くの医師を輩出するようになった。また、最新の医療を果敢に実践する場が多くなり、病院へと移り変わった。

　わたしはデイビスだ。

　アンの肩に触れ、手術を執刀する医師はそう名乗った。彼は自分のことを本当は登山家なのだと紹介した。病院にいることよりも山登りが好きで、ずっと山の中にいたい。それこそ猟師のような暮らしが理想だが、現実はなかなか厳しいと笑った。

「どうしてお医者さんになったの？」

　アンがすぐに尋ねると、デイビス医師はその質問を待っていたとばかりに話を始めた。山登りをしているときに病気になり、山小屋で死にかけた。そのとき偶然に医者がやって来て助けられたのさ。

「君も医者になるといい。山小屋で死にかけている世間知らずのロマンチストを助けることができるぞ」医師は君の目を完全に治すことはできないが、今よりは良くなる。今夜はリラックスして休むんだよ、そう言って彼は出ていった。

「クレメント、まだそこにいる？」

「いるよ」

「今のドクター、陽気な人ね、それにおしゃべり」

　クレメント修道士は少し考えて答えた。

「アンのことをよく知るために、おしゃべりしたんじゃないかな?」

「そう?」「うん」

「クレメント?」「なんだい?」

「明日もここへきてくれる?」「いいよ」

「よかった」

翌日の手術は短く終了し、アンはしばらく目を冷やされたあと、木陰の多い中庭に案内された。デイビス医師がエスコートし、クレメントが付き添った。

「急に目を開けないように」医師はそう言って、まぶたの裏に光がなじんでくるのを待ちなさいと言った。しばらく三人は春の息吹をどこで感じるか、などと雑談をした。

「あたしは雪どけの匂いを、湿った道路から感じるわ」

アンがそう言うと、クレメント修道士は、夜明けの匂いかな、と言った。

「真っ暗だったミサがほんのり青い空に変わってくる季節は、花の香りがするよ」

君はたいへんな詩人だな、とデイビス医師はクレメントをからかい、アンに言葉をかけた。

「そろそろ目を開けてごらん、そっとね。少しでも痛みを感じたら閉じるように」

アンはうなずいた。ぼくまでドキドキするなあ、クレメントは医師に笑顔を向けた。

はっ、と息を呑み込む声をアンがあげた。「揺れているのが見える」

緩い四月の風に吹かれて、若い木の枝が揺れ、光と影が交互に、そして不規則に点滅し、少女の目の上を撫でてゆく。「きれい」

「他になにが見える？」医師が尋ねた。

「大きい光と小さな光が寄り添っているように見えるけど、それがなんなのかわからない」

クレメントも医師もそちらの方を眺めた。しかしアンの目に輝くものがなんであるのかは二人ともわからなかった。医師は言葉を選びながら言った。

「君の成長にあわせて、手術は何回も繰り返して行われる。そして少しずつ形や色がはっきりとわかるようになってくると思うよ。アン、これはね時間がかかるものだ、あせらないでいてほしい、できるかな？」

「できるわ」

あせらないで待つことくらいなら、できる。でもその待っているあいだ、なにをしよう？

「どうした、なにか考えているのかな？」

アンは思い切って尋ねた。

「先生なら、なにをして待つ？　どうやって毎日を過ごす？」

「勉強する」医師は笑いながら即答した。「それしかないだろ、他になにがある？」

アンとクレメント修道士は黙った、そして考えた。三人は黙った。レンガの壁に溜まる陽射しのぬくもりはそのためにあるように思えた。

次の日にはバーバラ神父がクレメント修道士を伴ってアンを訪ね、とても親切な提案をした。

「わたしの知り合いにブラオンさんというご婦人がいらっしゃる。とてもお金持ちだ。この方が〝未来と希望〟という財団を作って、助けが要る子どもたちに支援金を出す活動をしている。このご婦人が君のことを耳にして、会いたがっているが、アンどうかね？　ボストンまで行って、この親切な人に会ってみる気はないかね？」

「わかりません」

「わからないとは？」

「どうしてあたしなんかに会いたがるの？」

「さあ、物好きなんじゃないのかな？」

神父は笑顔で答えたが、アンの表情は険しかった。

「じろじろ見られるのはいや、なにかテストされそうで気持ちが悪い」

「そりゃ、簡単な面談にはなるだろうね。誰にでもすぐにお金を出すわけではないのだよ」

「それじゃ、やっぱりテストだ」

「アン君は試されるのがいやかい？」

「いやじゃないわ」

「そうだろう、わたしにもそう見える。それが君の一番良いところだ。ひまつぶしに行っておいで。婦人はしばらく一緒にいて、家族になれるような時間がほしいと言っていた。旅行の間はクレメント修道士が案内する」

するとぱっと変わった。「行くわ！」アンは元気よくすぐに返事をして、歯をむき出しにして笑った。旅行！　今、神父さんは〝旅行〟って言ったわ！　あたしが旅行にゆける！

神父はその顔を見て、戸惑いを感じた。なにか奇妙な顔だ、笑ったことがないのだろうか？　笑顔というよりは不思議な顔のゆがみに見える。

「けっこう。うれしいよ、すぐに返事がもらえて」

こうしてアンとクレメント修道士は、五月の初めにボストン行きの列車に乗った。

アンは列車に乗るのが初めてで、緊張して吐きそうだわ、と言ったが、それが冗談ではないことを、修道士は彼女の青ざめた顔を見て理解した。人間の顔って本当に青くなるんだ。

「なにか話をして」列車が動き始めると、彼女は彼の袖をつかみ言った。

「よく、迷わなかったね、すぐに返事をしてさ、驚いたよ」

アンは笑顔を見せた。「あたしもよ」

「どうして？」「なにが？」

「どうしてすぐに返事ができたの？」

「おもしろそうだったからよ。あたしの知らないことばかり言ったわ。家政婦？　仕事？　賃金？　ボストン？　涙もろいご婦人との生活？」

「なにかイメージできることはあったの？」

「ない、ひとつもない」

「怖くないの？　アン、君は」「なに？」

「目がさ」「ええ、目がどうかしたの？」

「いや、なんでもない」

「クレメント」「うん？」

「あたしになにかできる？」「え？」

「あたしになにかできると思う？　あたしがなにかひとつでも、まともにできると思う？　バーバラ神父が、なにかひとつでもあたしに期待したと、あなたは思う？」

ああ、そのことか、とクレメント修道士はつぶやいた。「無いと思う」

それから彼らは少し黙った。列車が回転をするように大きくカーブしながら下降したからだ。

ふたりとも不快な重力を腹に受けていた。

「ぼくはゴミ箱の中に捨てられていたんだ」

彼は突然話し始めた。明るい五月の山々をなぞるように眺めていた。アンも山を眺めていた。

空気の冷たさから、遠くに山があるのがわかった。今のアンの視力では、列車のスピードから放たれる光の情報をひとつひとつ形に置き換えることは不可能だが、流れてゆく色の変化や動かないで見える色のかたまりを大地と空に、光の点滅が山間や崖、流れてゆく光を丘に広がる農地に判別させていた。だから彼女も山を眺めていた。

それで見つけてくれた人がね、とクレメント修道士は自分の言葉を続けた。

「ゴミ箱の中のぼくを見つけたその人は修道院の前に運んで〝どうぞお慈悲（クレメント）がありますように〟とメモを残してどこかへ消えた。それでぼくの名前はクレメントさ」

「よく平気でへらへらとそんなことが言えるわね。なんとも思っていないの？」

「なにが？」

「あんたは二人の人に捨てられたのよ」

「別に」

彼は右手をひらひらさせて言った。

どうして？　アンは顔を突き出して言った。

「考えても意味がないというか、その人たち、ぼくを産んでくれた人たち、まあ、どんな理由かわからないけど、わからなくていいよね、そんなこと」

「だからどうしてよ」

「今のぼくがあるからさ」

アンは黙った。黙った方がいいと思ったからだ。

「修道士たちはぼくを見てもちっとも驚かなかった。よくあることで、彼らは捨てられた子をゲストと呼んでいた。心配しなくてもいいよ、わたしたちもここで育てられたからね、とみんな笑っていた」

アンは少し頭を向けて言った。

「あたしには、信じられない明るさだわ。あんたたち頭おかしいんじゃないの」

「もっともだ」

まるで五十年も生きてきたように少年は言った。

列車は急に減速した。作業中の橋の上を通過しようとしている。作業する人たちが脇へどいて汗をぬぐいながら、ゆっくり通過する列車を見上げている。クレメントは説明した。それを聞いてアンはときめいた。もしかしたらお父さんがここで働いているかもしれない。あたしには見えなくても、お父さんがあたしに気がつくかもしれない。そう思い、窓にぴったりと顔を寄せ、速度が上がるまでそうしていた。「夢のようだわ」

列車は再び森林に入ると加速して、光をまだらに拡散させ抜けた。やがて輝きを平らにならしながら都市部へ進入した。

列車のタラップを彼にエスコートされて降りると、アンは胸の高鳴りに包まれた。ホームがことのほか冷たく感じられて、生まれて初めての旅を無口にしたが、それは駅の冷たさのせいだった。レール、車両、高い天井、蒸気、切符、足音に踏み固められたホーム、別れる人々の息、時間を見つめる車掌の沈黙、それらはすべてアンにとって冷たいものだった。

クレメントに声をかけられ顔を上げると、冷たいだけではないホームの雑踏が飛び込んできた。男たちの激しい息、何かに急(せ)かされている息、頭の上を飛び交う記号、伝達、人の足と足が渦を巻いてゆく、荷を渡す声・受け取る声、荷物が走る。

「どうしてこんなに争っているの？」

「争っているんじゃないよ、男の人たちが仕事をしているんだ。市場に卸すための小麦や砂糖を運んでいる」

アンは彼の言葉をイメージで追いかけながらも、どこからかそれとは違う足音が近づいてくるのを耳でとらえた。その細く軽い足取りは、周りの騒々しさを無視して、優雅にかき分けてくる羽のようだった。クレメントがそちらに注意を向けたのが解った。

「ブラオン婦人ですか？」

「そうです」

婦人はすっと近寄り二人を抱擁した。そのとき夏の始まりを感じさせる少しだけ甘い花の香りがした。

「いい匂い」アンが喉から声を出した。

「初めまして、アン」婦人はそう言ってアンの手を握った。そして、ご苦労さまですクレメント修道士、そうねぎらった。

「わたしは、修道士さんって、外へは一歩も出ない人たちのことかと思っていたわ」

「よく言われます」クレメント修道士はよく考えて言った。「ぼくの場合は外に出て連絡をするのが役目です、つまりメッセンジャーなんです」

「立派な修養だわ」

それから婦人はアンに向かって礼を正し、用意してきた出迎えの言葉を述べた。

「大事な思春期を閉鎖的な場所で過ごすのは良くないわ」

その言葉にアンが奇妙な顔で考える素振りを見せたので、修道士は、ぼくはこれで、と言った。「これからパーキンス盲学校に行く用事がありますので」

「どんな要件ですの？」

彼は一言一言ていねいに告げた。

「目も耳も口も不自由な女性をひとり、学院が保護していて、わたしたちとコミュニケーションができるように支援する特別なプログラムがあるそうです。ぼくはそれを見学してレポートするように言われてきました」

婦人もアンもそれを聞いて奇妙な感慨に打たれた。目も耳も口も。三人はそれぞれにその女性について想像したが、クレメントは未開の文明という言葉を思い出していた。未だに土の上に裸足で座っている女性。ブラオン夫人はとっさに貧民街をイメージした。実際に見たわけではないが、乳飲み子を抱えて虚ろな目をしている若い母親、ゴミのにおいの中で寝そべっている男。アンは自分のことを思った。誰かではない、これは、今言われているのは誰でもない、遠い世界にいる誰かではない。

三人三様の思いが重なって重くなったのを感じて、ブラオン夫人は笑顔を向けた。なかなか興味深いお話ね、わたしもあなたのレポートが聞きたいわ。

クレメントはうつむいてうなずいた。別れを軽くするために婦人は明るく言った。

「ありがとうクレメント修道士、また近いうちに会いましょう」

クレメントはこう答えた。「祝福が豊かにありますように」そして機敏な足取りで去っていった。

二人の女性は弾まない会話の中を歩いた。アンは家族のことを聞かないでほしいと思っていた。ひとつひとつ思い出すのはつらく、また恥ずかしいことのように感じていた。アンは誰にも尋ねたことはなかったが、自分の生い立ちがみじめなものであるように感じ始めていた。家族に護られていない自分の小さくて細い足が汚れていること。そしてまたあるときから伸び放題になってしまった髪から汗のにおいがしていることも。

ブラオン夫人はおしゃべりではなかった。世間の様子をペラペラしゃべる人でもなかった。初めて会った女の子に家族のことを根掘り葉掘り尋ねることもなかった。ただアンより少し先に歩き、五月の風は気持ちがいいわねとつぶやいただけだったが、アンはそれにも返事をしなかった。

突然、水の匂いがアンの顔を打った。するとブラオン婦人は、公園があるのよ、大きな沼があって水鳥が群れているの、と振り返って笑顔を向けた。アンは急に胸の前が広がった感じがして尋ねた。

「たくさん来るのですか？　どこから来るのですか？」

「そう、わたしの知らない国から飛んでくるのよ、とても寒い国から来るみたいね。空がにぎやかになるわよ。あっちから、こっちからどんな号令があるのかはわたしにはわからないけど、飛んでゆく群れが乱れているのは見たことがないわ。Vの字になって空を渡るのよ」

アンは空に飛行の形跡を探したが、むろん見つかるはずもなかった。ただ婦人がずっと先に歩いて行っただけだった。

ブラオン婦人の家は沼のほとりにあった。二階建てで、飾り窓が広く高く造られ、南の空を見上げる。そして目立たぬように玄関のドアがあった。

「とても大きな家ですね」

不自由な目にも、高い天井、見上げる天窓、そこから射し込む光が床に届く前に、暗がりに消えてしまうのが感じ取れた。

「そうよ、ひとりで暮らし続けるのはつらくなる広さなのよ。亡くなった主人が残してくれたから、感謝しなければならないのはわかっているけど」

婦人は紅茶の入ったポットを持ってきて大きなカップに注いだ。紅茶の香りがアンの顔を包んだ。いい香りだわ。

「奥様、あたしは目が見えません。どうすればお役に立つことができますか?」

アンは婦人が答える前にもうひとつ質問を重ねた。

「どうして? 目が見えないとわかった上で、なぜ? あたしをこの家に呼ぼうと思ったのですか？」

「お手伝いさんが欲しかったわけではないのよ」

婦人はいったんここで言葉を止めた。アンに考える時間を持ってほしいからだ。しかしアンは考えなかった、すぐに答えが聞きたかった。

「わかりません、あたしのような目の見えない子どもにどんなことを期待されているのですか？」

「そうね、もっともな問いかけだわ」

婦人は紅茶を飲んで、しばらく手のひらの上でカップの温かさを守っていたが、それを小さなテーブルの上に置いた。隣には大きなソファ、後ろの本棚には整然と分厚い書籍が黒く並んでいる。

「正直に言うわね。母親になってみたかったのよ。あなたくらいの年齢の子、会話ができて、一緒にピクニックに行ける女の子」

「それなら目が見える、ふつうの女の子のほうがよかったじゃないですか？」

「それでは物足りないのよ」

アンは驚いた。物足りない？　なんのこと？　婦人は少し笑って、

「ごめんなさい、変な言い方をしたわね」そしてあらためて言い直した。「なんでもひとりでできてしまう子だったら、わたしは眺めているだけになるわ。わたしはその子の一部になって

みたいの。わかるかしら？　目が不自由なら、わたしは少しだけその子の目になってみたいのよ」

アンにとってそれはうれしい言葉ではなかった。逆に弾き飛ばしてしまいたい言葉だが、それをどう表現してよいかわからなかった。

「でも特別なことはなにもないの。一緒にクッキーを焼いたり、散歩に行ったり、家族のように暮らすだけ。そしてお願いしたいのは、今あなたが感じていることや、心に残っている出来事をわたしにお話ししてほしいの、思いついたときに、思いついたまま話をしてくれるだけでいいわ」

「それだけでいいの？」

アンは婦人がなにか心に隠しているのではないかと不審を感じたが、それをどう言葉にしてよいのかわからなかったので、とりあえず「わかりました奥さん」と答えた。

その夜アンにあてがわれた部屋は一階の北側にある角部屋だった。見知らぬ土地、急な環境の展開に胸苦しさを感じながら何度も寝返りを繰り返していたが、そのうちに眠ってしまった。

深夜、アンは頭の上に小鳥が羽ばたく音を聞いて頭を天井へ向けた。自分の居場所がはっきりと理解できないのでしばらく待った。ここは救貧院のベッドではない、それをはっきり自覚するまでに数十秒かかった。ボストンに来たこと、ブラオン婦人の家に来たこと、夜が明けると婦人との新しい一日が始まること。

やわらかい枕からは草の香りがする。それは心地よい、しかし不安がじわじわと満ちて嫌なにおいに変えようとしている。そして音、天井を横切った音は何だろう？　まるで部屋の中に小鳥がいて隅から隅へ飛び回っているようだ。隅に体をぶつけるたびに、そこから落ちるホコリも感じた。

アンは静かに、婦人に気がつかれぬように静かに身を起こして右手を上げ、それがアンテナであるかのように広げて待った。鳥の羽音、鳴き声、暗闇を駆け抜けてゆく波動、暗闇が二つに割れる音、天井で乱れてゆく空気、片隅に落ちてゆくホコリ。右手を下げてベッドから降り、空気の冷感をたどりながら窓へ近寄る。薄いレースのカーテンをそっと開くと、外の空気が激しく振動しているのがわかる。少し開けると水鳥の叫びと羽音が一斉になだれ込み、アンの顔を蹴った。湖面には群れがひしめき、月と水の間を激しく往復して水面から飛沫が絶えることなく躍り上がり、細い水滴は月の光を浴びてカーテンになり、対岸を見えなくしている。

アンは岸辺に人の気配を感じて集中した。誰かいる、この夜更けに誰かが沼のほとりに立っている。動かずに誰かと話をしている、湖面に向かって話をしている、遠い場所に行ってしまった家族に話しかけるように。その声は小さかったが、アンの耳には鳥の騒音の中を別な波動で進行してくるやわらかい衣擦（きぬず）れに聞こえた。

翌朝ブラオン婦人にそのことを話すと、彼女は夜に釣りをする人がいるのかしら、と返事をした。

「釣り人ではありません」

アンは紅茶を注ぐ婦人に言った。昨日とは違う葉の香りがする。

「どうしてわかるの?」

「その人は誰かに話しかけていましたから」

「夜中にどんな話があったのかしらねえ、わざわざ水辺に来て」

「その人はこの世にはいない人と話をしていたわ」

婦人は腰掛けて紅茶を持ったが、口をつけずに聞き返した。

「どういうことかお話ししてくれる? 聞きたいわ」

アンは紅茶を一口、二口と飲んでから、言葉が降りてくるのを待った。そして話した。

「水辺に立っていた人は女性。彼女は沼の向こうから伝わってくる男の人の声に返事をしていた。男の人がしきりに心配するので、彼女はだいじょうぶ、だいじょうぶよ心配しないで、と子どもをあやすように話をしていた。あたしには悲しい別れをしたご夫婦のように感じたわ」

ブラオン婦人は何かを思い出すように、うつむいて黙っていたが、急に顔を上げて言った。

「今日は天気がいいわ、お洗濯をしましょう。あなたも手伝って」

二人は、石鹸の匂いはとても幸せな気分になるわ、不思議ね、と笑いながら庭にロープを張り、何枚もの大きなシーツを広げて干した。風を受けてシーツは船の帆のように膨らみ、太陽の光を一気に集めて青空の下を征服した。

「見える、見えるわ」アンは大声に叫んだ。

「シーツの大きさがわかるの」

婦人はアンの手をとって踊りながら喜んだ。

「すてき、すてき、なんてこと、なんてすてきなんでしょう」

ほほほほほ、ステップなんてどうでもいいのよ、ひらひらさせてクルクル回って、広げて、のばして、でたらめにリズムを踏んで、跳ねるのよ。あなたは軽いわ、わたしは重いけど、ほほほ、あなたと同じくらい飛べるかしら。そう、その調子。婦人はアンの両手を取って広げ、波にもまれる小舟のように動かした。

二人はそれから鳥のまねをして水のほとりまで駆けていった。途中でアンが転んだとき、婦人はケラケラ笑って、

「どう？　土の匂いは。転ぶと土の匂いは変わるのよ」と言いながら、アンを起こすことなく先に駆けてゆき、沼を背にして、こっちこっちと大きく両手を振り回した。

アンの視界にそれがはっきりと入った。ぼんやり広がる水の反射の中に黒い輪郭をはっきりととらえた。黒い影は光の束に押されたり、呑まれたり、吐き出されたりしている。

アンは強くまっすぐに立ってみた。神経を集中して両手をまっすぐ下に下ろし肩幅ほど足を開いた。自分のバランス、どれくらいフラフラしないでいられるか、ぼんやりとした光の波形

が右へ行ったり左へ行ったりしている間、頭が前後に揺れないでいられるか。少しうつむくとより集中できた。自分の体重がうまく地面に落ちていっているのを感じる。できた、これでいい。ゆっくりと婦人の方へ歩き始めた。すると婦人の後ろから風が水面をふあああっと走ってきて、アンを通り抜けていった。

次の朝は雨になったが、二人は傘をさして道路が整備されている閑静な住宅地へ向かった。青葉の影を濃くしているのは赤レンガで彩られた家並みだ。

「変わったにおいがする。土のような、もっと湿っているような」

「レンガよ、赤いレンガを積んで住宅にしているの。ここは最初から住宅地にするために拓かれた土地で、わかるかしら、道路がきれいにまっすぐ伸びているの。ポプラがずっと植樹されているでしょう?」

「わかります、それに風がまっすぐに来ます、誰か歩いていますか?」

「歩いているわ」

「なにをしているのですか?」

「学生たちよ。本を抱えた学生たちが、これからキャンパスに向かうのよ」

アンは本を抱えて歩く人たちなど聞いたことがなかった。

「奥さんも本を抱えて歩くのですか?」

ほほほほ！　大声で笑って、そんなことはしない、と言った。「でも学生にはなってみたかったわ」

「奥さんは学校へは行かなかったの？」

「行ってません」婦人はそう言って、雨が上がった空をまぶしく眺めた。

「広い階段教室の隅っこに座って、海の航海術とか、天文学とか、エジプトの歴史とか気が遠くなるような講義を受けてみたかったわ」

「変わっている」アンは思いがほとばしってしまった。

婦人は笑い出した。変だと思うわよね、こんなおばさんが航海術だなんて、ほほほ。

「でもね、一度ジプシーの占い師に言われたことがあったの。あんたの前世は海賊だって。それを言われて悪い気はしなかったわ」また婦人は笑った。もう傘はいらない。雨雲はちりぢりになって吹き飛ばされて、白い太陽が空の色を塗り替えている。

「わたしは海賊だったかもしれないわ。だから船乗りの夫をすぐに好きになった。彼の教えてくれる海の話くらいわたしを興奮させるものはなかった。とくに嵐の夜の話は何度聞いても飽きなかったのよ」

アンは婦人の話に驚いていた。占い師？　前世？　階段教室？　キャンパス？「なにから聞いていいのかわからない」

アンが立ち尽くしているのを見て、ブラオン婦人は待った。この婦人には急かさないという深い教養があった。

「どうしてそんないろいろなことを知っているの？」

「学んだの」婦人はこともなげに言って、レンガで造られた歩道の上に立った。

「わたしの家は裕福だったわ。父が紅茶の商いで財を作ったの」婦人のうしろには美しい五月の木陰が落ちようとしていた。

「父はわたしを船に乗せたわ。学校へ行かせずに、海と外国が学びの場だと教えてくれたのよ。裕福だったからできたのよね」裕福だったから、と彼女はもう一度声を落として言った。

「あまりうれしそうに聞こえないわ、その言い方なら」

そうね、そう聞こえるでしょ。婦人は自分の言葉を自分で探りながら次の言葉を選んだ。

「わたしの家族はみんな頭がおかしくなったのよ」

アンは彼女に駆け寄りたくなる衝動を抑えた。そしてその背中に尋ねた。どうして？

婦人はアンが隣に来るまで待って、彼女に寄り添った。

「財を持つと兄や姉はお金のことばかり言うようになって、特に母は狂ったようにお金を使い始めたのよ。それで家族はバラバラになったわ。船乗りのお父さんが帰ってくるのを待って母や姉と桟橋で手をつないでいた頃が、あっという間に消えていったわ」

アンは婦人と歩調を合わせながら歩いている。

「わからないわ、そんなこと。あたしは今まで裕福な人を見たこともないわ」

婦人が黙って歩いているのでアンは続けて言った。

「お金は人を不幸にするものなの？」

婦人はすぐに答えた。「違うわ」婦人は傘についた雨だれを一度大きく振りかぶって地面に払った。サーッという音が流れた。「あなたに話があるのよ、アン」

アンは黙った。黙った中で婦人が自分を見つめるのを強く感じた。

「バーバラ神父は、あなたにはチャンスが必要だと考えているわ。それはあなたが望めばの話よ、あくまでもあなたが決めることだけど」

「なにをですか？　はっきり言ってくれないとわからない。目の見えないあたしがなにを望めるの？」

「たとえば、もっと手術を受けて見えるようになること」

「ええ、それならわかります」

「それをあなたが本当に望むかどうかよ」

「なんですって？」

「望まない人もいるのよ」

「わからない、望まない人はそれでどうするの？」

婦人は大きくうなずいた。

「わたしが知っている人は、自分は見えないままでいい、とはっきり言ったわ」

「それでその人はどうなったの?」

「どうもしないわ。修道女になっていつも誰かの手に支えられながら、今もそうして暮らしているのよ。わたしの言う望みとはそういうものよ」

「あたしは違う」アンは婦人に、自分に言った。「いつも誰かに手を取られる人生なんてまっぴらだわ」

「もっと手術を受けるには、お金が必要よ、わかる?」

「ええ、でもそれはお父さんが」

「そうね、お父さんももちろんあなたを支える。そしてこの国の福祉もあなたとあなたの夢を応援したいと考えているのよ」

「ふくし? わからない、初めて聞く言葉だわ」

婦人は美しい笑顔を向けた。

「わたしたちは財団を作って、病気の子を医者に診せるお手伝いをしているわ。でもそれだけじゃないの。病気を治しながら学校へゆく方法も考えているの」

「ずいぶん恵まれたお話ね」アンはうつむいて言った。

婦人はその顔を見つめながら、「でも誰でもがその恵みを受けるわけではないのよ」

アンは聞き耳を立てた。学生の笑い声が鈴のように響いた。婦人はそちらを眺めながら言った。「夢をたくさん語れる子でなくてはならないわ」

まだアンは黙っている。婦人も一緒に黙っている。やがてアンが尋ねた。

「選ばれるの？」「そう、望みの高い子は選ばれる」

「低い子は？」「さあ、どうかしら」

「不公平はないの？」「ないわ」

「なぜ？」「逆に聞きたいわ、どんな不公平があると思うの？」

アンの顔に力が戻った。

「みんな学校へ行くのが平等じゃないの？　あの子が行けて、この子が行けないって、子どもに点数をつけているみたいだわ」

アンは自分の頬を撫でている風が少し冷えたことに気がついた。沼のほとりに戻ってきたのだ。

ベンチがあるわ、あそこに座りましょう、婦人はそう言った。紅茶があればいいわねえ。

「みんな学校に行くことが必ずしも幸せなことだと、わたしたちは考えないのよ」

水鳥たちのほとんどは岸に上がって羽を休めている。

「学校になじめない子や、ただ学校に行くだけでつらいと感じる子もいる。学校は集団でいることがどんな場合でも求められるわ。時間も場所もそれぞれが勝手に決めていたら、たいへんなことになるわよね。自分のリズムやタイミングを学校は認めてくれないわ。わたしの言っていることがわかるかしら？」

アンは前を向いて言った。「わからない」

婦人は今までの財団の活動を思いめぐらした。理念を十歳の女の子に説明することよりも、実際の例を語ったほうが理解しやすいだろう。

「ふたつの話をするわね。実際にわたしたちがしてきたこと。ひとつは男の子、この子は病気で足を片方失ったの。わたしたちは義足を作るお手伝いをした。お金をだしたのよ、ご両親にそのお金を工面することができなかったから。その子はとても喜んで、これからたくさん勉強して偉くなって、立派な仕事をして、お金をわたしたちに返すとまで言ってくれた。わたしたちは、もちろんご両親も含めて、すごく期待したの。わたしたちの想像以上にこの子は立派になるって。でもその子はすぐに学校をやめてしまったわ。アン、どんなことが起こったか想像できる？」

アンはすぐに首を振った。すべての言葉に頭がついてゆかない。

「みんなが足のことばかり口にするからよ。子どもは思ったままを口にする。おしっこをするときはどうするの？　今日は痛くないの？　傷口を見せて。どんな場所へ行ってもまず足を見られて、どうした？　と聞かれる。どんなときでも足のことを聞かれる。まるで自分が足になったようだ、とその子は泣いていたわ。わたしたちが、学校へ行くのはおやめなさいと言ったのよ」

「それから、その子はどうしたの？」

「わたしたちの知り合いに弁護士さんがいて、その方の事務所で法律や経済の勉強をしながら働いているわ」

アンは笑顔でうなずいた。そう、それはよかったわ。

「もうひとつの話は、救貧院にエリーというあなたと同じくらいの女の子がいて、この子は目が見えなかったけどとても明るく、自分の夢を語るのが大好きで、わたしは医学の勉強がしたいと言っていたわ。人気者でみんなに好かれていた。

財団のサンボーン団長は彼女を気に入って、すぐにパーキンス盲学校への入学を手続きしたわ。彼女はそれから整体の勉強をしながら、瞑想（めいそう）や呼吸法のことも取り入れて、とてもオリジナルな整体師になって独立しているのよ」

すごいわ、アンは喉から声を出した。ほんとうにすごいわ。

「独り立ちする子を見るのが、わたしたちの喜びよ」

婦人はアンを祝福するかのように言った。

「奥さんはとても遠くを見ているのですね」

二人の間に空を眺める時間が流れ、婦人は「アン、あなたは選ばれたのよ」と言った。

アンは答えられなかった。自分の身に起こったことを正確には理解できなかったからだ。そしてあまりにも夢のようであったからだ。二人は手を取り合うようにして立ち上がり、沼のほとりを回って、新しくなった空を仰いだ。

その夜、アンはあらためて婦人に尋ねた。

「わたしはどのように見られたか、知りたいです」

婦人は正面からその質問に答えた。

「あなたに覚えておいてほしいことがあるの」

「はい」

「わたしたちが、あなたを見る上で一番重視したのは、負けん気なのよ」

「はあ？　負けん気？　ケンカのことですか？」

ふふふふ、と婦人は笑った。そう、そのケンカのことよ。「人に負けたくない気持ちがどれくらい強いか、これが一番大事」

「そんなことが？　やさしさとか思いやりとか、嘘を言わないとか、ずるいことをしないとか、そんなことではないのですか？」

「そんなものどうでもいいの」

「どうでもいい？」

アンはわからない、わからないと言った。婦人はその言葉を飛び越えて話し始めた。

「これから学びの場に出てゆくときに、必ずぶち当たる壁は誰かと比べられることなの。特にあなたのように目にハンデを負っていると、人は、たいがいの人は、あなたを助けようとするのではなく、無視するか、つらく当たるわ。誰かと比べて、こんなこともできないの？　と、笑いものにする。そのときに負けん気の弱い子は簡単につぶされてしまう。ここまでわかるかしら?」「いいえ」アンは答えた。婦人は彼女を見つめた。

　アンが尋ねた。「誰も助けてはくれないの?」

「そう。今わたしはそう言ったたし、あなたは多分正しく理解できたわ」

「わからない」

「わからなくていいのよ、嫌でもこれからわかるようになるわ。つまり、体験するってことね」

「まるで今から目に見えるようですね」

「見えているわ」婦人は少し間を取った。

「財団には長い時間をかけて集められた資料があるわ。わたしたちが見つけて声をかけた子たちの〝その後〟がいっぱい詰まっている、個人の歴史みたいなものね。読み応えがあるのよ。一番おもしろいのは失敗した例ね。あっさりと失敗したものもあれば、時間をかけて結局つまずいたものもある。そのたびに考えたわ。でもわかったのよ、考えても無駄だってことが」

「なにが?　なにが無駄なの?」

「生きているからよ」「……」

「生きているということは、変わってゆくこと。誰かのアイデアやプランの中を歩いてゆくことではないわ。だから今失敗と言ったけど、本当はわたしたちのアイデアから外れただけで、その子の失敗ではないわ。それに、一見してつまずきに見えるようなことがあったとしてもよ、長い時間をかけてみなければ本当の意味は見えてこないものだわ」

　アンには婦人の話が全く理解できなかった。

「話が難しすぎて、わからない、ついてゆけない、わからない話を聞いているとイライラする」

　ブラオン婦人はアンの歪んだ顔を見た。かわいい顔と、みにくい歪んだ顔とふたつの顔がはっきりしている。白か黒か、灰色はない。夏か冬か、秋のたそがれもない。強いか弱いか、勝つのか負けるのか。

「簡単に言うと、負けん気の強い子は、難しい人間関係の中を地力で泳ぎ渡り、誰も知らない向こう岸にたどり着くことができる」

「海のよう」「似ているわ、かなりの荒海だけど」

「気が弱い子は？」「沈むだけよ」

「沈む？」「自分を隠すようになるの。自分で考えたことは言わずに、周りが言っていることを口にして、自分で思ったことはしない。周りならこうするだろうと、周りに合わせて、周りと同じことを選んでするようになる。わたしたちはこういう子を〝沈む〟と言っているのよ」

「変な言い方。それはなにか変、うまく言えないけど」

　アン、婦人は心で呼びかけた。今の気持ちをずっと持っていて、今わたしが言ったことを。

変だと思う気持ちはとても大事なステップなの。

「ところでアン、これで〝面談〟は終わりよ。あなたには次のプランがあるの」

「面談？　なんのこと？　あたしはなにも聞かれていないし、なにも答えてはいない」

「でも十分に聞いたはずよ」「それはそうだけれど」

「あなたが何を話したかではなく、何を聞いたかが大事なの。何を感じることができたか」

「あたしが何を感じたかわかるの？」

「あなたに聞く力があることはわかったわ」

「だから、どうしてそれがわかるの？」

「顔よ」はあ？　顔？　また変なことを言う、またわけがわからない。

ブラオン婦人はその顔を見つめながら、

「あなたの広い額は知恵が広がる証し、もっとたくさんの人の言葉を拾い集めてゆくわ。きつく結ばれた唇は決意、よけいなことを言わない、言い訳しない、決めたことをやりぬく。わたしには、あなたが独りで道を拓(ひら)いてゆく姿が見えるわ」

待って、とアンは言った。「ずいぶんほめられたわ」「そうね」

「それだけ？　これで終わり？　まだあるの？」そうね、と婦人は明るい笑顔を見せた。

「いいこと、わたしは占い師ではないのよ、占いではないの。たくさんの子どもたちの顔を見てきた結果と思っていいわ」

婦人はまたアンを見た。「顎ね、顎というか顔の骨の形、輪郭、仲間はずれになるわ、これは覚悟しておいて。あなたは大勢の人の中で孤立を味わうわ」

「そんなことが、今どうしてわかるの？」

「あなたの顎の形は集団生活になじまないからよ。でもね、道を拓く人はみんなそう、集団から浮き上がる。これは悪い意味ではないわ、大切なことだからよく聞いてね。大昔から人間は群れを作って自分たちを守ってきたわ。厳しい自然環境を生き延びるために、どうしても群れは必要だった。だけどそのために個人個人のことより、群れそのものを大事にする心が生まれて、それは大きく育っていった。つまり、人間は黙っていることや我慢することを覚えたの。すごいことよね、それをコミュニケーションにまで進化させるって」

「待って、黙っていることがコミュニケーションになるの？」

「なるわ、邪魔をしないというコミュニケーションよ」

アンはうつむいて考えたがついてゆけない。「それで？」

「誰かが口を開かなければならないわ」婦人はここで深く息を吸った。

「みんなが知らない言葉で語り始めるのよ」

アンは聞いている、額に集中が浮き上がる。

「アン、知ってほしいの。みんなの知らない言葉で語り始める者は仲間はずれにされる、みんな耳をふさごうとする、知らん顔をする、大声であなたをののしる。みんな新しい世界を聞きたくないの、今知っている世界で暮らしたい、そのほうが安心できるから。あなたの周りにいる人はみな冒険を恐れるわ、そう思ってほしいの」

ふふふ、アンは笑い始めた。「ばかのようだわ」「なにが?」「あんたの話が全部」「そう聞こえる?」アンはまだ笑っている。婦人はとても上品な笑顔を見せた。「それでいいわ」

婦人は立ち上がり窓の外を見た。「アン、次の船が来たみたいよ」

アンは音に気持ちを集めた。婦人の言葉の意味はわからなかったが、玄関のポーチには来訪者を告げる足音が近づいてきている。婦人は窓を見たまま言った。

「クレメント修道士が迎えに来たわよ」

クレメントはドアをノックしなかった。婦人がドアを開けたからだ。そしてクレメントには声をかけず、アンの前でかがみ込み伝えた。

「救貧院に戻って連絡が来るまで待っていて」

三人はツバメが激しく飛び交うプラットホームの下を歩いた。鉄のにおいを強くして列車が入った。アンがクレメントに続いてタラップを上がり、振り返ると鉄のにおいの中に婦人が笑顔で立っていた。

「もう一度聖ペテロ病院で手術を受けなさい。経過は病院の方からわたしたちに連絡が来ることになっているから」「わかりました」

「サンボーンという人があなたを訪ねてゆくことになっているのよ」「誰ですか?」

「財団の人」「わかりました」

灰色の中に黒い影がふわりと揺れるように見えたが、それはブラオン婦人が一歩下がり右手を大きく上げたからだった。「神の祝福がありますように」

アンはアーメンと答えた。二人はさよならを言わなかった。


列車は最初のカーブを加速して走った。そのためアンは身体の中心が傾き、傾いたまま強く地面に引き寄せられた。クレメント修道士はパーキンス盲学校の話をしていた。

「ローラ・ブリッジマンという女性に会ってきたよ」

アンは窓にもたれ、窓いっぱいに広がって行く冷涼感と不規則に点滅する光のパノラマをまぶたの裏で体感していた。同時に窓際の最も振動のある場所を探して、線路の流れを読もうとしていた。

クレメントは列車が急に森に入ったので、光の力がいったん沈むのを感じて落ち着き、森と森の切れ目から現れては消える赤い山並みを見つめ、今自分が語ろうとしている体験をどこから話そうか思いめぐらしていた。

「盲学校は大きいの？」アンが尋ねた。修道士は山から目を離すことなく答えた。

「校舎はとても大きくて立派だった。正面玄関の前で屋根を見上げたら、自分が小さくなった気がした」

「ローラ・ブリッジマンはその広い校舎のどこにいたの？」

「畑にいた」「畑？」

「そうなんだ、案内してくれたのは、お人形さんみたいな金髪の女の子で、彼女も目が見えない。でも耳が聞こえるので案内していると言っていた。廊下にはデコボコの小さなブロックがあって、その上を伝うようにして彼女はとても速く歩いた。急いで歩かないと追いつけないくらいさ。〝先生は畑です、花を植えていらっしゃるわ〟その子は歌うような声で、ローラ先生と呼んでいた」

アンは女の子が足の先で廊下の記号？　を読みながら歩いてゆく、楽しそうな横顔を想像した。クレメント修道士はとても真面目な口調でこう言った。

「ローラ先生は、大きな黒い帽子をかぶって、黒いコートを着て畑の中を這いずり回っていた」

アンは笑って、それじゃまるで虫みたいだわとつぶやいた。修道士は真顔を崩さずに答えた、全くそうなんだ。

「先生は、五人の同じ障碍（しょうがい）を持つ子どもたちに、庭造りの楽しさを教えようとしていた。土はとても楽しいもの、とても良いもの、そんな感じでさかんに素手で触れるようにアクションしていた。もちろん子どもは、どこの子どもでもそうだと思うけど、土いじりは大好きだと思うよ、楽しいだろう？　だけどローラ先生の土いじりは、ただのどろんこ遊びとは違うように見えたんだ」

アンが反応しないで黙っていたのは、その場を強く思い浮かべるためだった。

クレメントはその後の言葉が思いつかず黙っていた。

列車は陸橋にさしかかり減速した。そして忍び足のように進み始めた。下から吹き上がる風が音を立てたが、それが渦を巻いて上がって来るのをアンは頬で感じた。

「先生は土を舐めていたからね」

「子どもたちは？」

クレメントは首を振った。列車が減速するのをやめて停止した。

「どうしたの？」「鹿が線路の上を渡っているんだ」

「鹿？」「時々線路を舐めに来ると聞いている」

「舐めるって？」「鉄分を補給するんだよ」へぇえ、とアンは感心した。その上で聞いた。

「ローラ先生は土のどこがおいしいって言っていた？」

アンはクスクス笑っているが、クレメント修道士は真顔を崩してはいなかった。

「口に含むと土に対する感情が生まれると言っていた」

アンはまた鼻で笑った。わかんない、感情？　土の感情って？

「それは僕にもよくわからない。でもね、でもなんとなくわかったのは、頭で考えないことじゃないのかな？」

「それも変よ、みんな頭で考えるんじゃないの？　頭のほかにどこで考えるの？」

　クレメント修道士は祈るような表情に変わってきた。

「身体全体で考えるんじゃないかな？」

「待って、ローラ先生は会話ができるの？」

「いや、案内の子が先生の指のサインを通訳してくれるんだ。指で触れると指がときめいて、舌に乗せると舌の奥で喜びが生まれると言っていた」

「待って、ちょっと待って、指のサインってどんな？」

　その時列車が進み始めた。

「手のひらを横にしたり、上に向けたり、指を丸めたり、伸ばしたり、二本に組んだり、三本にしたり単純な組み合わせを連続させて、意味のある単語に変えてゆくのさ」

　クレメントはアンの手を取り、彼女の手の中で自分の指を動かしてみせた。アンの手のひらに少年の意外にずっしりとした重みのある指が、生きた魚のように動き、アンはそれを逃がさないようにつかまえようとした。少年は笑った。

「僕が親」クレメントは親指を彼女の手のひらに押しつけた。「君が子ども」彼は少女の小指を自分の手のひらに押しつけ、それを絡み合わせた。「一緒にいる、今」

「一緒にいたい、と思うときは？」少年は二人の指をこすりあわせた。

「別れたかったら？」彼は自分の指を彼女の手のひらから、手首そして腕まで下げていった。

「あたしのことが好き？　って聞きたかったらどうするの？」

　少年は自分の指を彼女の額の真ん中にそっと当てた。そしてじっと待った。アンはしばらく額に当てられた指の熱と強さを思った。点に感じていた熱が波紋となり、首のうしろに伝わったとき、彼女は彼の指をつかんでいた。

「わかったかい？」彼が言った。

「わかったわ」アンは答え、彼の指をつかんで自分の頬と唇に押し当て、自分が今感じているものを、正直に口に出してしまいたい強い欲情にかられた。このまま指を吸ってもいい？　噛んでもいい？　あなたの手のひらを舐めまわしてもいい？　そしてあなたも同じようにあたしの指を口にくわえてくれる？

　アンは手を離した。列車の速度が落ちた。鉄のかたまりは若い二人を故郷の丘に還そうとしている。アンは欲情を残したまま言った。

「指で触れないとわからないってこと、今なんとなくわかったわ」

　クレメントはすぐに答えた。「ぼくもだよ」


　アンは聖ペテロ病院で再び視力を取り戻す手術を受けた。

　クレメント修道士に手を引かれ、陽射しの弱い日を選んで六月の庭を歩いた。歩くことは大きなリハビリだった。病院の庭には庭師が一人いて、高い樹に登り枝を切っていた。クレメントがそれを説明すると、アンは庭師に向かって尋ねた。「なぜ枝を切るの？」

　庭師はすぐには答えなかった。彼は古い馬車の幌を切り取ったズボンをはいて、木綿の色あせたシャツに深々と身を包み、驚くほど歯が白かった。そして大きな剪定用のハサミをギラギラ光らせた。

「光を少しだけ呼び込むためですよ、お嬢さん」「どこへ呼び込むの？」

「あんたの足元のバラだよ」はっとして足をどけると、職人の手元から切り取られた白くて淡い光が、細く降りてきて藪の中にある赤いバラにそっとかぶさった。

「そのバラは、あんまり強い光は好まねえ、これくらいがちょうどいいんだ」

「バラと話ができるみたいね」

「あんたはできねえのか？　お嬢さん」

　庭師は下りてきた。アンの手をとり、かがむように、もっとかがむように伝えた。そして彼女の手を藪の下へ、バラの根元へと導いた。そこは冷えていた。

「冷たいだろ？」庭師は低い声で尋ねた。その低い声は花の眠りを覚まさないように優しく整えられて、無造作に響き渡るのを慎んでいた。

　アンは答えなかった。もっと感じる必要があったからだ。

「もう少ししたら根元の土が温まる。バラがほっとする時間さ」

「バラがほっとするの？」「そうだ」

「ほっとするってことは、いつもは安心できないってこと?」「そうだ」

「それはなぜ?　バラはどんな恐ろしいものに囲まれているの?」

庭師は剪定バサミの刃を光らせた。「動けないだろう?」そして白い歯を輝かせて笑った。

「誰も命の保証はしてくれない、ただじっとここにいるだけだ。とても厳しい条件で生きていると思わないか?」

「思わないわ」アンはすぐに答えた。「バラは花として生まれてきたのよ、そこで咲くだけの話だわ」「そうかね」庭師は帰り支度を始めた。

「しかし、人間が少しだけ手を加えると、あんたの話も変わってくる」

「どう変わるの?」「バラは考え方を変えるかもしれない」

アンは笑い始めた。「バラが考えを変えるの?　あははは、花に考えなんかあるの?」

「あるとも、思考や感情がある。人間が乱暴に踏みつければ悲鳴をあげる。逆に水や光を与えると膨らんで、揺れるように喜びを表すものさ」「まるでおとぎ話ね」

クレメント修道士はそれまで黙っていたが、そっとアンの肩に触れた。

「アン、この人は仕事が終わったんだ、もうお帰りになる」

「ああ、そうね、ごめんなさい」

庭師は笑顔で、また話ができるといいね、と言いながら帰っていった。アンはその軟らかい足音にじっと耳を澄ませた。あの人はそっと歩いている。

「あたし、あの人に悪いこと言ったかしら？」さあどうかな、とクレメントは言った。

アンは歩くのをやめて言った。「あの人は怒っていた？」

クレメントも立ち止まった。「君はどう感じた？」

わからない、と彼女は答えた。「あたしは、突き放された感じがした」

二人は歩き始めた。バラの生け垣を渡り、石で造られた細い道を歩いた。昔ここに砦があった。

「君は目に見えるものを、あのおじさんは見えないものの話をしていた」

そうね、そうだわ。しばらく考えてアンは尋ねた。「ローラ先生なら？」

「庭師と同じことを言った」「どんな？」

「花どころか土も雨も喜び、感情をあらわにして、気に入らなければ怒ると言っていた」

「あなたは、その話を信じるの？」

クレメント修道士はアンの手をそっと握った。アンはそれに指をからませた。

「信じる、信じないではなく、在るんだ」

修道士の思いは人差し指から流れてアンの小指に巻きついた。

「たぶんそれは、ずっと昔から在る。人間がマンモスを追いかけていた頃から、知らないうちに誰の心にもそっと在ったはずなんだ。でも感じることができなかった。あたりまえだよね、尖（とが）った石や太い棒で獣を追いかけて、血のしたたる生肉を食べていたのだから。毎日毎日食い物のことで頭がいっぱいだっただろう。バラからの信号なんて受け止める余裕なんかあるわけがない、そう思わないか？　でもあるときから気がつき始めた。血のにおいとは違った香りをさ」

「あるときって、いつ？」

クレメント修道士はそれには答えず、立ち止まった。古い城壁の跡が残る造園の彼方、東の門から背の高い男がこちらに向かって歩いてくる。帽子をかぶらず、灰色の頭髪をきれいに七三に分け、足元まで届く黒いコートを静かにひるがえしながら歩いてくる。

「サンボーン団長が来たよ」二人の手はゆっくりと離れた。小指と小指が離れるまで二人は意識して時間をかけた。

紳士は速度を緩めることなく、また急ぐこともなく、彼女を眺めることもなく、少しだけ集中して近づき、止まった。

「わたしは、クリスチャンチャリティ委員会議長のフランク・サンボーンです。初めまして、あなたがアン・マンズフィールド・サリヴァン？」「サリヴァン・メイシーよ」

「あなたのことは聞いている、サリヴァン・メイシー」「どんなふうに？」

サンボーン団長は笑顔で対応している。「質問が多いと」「そのとおりよ」

「良い傾向であると、わたしたちは考えているがね」「なにが？」

「よく尋ねることは、よく知ることだからね」

「サンボーンさん、なぜあたしに会いに来てくれたの？」

「君をパーキンス盲学校へ案内するためだ」

「それは、どなたのご支援ですか？」

「我々財団の活動のひとつだよ。わたしたちは君がとても向学心の強い女の子だと聞いている。このクレメントもスタッフのひとりだ」

「サンボーンさん、あたしは見ず知らずの方々が、どうしてこんなに親切にしてくださるのか、わからないのです」

「君のお父さんだよ」サンボーン団長は、そこで初めてアンの手を取った。

「委員会にはお父さんから多額の寄付金と、心の込もった手紙が毎月届けられている。だからわたしたちは真剣にアイデアを練った」

　アンは口を結んで沈黙していた。

「お父さんは一貫して娘を学校に入れてほしいと嘆願している。その場所やプロセスはわたしたちに任せると言ってくれた。わたしたちのプランは君に継続的な目の治療を受けてもらいながら、盲学校で学んでもらう、というものだ。学校の寮に入ってもらうことになるよ、いいかね」

第四章　パーキンス盲学校

一八八〇年十月、十四歳になったアン・マンズフィールド・サリヴァン・メイシーは、ボストンのウオータータウンにあるパーキンス盲学校に入学を許可され、入寮した。

寮は苔と水草に覆われた沼地の外れにあった。数日前までカナディアングース（カモ）の群れが我が物顔に占領していたが、紅葉が茶色に光を失いかけた頃、突然彼らは南に向かって飛び去ってしまった。見上げると銀色だったうろこ雲が少しずつ灰色に変わっていった午後だった。

クレメント修道士は寮の手前まで彼女を送り、祝福の祈りを唱えて帰っていった。

アンはとても緊張し、彼に集中することができなかった。不安が足元から底冷えのように這い上がってくる。それに湿地帯のにおいは彼女をより不安にさせた。道一面に散乱している落ち葉の崩れた香り、風とともに地面をカサカサと流れる音、時折ざざざっと道を横切るリス、それらはすべて彼女を孤立させた。

入寮、それは入院とは違う。寮生活、見知らぬ他人との共同生活、盲学校、教室、教師、机、黒板、整列、点呼。アンは一度も友人という言葉を思い浮かべなかった。同級生、それもない。

そのぐちゃぐちゃになっている思いを打ち破ったのは、いきなり目の前のドアを開けて、顔を突き出した寮母のホプキンス婦人だった。

「どうしたのさ、入りなよ、待っていたんだ、あんたが来るのを」

そう言いながら、彼女のたったひとつの荷物である小さなトランクをひったくった。中にはほとんど何も入ってなかったので、やたらと軽く、婦人は一瞬けげんな顔をしたが、さっきの言葉をもう一度口にした。「どうしたのさ、入りなよ」

そこは食堂に通じる西の玄関だった。ピカピカに磨かれてある廊下を二人の影が美しく流れる。チキンスープの香りがすぐにアンを捉えた。甘いホットケーキの香りもする。

「レモネードを飲むかい？」アンが返事をする前に、彼女はほかほかの湯気が立つホットレモネードを置いた。「レモンは心を鎮める効果があるからね。とりあえず、なにもしゃべらなくていいよ」

あたしはホプキンス、ここの寮母をしている。みんな寝言であたしのことを母さんと呼ぶけど、あんたも好きに呼んだらいい。母さんでも寮母さんでもホプキンスさんでも何でもいい、あたしは自分が呼ばれたと思ったら返事をするだけさ。

ところであんたは全く見えないのかい？　どうなのさ、リンゴは好きかい？　この裏手にはリンゴ農園があって、冬の初めには実がなる。リンゴの皮はむけるかい？

彼女はそれをしゃべっている間、アイロンをかけ、カボチャを煮つけて、壁の予定表に何事か書きつけながら野良仕事用のズボンのほころびを簡単に縫い合わせた。

「おかあさん」アンはホプキンス婦人をそう呼んだ。アンはレモネードのカップを手にしてまっすぐに座っていた。「リンゴの皮むきには自信があるわ」

「そうだろう」おかあさんは言った。「そうだろうとも」エプロンでせわしなく手を拭いた。別に汚れてはいないのに、もう一度手を見てエプロンにこすりつけた。

「あたしではなく、これからは、わたしと言いなさい」アンは口答えをしなかった。前に進む感じがしたからだ。しかし何も言わず婦人の不思議な手の動きを見ていた。

　アナグノス校長は校長室で手紙を書いていた。秋の空が一段と高くなることを予感させる朝だった。木立の間からうまれた霧とも霞（かすみ）ともつかない冷涼な空気のかたまりが、サルビアが無造作に植えられた庭の片隅にたまっている。入学の初日を迎えたアンは、その中をホプキンス婦人と共に歩いてきた。

「君のことは承知している」

　アナグノス校長はペンを置いて立ち上がり、もっと自分の方へ来るように招いたが、アンが近づこうとしなかったため、校長はライオンのような白い髪をかき上げ、ため息をひとつついて座り直した。

「よく来てくれた、歓迎する。今は不安のほうが強く感じられるかもしれないが、じきに学ぶことが楽しくなるだろう。なにか知りたいことはあるかね？」

アンは黙っていた。校長は冷めてしまったコーヒーをすすり、そして次第に光が強まってくる庭を見た。先ほどまでたまっていた冷たい空気のかたまりはすでに、高い秋の空に放射されて、代わりに強い陽だまりが作られようとしている。

「歴史を学ぶといい」校長は無表情に立っている十四歳の少女に視線を移した。

「ぼんくらと、そうでない人間の違いが学べるのは歴史だ。それを学ぶと、きっと毎日が楽しくなる。自分が見えてくるかもしれないからね」

アンは返事をしなかったが、感じたことのない力が腰あたりから、湧き上がってくるのを感じた。それは胸にきてぐっと前に広がった。

「あえて主観を言わせてもらうが、いいかね？　主観だから、わたしだけの考えのことだよ。だから君が必ずしもマネをする必要はない。わたしの考えでは、最も優れた歴史の書物は聖書だ。聖書は偉大な人間の偉業を紹介している本ではない。逆だ。これでもかと人間の愚かさ、貪欲さ、みじめさ、くだらなさが、壮大な時間の中で描かれてある。我々が学ぶべきことの最も大切なことは、愚かさと賢さの違いだ。無用の数字の羅列や記号ではない。わかるかね？」

「はい校長先生」校長は立ち上がったが、その表情にはやさしい微笑みがなかった。

「入学を許可する、アン・マンズフィールド・サリヴァン・メイシー。十四歳という年齢は人間の成長過程で最も重要な時間だ。ここでの学びが君の人生を創り上げる。後にも先にもこの時間だけだ。自分がくだらんと思ったことは学ばなくてもよろしい。集中できるものだけ徹底して学びたまえ。学校はそれをサポートしよう。以上だ、行きたまえ」

　アンを教室まで案内してくれたのは、ルピーという名の若い補助教師だった。彼女はちりちりの頭に分厚いメガネをかけていたが、そのメガネは古く、おそろしいほどポンコツだった。何度もフレームからレンズが落ちそうになる。

「おもちゃと同じなのよ。でもガッチリしたフレームにすると、今度は重たすぎてレンズじゃなくて、頭が落ちそうになるのよ」アンはクスクス笑いながら彼女の後について行った。

　教室には五人の生徒とダイアナという名の教師がいた。彼女はきつくウエストを締め上げていた。そして必要以上に背筋を伸ばしている。ダイアナ先生は美しい白い指を高く掲げ、それを鞭のようにしならせながら、黒板に〝アン・マンズフィールド・サリヴァン・メイシー〟と綴(つづ)り、正面を向き一堂に視線を据え付けてから、ゆっくりと発音した。

〝アン・マンズフィールド・サリヴァン・メイシー〟

　冷たい弦楽器の調べが響き渡り、床の下から逆らうことのできない静粛が流れた。その後急に空気が乱れて、生徒たちのそろわない、バラバラに発音した〝アン・マンズフィールド・サリヴァン・メイシー〟が教室のあちらこちらに生まれて、ある声は転がり、ある声は固まって、ある声は壁にぶつかりながら散った。カエルの合唱に似ている。カエル、黄色い腹をふくらませて牛と同じ声で鳴く、くさった沼の主、イボだらけのカエルが鳴いている、あたしの名を呼んでいる。

「あいさつは？」教師ダイアナはそう言ってアンを威圧した。顔は正面を向いたままで胸を反らせている。凜（りん）とした眼差しは田舎の救貧院から来た娘など見向きもしない。

「アン、あいさつを」彼女はもう一度言った。しかし、アンは彼女を無視していたわけではなかった。黙っていたのは教室の一番後ろの片隅から、学校の教室という次元を飛び越えて、全く未知の大きな力がまっすぐに自分に向かって注がれているのを感じていたからだった。

「はい、ダイアナ先生」彼女はそう返事をした。隣の教師が自分の威光を確認しうなずいた。わかっているならはやく、はやくしなさい、さあ、はやく。

「ダイアナ先生」アンは呼びかけた。呼びかけられて教師は振り向いてアンを見た。はい？

「さっきから〝わたし〟を見ている人がいます」そこまで言って、またアンは黙った。

するとと田舎の小娘を見下ろしていた教師が鼻の穴からせせら笑った。あたりまえでしょう、あんた、みんなの目の前に立っているのよ、季節外れの新入生、みんなあんたのまぬけ面を眺めているのよ、それがなんなの？　さっさと、初めまして、よろしくお願いしますとおじぎをしなさいよ、それで済むのだから。

アンは不自由な瞳に力を込めて室内を見渡した。レースのカーテンが揺れて窓際から広がる光が、順番に情報を与えてくれる。一番手前にいる女の子は小柄だが自分に自信があるのだろう、胸を反らしてアンを見つめている。反対に後ろの子は大柄なわりには臆病なのだろう、小柄な子に隠れるようにして目をつぶっている。その横には震えている子がいる、この非日常的な展開に緊張を隠せないのだろう。その後ろにいる二人は年長者なのだろう、身体も態度もでかい、さっきから目くばせをしながらクスクス笑っている。教師はその二人を注意もしない。ということはアンにとっては面倒な人間関係が作られる可能性があったが、問題はそこではなかった。そこまでは取るに足らないレベルだが、その先、教室の一番後ろ、廊下側の片隅にひっそりと、隠れるようにして座っている人物、あきらかに生徒ではない、しかし教員でもない、しかし保護者でもない。

「あのねえ、アン、みんなあなたがあいさつするのを待っているのよ。なにを考えているの？まさか自分の名前を思い出しているわけじゃ、ないでしょうね？」教室がどっと笑った。

アンはそのような嘲笑を全く気にせず、一歩踏み出した。そして遠くに向かって呼びかけた。

「ローラ先生？　そこにいるのはローラ・ブリッジマン先生ですか？」

その女性は窓際の光とは真逆の場所にいた。そこは北の荒地から流れ込む冷たい風が溜まる場所だった。陽だまりから離れた陰だった。生徒たちの息吹、ひそひそ話、低俗な思考、品のない会話、そしてある意味では世俗の一切からかけ離れた離島でもあった。なぜなら、彼女の孤立には深い能動が宿っていたからだ。

彼女は児童が使用する小さな椅子に身を沈めていたが、その姿勢は前かがみであり、獲物を視点に捉えた豹（ひょう）の姿によく似ている。美しい褐色の長い髪を真ん中から分けて後ろへ流し、そこに光が集まるように束ね、広い額には挑戦的な輝きとギラギラする好奇心が、アンテナのように飛び出しているが、公衆を拒絶する黒いサングラスをかけて、誰も寄せ付けない砦を創っている。

「聞こえてないわよ、アン・サリヴァン」ダイアナ先生は鼻をつんと上げて言った。

「その人の耳は、あなたの声を聞くことができないのよ」

「そうかしら」アンはダイアナ先生を見ないで小さくつぶやいた。すると二人のやりとりを聞いていたかのように、ローラ・ブリッジマンは立ち上がった。銀色のボタンがたくさんついた黒いワンピースは僧服を思わせる。立ち上がり両手を前に合わせ、その手をひらいて天に向け、胸の高さまで持ち上げた。（来なさい）

ローラ・ブリッジマンは瘦せており、きつく結ばれた唇とサングラスの中で実際の年齢を推測することは難しかった。幼い子と手をつないでいたら祖母に見えたかもしれない。しかし体格のよい青年と並べれば、母親というよりは姉に見えただろう。実際彼女は五十一歳だった。見えず、聞こえず、語ることもできなかった。

では首から上は岩か枯れ葉か？　というと、そうではなかった。彼女は夜の濃い闇の中で鳥の広げた羽を感じることができた。泉のほとりに立ち、水の中を逃げる魚の尾ひれを感じることができた。それはこれから盗みを働こうとする人間の息のにおいを見つけ、嘘は必ず見抜いた。

実際ローラ・ブリッジマンは死んだ魚に似た顔を持ちながら、魂は活ける火山そのものだった。気に入らぬものはどんどん自身の溶炉の中に投げ込み、焼き尽くして灰にするか、その場で切り刻んで捨てた。それは形あるものも、無いものも、生けるものも、死んだものも、男であっても女であっても、有意義であってもそうでなくても同じだった。

　彼女が求めていたものは、自分と同質なものだった。ウサギの耳を持ち、鷹（たか）の爪を与えられ、狼の血を受け継ぐもの、未知に対しては血を求めるように固執する魂、どこにも属さず、誰にも依存せず孤高である者。最初から試練の中に産み落とされ、沢の中で眠り、羊飼いたちが残していった熾火（おきび）で暖をとる者、森の奥に咲く毒を持つ花を知り、その香りで癒やされる者、その花を摘み取り、独りで森の彼方へ消えた者。

　アン・サリヴァンはうなずいた。（そちらにゆきます）（来なさい）アンはまた一歩踏み出した。彼女の弱い視力では教室の全体を見極めることができなかったが、窓際からの光の羅列と廊下側からの暗い澱（よど）みが織りなす「崖」や「谷」が一本の道になって表れている。彼女は視覚よりは嗅覚を頼りに前に踏み出した。窓際に机を並べる子どもたちからは牛乳と干し草の匂いがする。乾いた古い机についた手垢のぬるい匂い、そして集団生活をする子どもの枕カバーの匂い、クスクス笑う幼稚な頭から立ちのぼる日なたの匂い。弟のジミーを思い出して胸が張り裂けそうになる。

　ローラはそのかすかな動揺を見逃さなかった。〝パン〟と手をはたいた。アンはびくっとした。耳の聞こえる者は振り向いた。ダイアナ先生は蝋（ろう）人形のように立っている。

「アン、わたくしは、あなたにあいさつをしなさいと言っているのよ」

　この教師の怒りの波動はたわいもなく、この世で最も低いものだったので、アンは身じろぎもしなかった。反応するポイントはひとつもない。逆にローラから送られた音は、アンのほとんどの神経をとがらせた。（わたしのこと、だけを考えて、わたしのこと、もっと集中して）

　わかったわ、あんた以外のことを考えてもいけないのね。ローラ先生、いいえ、ローラ、あんたはやきもちやき。そんな端っこにいて、いつでもあんたは、誰かに振り向いてほしいのよ。とんでもない女王様だわ。

　ローラは手をはたいてから、教室内に反響している音を確認するために小首をかしげた。聴覚的にはその行為はなんの意味も持たない。しかしその姿を見る者にとっては威嚇的だった。高い梢から走る子兎（こうさぎ）を見定めた鷹のように見えたからだ。ローラは反響音が壁や床ではなく、どの子のどんな心に響いていったか確認に余念がない。それが獲物への距離を確実に詰めてゆく最も確実な方法だった。

　アンは窓際からの光が次第に弱くなり、かすんで暗くなる灰色の通路を知覚したので、そこを進んだ。その道は彼女にとってとても大きな意味があった。あるいは人生で最初の道を歩んでいると言っても過言ではなかった。父や母よりも、今まで出会ったどんな人よりも大きく、深く、星の光源たる人物に出会うための道であることを、彼女は本能でわかっていた。

（そう、そこ、そこをまっすぐ、進んできなさい）

ローラからの誘いは強くなって、視覚や聴覚、身体の表面で感じる湿度や温度よりも大きくなった。夢、夢を覚えていた朝と似ている。夢の中で見知らぬ場所を歩きながら、ここはいつか、いつであったか覚えていないが、歩いたことがある、初めてきた街ではない、この石畳、黒い街頭、玄関先に出された粗末な踏み台には花が散ったサルビアが無造作に置かれてある、しかし捨ててあるのではない、少し前に水を注いだあとが、これから立ち上る太陽を待ち切れずに、か弱い湯気をあげている、あの夢の中を歩いた感じとよく似ている。アンは左足を踏み出して思いを強くした。

ローラ・ブリッジマンは教室の片隅に立っていながら、刑務所の独房に入っているように見える。孤高にして孤立、しかし群れを集めることができる力をどこかに隠していて、不特定多数に向かい〝自分のそばに来るように〟蜜の香りがする花びらをまき散らしていたが、それは馬鹿にはわからない力だった。ぼんくらはクスクス笑いながら彼女を、ただの一本の痩せた枯れ木に見ていたし、臆病に至っては近寄ることもできなかった。それほどローラの顔は冷厳に満ちていた。

アンはそれを捉えた。ローラはアンがそれを捉えたことを知ってうなずいた。二人の間はなめらかになった。二人の間にとても原始的な周期の確認が行われた。それは小さな星が大きな星の周りを回遊する軌道によく似ていて、リズムがあり、引力があり、重力が生まれ、時間が育ち、ダンスをしているのと同じだった。ダンスをするには胸と胸を合わさなければならない。

内臓の奥にある怒りと嘆きを相手に伝えてからステップは始まる。喜びや感謝などでは本当の思いは伝わらない。二人が最初に共有しなければならないものは、苦しみと悲しみで、それ以外のものは必要なかった。それが本能のダンスだった。人間の現実ならばほんの一瞬にも満たない時間だったが、アンは徒歩でローラのもとにたどり着いて、その手に触れた。時間が入り乱れながらその手の中に落ちてゆくのを、二人は感じ合った。

アンの後ろには、後方支援するかのように、ちりちり頭のルピー補助教師が、いつの間にか立っていた。「アン、わたしが通訳するわ、話して」それをすぐにローラの手のひらに伝えた。ローラは前線に送り込まれる兵士のようにうなずいた。

「ローラ先生、わたしはアン・マンズフィールド・サリヴァン・メイシー。初めまして、これからはアンと呼んでください。わたしは十四歳、母と弟を病気で亡くしました。父はわたしをこの学校に入れるために遠くの山で働いています。わたしは病気で目が見えなくなりましたが、父やこの盲学校の人々の恩恵で、今日ここに入学することができました」

ローラは答えた。

「クレメント修道士があなたのことを教えてくれました。それで今日ここにいるのは、あなたにどうしても会いたかったからです。わたしはあなたに伝えたいことがあります。それは簡単なことではなく、わたしも自分の考えをそのつどよく考えてあなたに伝えなくてはなりません。そのため時間がかかります。わかりますか？　わたしがお伝えすることは時間がかかるのです」

「ええわかります」「わかったのですか?」

「ええ」「では、今なにがわかっているのか教えてください」

「はい、ローラ先生がわたしのことをご存じであったこと、それはクレメント修道士が伝えたこと、先生はわたしに伝えたいことがあること、でもそれは簡単なことではなく、伝えるためには時間がかかるということです」「そうです」

ローラは、わたしのことを〝先生〟と呼ばないでほしい、と示した。どうしてですか?

わたしは〝先生〟ではないのよ。もっと別な存在。あなただけなのよ、わたしを先生と呼ぶのは。それって他の人からみたら奇妙なことだわ。

そうでしょうか?

少なくともわたしには奇妙なことだわ。

わかりました、ではなんとお呼びしましょう?

ローラ、わたしはローラ。

「感激のご対面はもう済んだのかしら? アン」

黒板を背にした教師ダイアナは言葉を矢のように放った。ええ、とアンは振り向いた。ダイアナは、ここへ戻りなさい、もう一度最初からやり直しなさい、と指示して自身は黒板の前から窓際へ退いた。アンは黒板の前に戻ったが、もはやそこは最初の出発点ではなくなっていた。

「みなさん、わたしは、アン・マンズフィールド・サリヴァン・メイシー、十四歳になります。

目が見えません。母と弟はもうこの世にはいません。父はどこかの山で、わたしの学費と目の手術のために働いてくれています。みなさんにお伝えしたいことは、わたしは学ぶためにここに来ました。ですからそれが一番大事になります。みなさんとおしゃべりしたり、ふざけあったり、ピクニックにゆくことよりも、それが大事になります。ですからわたしはいつも独りであるかもしれません。いいえ、あえて独りになっているかもしれません。ですから、みなさんに知っておいてほしいのは、わたしをかまわないでほしいということです」

アンはそうあいさつを述べると、ダイアナを見た。「先生わたしの席はどこでしょう？」

ダイアナは答えた。「あそこよ」彼女が示したのは廊下側の一番後ろの席だった。アンは左手を伸ばしながらそこへ向かった。皆が見ていた。冷たい机とイスに触れた。それは濡れていた。アンはすぐに気がついたが、素知らぬ顔で座った。誰かがわざと濡らしていたのだ。どこかでクスクスと笑う声が、ネズミのように這いずり回った。ダイアナもそれは知っている。いや知っているどころか、首謀者かもしれない。

アンは思い巡らした。試されているのか、ただの意地悪か、それともこれは新入生を歓迎するためのパーティーのようなものか？　この際なんでもいい。アンはもしかしたら初日なので歓迎されるかもしれない、と自分の心のどこかに油断があったことを思い、深く後悔したが一瞬にしてそれは闘争に変わった。ローラはすでに退席していた。自分の目的さえ果たせば、あとは関係ないのだ。それも良い。アンは下着まで浸み込む陰湿を感じながら、一息つこう、とにかく一息つこう、落ち着こう、そのために母の顔を思い出した。弟の匂いを思い出した。父の横顔を思い出し、四人で出かけた教会の礼拝堂を思い出した。そこにはチャーリー牧師が立っていた。

「ハレルヤ、主の御名をあがめます。いかなる艱難もあなたの御手の中に在らんことを。それはひとかけらのパンを分け与えなければならない朝であっても、目の光が消え、愛する者の声が聞こえなくなった夜であっても、助けを呼びに行けないドアの向こうは嵐であっても、主よ、わたしたちは頭を上げます。わたしたちは荒れ狂う湖水を歩いてこられる主よ、あなたを知っているからです。ハレルヤ、わたしたちは頭を上げます」

アンは頭を上げて背筋を伸ばした。そして唯一の財産であるノートを開き、鉛筆をいつもより強く握って、教師ダイアナを見つめ、彼女の言葉を待った。

「オーケー、準備はできたようね。もっとも何の準備かしら、ほほ、あとで解るわ。ルピー、今日のテキストを読みなさい」

ルピーはテキストを顔にくっつけるようにして読み始めた。

「はじめに、神は天と地を創造された。地は混沌であって、闇が深遠のおもてにあり、神の霊が水のおもてを動いていた。そして神は言われた〝光あれ〟。こうして光があった」

「そこまで」ダイアナは一同を見渡し、はじめに、と言った。「リサ、はじめに、とはどういう意味かしら?」リサは一番手前に座っているとても小柄な盲目の女の子だった。

「神様がこの世をお造りになった最初のことです」

「そうね、それが正解だけど、もうひとり聞いてみたいわ。ケイト、あなたならなんて答える？」

ケイトはリサの背中に隠れていたのでびくっとした。彼女は目を開けることができない。まぶたが先天的に開かないのだ。

「わかりません」「あら、なにがわからないのかしら？」「わかりません」

ダイアナはアンを試した。「アン、あなたならどんなことを考える？　今までの質問の意味はわかるかしら？」「わかります」「では答えて」「はじめに、とは今日のことです。誰の身にも起こる、一日の始まり、朝のことです」

アンはダイアナが黙っているので、尋ねた。「先生、他に質問はないのですか？」

ダイアナはそうねえ、と言って窓際の方へゆっくり歩いた。「そうねえ」振り向いた。「ないわ」。では、とアンが言った。「わたしから質問があります」

「あら、積極的ね、なにかしら、どんな質問があなたにできるのかしら？」そう言ってダイアナは笑った。

「闇が深遠のおもてにあり、とはどのような意味ですか？」

「アン、あなたは、その答えをすでに知っていて、あえて聞いているのかしら？　それとも本当にわからないの？」

「先生、答えになっていません」

「アン、あなたの考えを伺いたいわ、あなたはどう考えているの？」

「先生、わたしが尋ねているのですよ」

「そう？　そうだった？　それで？」

「先生、答えてください。わたしの質問の意味はわかっていますか？」

「アン、あなた新入生のくせに生意気ね。覚えておいて、ここは教会じゃないのよ、聖書研究会でもないの。だからわかるかしら？　聖書解釈をする場ではないってこと。ほほほ、あんたの頭でわかるかしら？」

「わからないのですね？　あなたは」

「アン、口を慎むがいいわ。ほほ、慎むの意味がわかるかしら？」

「わかります。控えるという意味です」

「わかっているのなら引っ込むがいいわ」

「それは出て行けという意味ですか？」

「そうね、それもいいわ」

アンは立ち上がった。「先生、覚えておくがいいわ。闇が深遠のおもてにあり、の意味は人間の理解できない真理が、誰にも発見されないまま眠っていた、という意味よ」

アンは振り返ることもなく教室を出た。だから冷徹の眼差しを向けて鼻の穴をふくらませていた教師ダイアナを見ることはなかった。また見る価値もなかった。そもそも教室に価値がなかった。いや、あるのかもしれなかった。ただアンにはこの日の教室は、今まで体験してきた〝人間の集う場所〟としては最悪で、ひどいにおいがして、まだ牛の堆肥場で、酸っぱくなったアップルパイをかじったほうがましだった。

アンはそのまま寮に戻った。ホプキンス婦人は急に帰ってきたアンを見て驚いたが、彼女の話を聞いてゲラゲラ笑いだした。「ダイアナの顔が見たかったわねえ、さぞや」シナモンの香りがする紅茶を出しながら言った。「悔しかっただろうさ」

アンは尋ねた。婦人は満面の笑顔で答えた。「あんたみたいな小娘に叩きのめされて」

婦人はレーズンの入ったビスケットを差し出した。「その調子よ、アン、一歩も引いてはならないわ」

アンはレーズン大好きと言いながらまた尋ねた。婦人はわたしも、と言いながら答えた。

「覚えておくがいいわ、アン。あんたはこの先、誰にもほめられない、認められない、たった独りで浮き上がる、教室ではあんたを助ける子はいない。どうしてだかわかるかしら？」

アンはうなずきもせず、じっと聞いている。

「あんたが先に歩く人だって、みんなわかったからよ。そんなことは一瞬、一瞬で降りてくる。理屈じゃない。犬や猫だって、自分より強いものは一瞬で見抜くじゃない？　それと同じよ」

アンの頭の中を犬と猫が通り過ぎた。「おかあさんは何でもわかるのね」

あんたにとてもいいことを教えてあげるわ。婦人はそこでアルプスの山のようにそびえ立ち、言い放った。「この世で最も偉大なものは母親、次が産婆、その次が寮母よ。その次にキリストがくるわ」

十一月に入ると点字の授業が始まった。目の前に点字用の石板と紙が置かれた。教室には十四歳のアンと九歳のミリー、十歳のリサがいた。その日の授業は点字の基礎をマスターすることはもちろんだが、言葉を正確に伝える練習も加味されていた。

教師ダイアナは、アンに急がなくてもいいのよ、でも確実に覚えてゆきなさい、確実という単語の意味がわかるかしら？　わたしの知る限り、田舎者はせっかちでおおざっぱ、一言で言えばルーズ、だらしがないのよ。格好もそうだけど、特に頭の中はね。ミリーもリサもあんたより年下だけど、覚えはあんたより早いと思うわ。負けないでねアン・マンズフィールド・サリヴァン、と耳元で低くゆっくりとささやいた。

「先生」アンも声を低くして答えた。「今朝何を食べてきました？　息がおならのように臭いです」はっ、と息を呑んだダイアナは踵を返し、飛ぶように教室を離れ校長室に駆け込んだ。アナグノス校長は鼻くそをほじろうとしていたが、血相を変えて飛び込んできた若い女性教師の、怒りに吊り上がった目を見て、指をさっと下ろしズボンの端っこにこすりつけてから、メガネをかけなおした。

「どうしました？」「どうもこうもありません！　あの生意気な小娘が！　あのひねくれものが！　わたしの息を臭い、おならのにおいがすると言ったんです！」

　校長はプッと吹き出したとたんに鼻水も出てしまったので、ハンカチを出してまず鼻をふいた。それから裏に返してメガネも拭いた。「君、今朝はなにを食べてきたのかね？」もちろん返事はなかった。横を向いて若い教師は屈辱に耐えている。

「これは見過ごすことのできない問題です、校長先生」

「どのへんが見過ごせませんか？　ダイアナ先生」

「教室にはマナーの前に秩序が必要です。わたくしが申し上げるまでもなく、それは全員の利益に適(かな)うことです」

「うん、それで？」「罰が必要です」「ムチで彼女の背中を打つ、君が？」

　ダイアナは毅然(きぜん)と鼻の穴を校長に向けた。それは勝利と栄光へ傲慢と赤みを帯びて膨らんでいる。

「便所掃除、廊下の雑巾がけ、教室中のガラス拭き、クリスマス前の大掃除をあの子にすべて！　すべて！　すべて！　やってもらいます」

　校長は笑顔を向けて、机の上で指を組んだ。

「ほう……それが君の考える懲罰なのか？」

「なにか問題がありまして？」

「もしそれを、彼女が喜んでやったとしたらどうする？　懲らしめにはならないと思うが」

ダイアナは持ち前の冷厳を取り戻して言った。「考えすぎですわ、あり得ませんことよ！」

初雪が降ったのはそれからで、いつもより早いわね、と街の人は空を見上げて、あいさつを交わした朝だった。アンはいくつか仕事を割り当てられたが、最初に選んだのは窓ガラスの拭き掃除だった。まだ晩秋の木漏れ日にぬくもりがあるうちに、終わらせてしまおうと考えたが、それでも廊下の北側に面した窓からは十一月の落ち葉を凍らせる風がまともに吹きつけ、庭の陽だまりにある暖かさとは明と暗になっていた。

アンにとってこれは最初から苦役ではなかった。身辺が慌ただしく動いたために、この作業は独りで考える時間を創る格好の内省の場になっていた。大勢の中で時間を充実させながら学ぶためには、一人きりで思索する自習がなによりも大切なことで、ともすれば集団の力学にどんどん流されそうになる自分を、どこかで止めなければならないと思っていたところだった。それはふいに来る。彼女はバケツを持ち、考えた。流される、見失う、わからなくなる。

彼女は中庭の井戸に向かった。そこに行くには本校舎と玄関をつなぐ渡り廊下を歩かねばならない。そこはいつも冷たい風が下から吹き上がる。彼女はバケツを振り回してみた。そして考えた。予定されたものではない、スケジュールでもない、ローテーションでもない、でも来る、それはふいに来る。自分を見失う冷たいキツネの瞳、それはいつも背中に張り付いているようだ。どうすれば戦える？　どうすれば負けない？

井戸の前に立った。水の匂い、苔の匂い、ポンプが陽に温まる匂い。十一月の校舎にはぬくもりが残る場所と、一日中冷たい場所がはっきり分かれている。アンがこれから作業する場所には暖かい光は届かない。人の声もしない。そして意外なことだったが、汲み上げた水は少し温かみがあって、指を切るような冷水が飛び出してくると思っていただけに、ふうっと一息分落ち着くことができた。

窓ガラスを拭きながら、北側校舎にたどり着くと、ホコリやカビのにおいに混じって、重ねられた書物のにおいが漂ってきた。知的な気配を感じて、そこに進もうとしたときだった。

「どこへゆくのさ！」そして別な声が「掃除の最中じゃなかったの？」二人の見習い教師がアンの知らない曲がり角から出てきて前に立ちふさがった。

「なんですか？」

「なんですかじゃないでしょう、あんたは罰を与えられて、掃除しているんでしょう？」

「はい」「しなさいよ」「しています」

「あら、あんたさあ、さっきから見てるけど、だらだらだらだらしてさあ、とってもじゃないけど、まじめにお掃除しているようにはみえないのよ」「手を止めてどこに行こうとしたの？」

やっぱり来た。思っていたとおり、とんでもないところから来た。

「どこへ行こうとしたのよ？　あんた、どこかに隠れて休もうとしていたんでしょ？　どうせそんなことだろうと、わたしたちは、あんたを見張るように言われてきたのよ。このことは校長先生にも報告させてもらうわ」

どうぞ。アンは言った。言えばいいわ、わたしも校長先生にはお話しすることがふたつくらいあるわ、ちょうどいい。「どうする？　一緒にゆく？」見習いの一人はミリアという名前で十六歳。父親は酒乱の従軍医師で、現場の看護婦たちと見境なく関係を結び、望まれない子ではあったが、母親のほうに少しだけ良心があり、七歳まで親元で育てられ、その後は盲学校の生活となった。ミリアは右目が完全に見えなかった。そのため顔半分がいつも苦痛を耐えるように歪んでいた。「生意気なのよあんた、最初から気に入らなかったわ」

アンは彼女のつぶれている右目に向かって言った。

「わたしは、あんたみたいな陰気な顔の女に好かれるのはごめんだわ。気分が晴れて陽気になったら友達になってあげてもいいわよ。でもできるかしら？　そうとう歪んでいるもの。あら、顔の話じゃなくてよ、心の話よ、わかるかしら？」

二人の見習いは一瞬顔を見合わせたが、すぐにゲラゲラと大声で笑いだした。

もうひとりはメリー、彼女も十五歳。ほとんど両目とも失明しかけていたが、大きなメガネが彼女の足元をかろうじて明るくさせていた。ミリアはずんぐりしていたが、メリーは痩せて枯れ木のようだった。彼女の母親はうつ病だった。ほとんど育児をすることなく、春霞が森にたなびく頃家出してそれきり帰らない。彼女が四歳の時だった。父親はアイルランドからの移民で家具職人をしていたが、酔って指を切り落としてしまう事故を起こした。彼女が八歳の時だった。メリーは大声で言った。

「あんたさ、救貧院から来たんだよねえ。あそこは、頭のおかしい人たちが運び込まれるところなのよ。でさ、わかる？　あたしたち笑いながら、あんたを見ていたのよ。ずっと、ずっとよ、見ていたのよ。あんたがどれくらい頭おかしいのか！　そしたら！」

そこで彼女はププププ！　と吹き出してまた笑った。

「とんでもないかんしゃく持ち！　エサを横取りされた猿！　あははは！」

ミリアも顎を突き出してわめいた。その顎の先端には黄色いニキビの芽が出ている。

「新人なんだから、少しは遠慮ってものがあるわよねえ。どんな頭のいかれた小娘でも、少しはおとなしくするのよ、普通は」メリーはよだれを手の甲でぬぐいながら言った。

「あんただったら、見境が無いって、どういうこと？　何食べて生きてきたの？　それでよく服着て、普通に学校に来られるわね」ミリアはその言葉のあとを引っ張った。「ちょっと、あんた、どんなものを食べてきたの？　救貧院ってさ、親が捨てていった子どもが拾われるところじゃない？　まさか腐ったイモのスープとかさ、カビの生えたパンとか？　どんなものを食べたらそんなひねくれたクソガキになるの？　ねえ？」

アンはスカートのポケットからハンカチを出した。救貧院を出てくるときに、同室だったサボテンからもらったものだ。わたしたちを忘れないでね、もう戻ることはないと思うけれど、忘れないでね、わたしたちはいつもあなたと一緒にいるわ、あなたが泣くときはわたしたちも泣くわ、このハンカチで涙を拭くときに思い出してね、わたしたちも泣いているから。

ハンカチで、涙ではなく二人の見習いが飛ばしまくるつばを拭いた。汚いつば。

「黙りな、おまえらの息はキツネの小便と同じにおいだ。近寄るなよ気持ち悪いから。わたしは昔から目は悪いが鼻は敏感だよ。クソ意地の悪い女からは獣のにおいしかしない。少なくとも……」ここまで言ってアンは少し余裕を感じた。「救貧院じゃ、おまえらのような臭い息を吐く女はいなかったよ。なぜなら……」ふたりの見習いは息を詰めてアンを見ている。「親切だったからさ」

そこまで言うとアンは急に晴れ晴れとした気持ちになって、回れ右をして、その場を足早に離れた。二人は追いかけて来ないで黙ったまま立っている。離れよう、急いで離れよう、次のこと、明日のことは考えずに、とにかく急いでこの場を離れよう。将来を有望視された二人の若い見習い教員が次第に小さくなってゆく。

二人は新入りからコケにされて無視された場合のガイダンスを受けていなかったので、ただ生意気な新入りを呆然と見送るほかなかった。しかし、怒りは人並みに煮え湯のようだった。

アンは素知らぬ顔で寮に戻った。ホプキンス婦人は庭で洗濯物を干していた。アンの顔を見てさっと表情をこわばらせたが、すぐに笑顔をつくった。

「ちょうどいいところさ、シーツの端を持っておくれ」

二人はシーツを広げた。石鹸の香りが広がり、庭が明るくなる。自然に笑顔になる、青空を美しいと感じる。こんなときだ、素直になれるのは。

「さぼってきたよ、学校」

「少し早いけどおやつにするかい？　わたし独りでこっそりレーズンパンを食べようと思っていたのさ」

二人は広げたシーツに笑顔を映して庭を離れた。

「ミリアとメリー、ほんとに嫌なやつら。ダイアナもそう。どうして盲学校にあんな嫌なやつらがいるのかしら。もう少しで蹴飛ばすところだったわ」

「あんたはレーズンパンにもジャムをつけるのかい？」

大皿に盛られたレーズンパンからは、カリカリの焼けた香りが立ち上っている。

「迷うわ、おかあさん、どうしたらいいのかわからないわ」

「迷いな、しばらく迷うがいいさ、迷うのも幸せな時間さ」

婦人はそう言いながら、大きな壺に入っているイチゴジャムと蜂蜜をテーブルの上に置いた。

「さあ、贅沢をしよう」

おかあさん、アンは声をかけた。「どうしてさぼってきたか、聞かないの？」

婦人は聞こえないふりをした。「レモネードにイチゴジャムを入れるのはどうかしらねえ？」

「おいしいわよ」「そうかい？」「ええ」「どうしてわかるの？」

「弟がいたずらしてわたしに飲ませたことがあるの。最初は変な味って思ったけど、両方ともすっぱいものじゃない？　だから酸味が溶け合うのよ」

「いいもんだねえ、姉弟のいたずらは。話を聞いているだけで幸せな気分になる」

「ケンカはどう？」「ケンカも同じだ」「同じ？」「そうさ」「どうして？」

「仲の悪い兄弟姉妹はね、いたずらもケンカもしないよ。それどころか近くに寄りつこうともしない。とても冷たいもんだ」

「どうしてかしら？　仲の悪い兄弟姉妹って、どうしてできるのかしら？」

「さあね、縁だろう」

「待って、おかあさん。同じ母親から生まれても縁の薄い兄弟姉妹っているの？」

「いる」「なにか知っているの？」「ああ、知っている」

それから婦人は黙ってパンを裂いた。小さく口の中でお祈りをして、ジャムをつけずに口の中に押し込んだ。アンも同じようにまねをした。ジミーのことを偲（しの）んだ。

「わたしの兄はいつも他人を見るような目つきでわたしを見たわ」

婦人は笑顔を浮かべてその姿を思い浮かべた。「冷たかったわよ、わたしには。わたしのことを心底嫌っていたみたい」だから、と婦人はもう一つパンを裂いて、「思い出がひとつもない」食べながら笑った。

アンはどうして？　と尋ねた。さあね、とホプキンス婦人はまた笑った。「だから言ったじゃない、縁だって。縁がないのよ。無視するのも縁、意地悪するのも縁、仲良しも縁。最初から冷たい関係なら、縁が無いと思うしかないわ。それだけよ」

　次の日、アンは登校し、少し迷った末に昨日の掃除の続きをやろうと考え、モップと雑巾、バケツを用意し始めたが、突然声が降ってきた。「今日はしなくていいわ」後ろにダイアナ教師が立っていた。アンは黙っていた。黙っていることが返事だった。「グループミーティングがあるから来なさい」彼女が背中を向けるのは早かった。歩くのはそれ以上に速かった。

　教室では椅子が円陣に並べられ、上座に当たる場所にダイアナが座り、テキストをひざに置いている。隣にはミリアとメリーが炎のような瞳を向けている。ルピー教師は穏やかな笑顔をアンに送った。

「座りなさい、アン」ダイアナが告げた。「この時間はあなたのための時間なのよ」彼女はそう言って、全員の同意を得るように一同を見渡した。

「掃除の時間にトラブルがあったようね。なにか言いたいことがあるかしら？」

「トラブルはなにもありません、先生」

「ではわたしの聞き違い？　アン・サリヴァン」

「どのようなトラブルがあったとお聞きでしょう？　ダイアナ先生」

「あんたが掃除をさぼって、どこかに行こうとしたところを見とがめられて、注意されたら逆切れしたそうじゃない？」「違います」「あら、どこが違うのかしら？」

「まず、さぼっていません。ずっと窓ガラスを拭いていました。それに逆切れってなんですか？」「口答えして逆らうことよ、幼稚な頭で」

「幼稚な頭なら、そこにいる二人でしょう」

「アン・サリヴァン、あなた礼節ってものがわかるかしら？」

「さあ、なんでしょう、ぜひ教えていただきたいわ」

するとミリアが汚い口をたたいた。

「先生、山猿に礼節は要りません。こいつら芋を丸かじりするだけですよ、皮の剥き方なんてどうでもいいいじゃないですか？」

「おだまりなさいミリア」ダイアナは優しくミリアを瞳で抱擁した。そしてアンを見た。

「ミリアとメリーは先輩なの。研修中とはいえ、やがては教職員になってゆく人材。今のあなたとはけた外れに立場が違うのよ。山猿に譬えるなら、あんたは檻の中で餌を待っているだけ。ミリアは栄養管理のもとに餌を与える立場にあるわ。もちろん食べたものや量を記録する、つまり調整をする立場よ」

アン・サリヴァンは窓ガラスを見ていた。十一月の朝の光が次第に強くなってゆく。教室のストーブで温められている空気がガラスを湿らせていたが、溶けようとしている。

「わたしたちは、なにもあなたを問題児として見ているわけではないのよ。むしろわたしたちはあなたを教育する立場にあるわ。わかるわよね、つまりこの場はあなたに謝罪を求める場ではないの。あなたに対する教育方針を説明する時間になるわ。そのつもりで聞いてほしいの。

あなたは最初から教育を受け直す必要があるわね。つまり猿から人間に進化する感じね」

今朝のホプキンス婦人の作ったカボチャのスープは舌がとろけるほど美味しかった。あの隠し味は塩よ。つまり美味しくするのは塩加減だわ。

「聞いているの？　アン・サリヴァン！」その言葉は冷静だったが、声は震えていた。

「はい、そのとおりです」アンは答えた。プッと吹き出したのはダイアナの陰におとなしくしているルピー教師だ。「なにがおかしいのルピー？」ダイアナは後ろを振り向かず、アンに視線を据えたままそう詰問したが、ルピーはいいえ、なんでもありませんと答えただけだった。

突然、アンはダイアナの正面を向いた。

「ダイアナ先生、質問があります」

「どうぞ、なにかしら？」

「先生は有意義という言葉をご存じでしょうか？」

「どういうこと？　あなたの質問の意味がわからない。今この場でその質問はふさわしいの？それこそ有意義な質問？」

「わたしは、この言葉の意味をつい最近知ったのです。先生の知っている有意義とわたしが知り得た有意義を比べ合わせることから、この校風に合わせた建設的な意見の交換ができるのではないかと考えたのです」

教師と研修生たちは驚いていた。この田舎娘が有意義、有意義だと？　救貧院上がりのネズミが〝校風〟だと？　生意気をほざくにも程がある。まるでわたしたちより上にいるみたいではないか。わたしたちに意見しているではないか？

「どうやら全く勘違いしているようね」

ダイアナはまっすぐにアンを見つめた。

「この場はあなたがなにかを提案する場ではないのよ」

「いいえ」

「なにが〝いいえ〟なの？」

「最初先生は、このミーティングはわたしのために、とそうおっしゃいました」

「それで？」

「わたしが一方的に黙って聞くだけのミーティングはわたしのためにならないのです」

「なぜ？」

「フェアではありません」

「フェア？」そこでダイアナは胸を反らした。

「あなたにフェアの意味がわかるの？　アン・サリヴァン」

「わかります」

「あら、そう。では話してみて」

「偏らないことですよ、先生」

「あんたのその見づらい目には不公平が映っているということかしら?」

「そう言ってもいいですね」

「どのへんが、あんたのドジョウみたいな目を濁らせているのよ?」

「思ったままを申し上げてもかまいませんか?」

「好きにするがいいわ」

「先生はわたしを、教育し直す、そうおっしゃいました」

「ええ、言ったわ」

「では伺いますが〝し直す〟とはどのような意味ですか?」

「その言葉のとおりよ。最初にあったものが、あまりにもひどいものだから、まともなものに変える、という意味よ」

「先生はわたしの〝最初にあったもの〟をどのようにお考えですか?　できるだけ具体的にお話しいただけますか?」

「あなたは生意気ね、アン・サリヴァン」

　横に座っている教育実習生たちは、ベテラン教員の隆起した形の良い胸が、静かに、しかし熱く上下するのを見ていた。怒りが冷静を越えようと激しい鼓動を誘っている。夜行性の肉食獣が獲物を見つけ、草の中に身を忍ばせながら近づいてゆく時、気配を消すための草むらは、このように静かに上下するに違いない。

「いいわ、答えてあげるからしっかり聞くことね。あなたはわたしの言葉をしっかり聞くことから始めなければならないわ。いい機会だから、ここにいるみんなにあらためて伝えるから、みんなもそのつもりでね。わたしが伝えたいのは、人を創るのは家造りと同じ設計が必要という理念、つまり思いつきや個人の感情とは無縁なこと。だってそうじゃない？　柱を立てるのに感情や思い込みが必要かしら？　違うわ。大事なのは設計が理に適っているか、素材が適切なものか、それだけよ。その中でも最も大切なものは柱を支える基礎、土台のこと。ここまでおわかり？　そう、わかるのね。この土台が軟弱であると、どんなに立派な柱を持ってきてもまっすぐに建てることができないわ。曲がってしまうのよ、全部歪んでしまう、とてもみっともないものになるわ。人間の成長に譬えるなら土台は〝聞く力〟、つまり人の話を素直に受け止める耳。わたしはあなたがここに来てからの一連の振る舞いを見てきましたが、聞く力が曲がっています。とてつもない大きな耳糞（みみくそ）があるのかしら？　わたしが感じるあんたの土台となっている〝最初にあったもの〟とは、人間の世界になじまない、なじもうとしない野性のようなものです」

ここでベテランの教員は救貧院から来た貧しい女の子を見た。転入生は落ち着いて教師の話を聞いている。興奮に顔を上気させることもなく、青ざめて震えることもなく、首をかしげることも、不快を表す動悸（どうき）もなかった。ただ疑問も共感もない能面のような顔に、教室の窓からそっと忍ぶように射し込まれた十一月の弱い光が、アンの右耳から首すじにかけて流れたが、それは正面に座った者の目には顔の陰影を深く造り、神々の去った後の神殿、皇帝のいない帝国を暗示させた。

　ダイアナは貧民の小娘がこのような顔を持つことが、少なくとも不快だった。しかし自分の高い教養に支えられたメッセージの後では、感情的な表情や言葉を使ってはならなかった。あくまでも品位を保たなくてはならない。しかも高いレベルで。

「で、どうなのかしら？」

　ダイアナはすでに勝利を確信した司令官だった。反論できるわけがない、できるわけがないと思いつつも、とどめを刺さなければ安心できない、小さな不吉があった。それはテキストには書いていないものだ。今までのキャリア、今までのガイダンス、レクチャー、あらゆる先人の知恵を揺さぶるものだ。しかし、それはなにかしら？

「だったら」アンは静かに返事をした。「それでいいです」

「はあ、なにが？」

「わたしの最初にあったものが野性だと先生はおっしゃいました。ですからわたしはそれでいいと答えたのです」

「全然わからない、あんたの言っていること」

「わかりやすく説明しなければなりませんか？」

「わかりやすく、ではなく、わたしたち一般常識人にきちんと伝わるように説明してほしいのよ」

「ええ、先生、それなら喜んでお話しします」

なんて小娘かしら全く、とダイアナは横を向いてもぐもぐと言ったが、周りにははっきり伝わったが、目の前の野性児には届くことがなかった。すでに夢を描くように語り始めていたからだ。

「目の不自由なものにとって、最も大切なものはなんだと思います？　それは五感、つまり野性の本能です。最初から目が見えていて、色も形もわかる人は世の中の決まりごとに、頭も身体もなじませてゆけば良いでしょう。今までこの世は目の見える人たちによって創られてきたのですから。でもそれは目が見えているからです。わたしのように目に障碍があると、判断は自分の力、それを嗅ぎ分ける能力になります。野生の馬は毒のある草を嗅ぎ分けると聞いていますが、それと同じです。わたしに必要な土台は、食べて良い草と食べたら舌がしびれる草を嗅ぎ分ける力です。それは親切な人と意地悪な人、そしてどうでもよい人を見分ける嗅覚といってもよいでしょう。わたしはそれを野性と理解したのです」

「ご立派なご意見だわ、アン・サリヴァン」

ベテラン教員、そして権威の教壇の上に立つダイアナは、そう言って鼻息をひとつ荒げた。

それはむろん戦闘を開始する狼煙（のろし）であった。

「あなたがそんなにおしゃべりだとは思わなかったわ。それに屁理屈（へりくつ）も上手ね。このことは校長先生にもお話ししなければなりません」

「なにをですか?」

「あなたがとても屁理屈が上手で、わたしたちにとても反抗的なことを」

「違います」「だからその態度が反抗的なのよ」

「違います」「なにが違うの?　言ってみなさい」

アンはへらへらと笑った。「先生の物差しから、わたしが超えているだけのことでしょう」

ここでダイアナは腰に手を当て横を向いた。ダイアナは自分をベテランの教員であると自負している。これは間を取り、自分を有利に導くための作戦だ。

「アン・サリヴァン、あなたがわたしの知らない才能の持ち主であることは認めるわ」

「恐れ入ります先生」

ダイアナはすっとひとつ息を吸って、春の暖かさを懐かしむ瞳を天井に向けた。

「あなたにわかってほしいことがひとつあるわ、アン・サリヴァン」

次のセリフを言う前にダイアナは勝利を確信した。この状況は初めてではない、一度どこかで履修している。どこであったかは忘れたが。

「ここは盲学校、普通の学校とは違うのは、いろいろな環境に育った子どもたちが、親元を離れて生活しながら学習していること。さまざまな環境というのはその子の病気の状態とも言えるわね。その子の感知できる光がさまざまなように、何をどう学ぶのか、これもその子に合った学習方法がある。だから一人一人、バラバラなレッスンも当然出てくる。これは仕方ないし、全員が全く同じプログラムは乱暴な発想、そう、とても乱暴なこと。でもね、だからと言って独りぼっちで孤独な自習をする場所でもないわ。それも極端な考え方。あなたにわかってほしいのは、人と関わることは避けられないってこと。どんなに嫌な人だと思っても、その人を避けて学びを続けることはできないわ。なぜって、わかるでしょう？　ここは山でもないし畑でもない、見知らぬ者どうしが集まる教室だからよ」

ダイアナはここで窓の外を見た。特に理由はなかったが。

「あなたのその才能は、自分に都合のよいときばかり使ってはならないわ。自分が嫌だなと思う人といっしょにいなければならないときにこそ、発揮されるべきだわ」

ダイアナはここで言葉を止めた。なんてすばらしいのかしら、自分でも感動しそうだわ。

「先生、とてもすてきなお話です」

「そう言ってくれると思ったわ」

「それで、今日は何の集まりだったのですか？」

ダイアナはその質問には答えなかった。すっと立ち上がり、短く告げた。「解散！」

十五歳の秋にアンは二度目の矯正手術を受けた。成功し、縫い物ができるようになって、新聞の活字も短い時間なら読んでゆくことができた。しかし強い光に当たると頭の後ろがズキズキと痛むので、自由時間は常に薄暗い図書室で過ごした。

いつものようにイソップ童話を点字に翻訳していると、少しだけメガネを軽く改造したルピーがやってきた。彼女はそれだけで笑顔だった。

「アナグノス校長が呼んでいるわよ」

アンはすぐに立ち上がったが、心は緊張でいっぱいになった。叱責されることばかり頭に浮かんだ。このあいだは見習い教員のミリアが、つまらなそうに授業を受けている子に、強引に〝文章の書き方〟を教え込もうとしているのを、きつい口調でとがめ、口論になったばかりだった。黒板にはこう書かれてあった。〝わたしの名前はキャロル、六歳です。わたしの夢は小犬をペットにしてお散歩することです〟

「この子は犬なんかペットにしたくないんだよ。あんた、この子に犬が好きかどうか聞いてみたかい？」

「そんなこと、正しい書き方を覚えるのに関係ないのよ、犬だろうが猫だろうがさ。いちいち文句つけんじゃあねえよ、関係ないだろ、あんたはあんたの勉強をやっていればいいんだよ」

「嫌いなものを栄養があるからと言って、無理やりに口の中に押し込まれても、身体は反発するから栄養にはならない。勉強も同じこと、この子は覚えようとはしないよ」

「それなら教えてやるよアン・サリヴァン、どんなにごもっともなお説教だって、場所と立場をわきまえていなきゃ、ただの口うるさい小言、やかましい文句だ。出てゆきな、今すぐ！」

アンはどうしてもこの見習い教員を好きになることができなかった。彼女のとげとげしい口調もそうだが、なにより教科書に書いてあることだけを口にする、その凡庸さがたまらなく嫌だった。

ルピーはひとしきり自分のメガネが軽くなったことを自慢してから、アンの顔をのぞき込んだ。「暗い顔ね、どうしたの?」

「校長はわたしを叱りつける気でしょう?」

「心当たりがあるの?」「ありすぎるわ」

「だったら、なおさら校長と会うべきじゃない?」

重い足を引きずって、やっと校長室の前に立ち、ノックをしようとすると、「入りたまえ」という声が聞こえ、アンはびくっとしながらドアを開けた。

「お父さんから手紙が来ている」

校長はアンに座るようにすすめ、手紙を手渡し、もう自分で読めるようになっただろう、と笑顔を見せた。便箋に使われている紙にはアンの知らない新聞社の名がタイプされており、父は山奥の鉄道工事現場で働いていると聞いていたので、だとすれば父はこの手紙を書くために町へ出てきたのか? 上質の紙に触れながらぼんやりと考えた。

〝アン、元気でいるかな? お父さんは大きなケガもせず、毎日大勢の仲間と働いているが、それは不思議な光景だ。まるで山の中を蟻の大群のように人間が行進している。お父さんは昔から何をしても長続きしなくて、お母さんにはいろいろと苦労をかけてしまった。本当なら今頃はきれいな服や、おいしいものを買ってあげられる恵みの時間が来たのに、お母さんもジミーも天に召されてしまった。残念で悲しい。しかしアンがいる、わたし以上に歯をくいしばっているアンがいる、そう思いお父さんもがんばることができる。十五歳になったね、今そこにいたら大きく美しく成長した姿に目を見張るだろう。アン、わたしの希望、わたしの愛、元気で。アナグノス校長には言葉に尽くせぬほどお世話になっていて、心より感謝を捧げている。どうか同じ気持ちでいてほしい。

一八八一年九月一日　スプリングフィールド

リンカーン事務所前の郵便局より　父〟

手紙から目を上げると、微笑んでいる校長の優しいまなざしがあった。

「先生、ごめんなさい」

アンの口から出てきたのは謝罪の言葉だった。考えていた言葉ではなく、ふいに口から飛び出したもので、アン自身も驚いて、はっと口に手を当ててしまったが、校長はどうした、なにを謝っている？　とはあえて尋ねなかった。アンの手紙を読む表情を見つめていたからだ。

「わたしは、みんなとぶつかってばかりいます。どうしても自分が止められません」

「かまわんよ」

アンは驚いてまじまじと校長の瞳の奥を見つめた。校長は思春期の少女の顔を見守っていた。

「先生、いろいろとお耳に入っていませんか？」

「聞いている」

「わたしを叱らないのですか？」

「叱られるのは子どもだ。十五歳は子どもではない。自分で自分のやっていることに責任を持ちたまえ。わたしからは以上だ、戻りなさい」

アンは戻りなさいと言われて、自分がどこから来て、どこへ戻るのかわからなくなった。

校長室から出ると、新人教師のミリアとメリーが壁にもたれてアンが出てくるのを見ていた。

アンはうんざりしたが、歩調をそのままにして二人の前を通り過ぎようとした。

「叱られたでしょ？」

「あんたはひどい噂ばかりよ」

二人はかわるがわるアンの顔をのぞき込み、つばをかけるようにして言葉を浴びせた。

「あんたのお父さん、木こりなの？　熊と一緒に山で木を切っているって本当？」

「熊と同じ木の実を食べるって本当？」

それでもアンがすました顔で通り過ぎようとするので、二人は立ちはだかった。

「あんたのお父さん、字書けるの？」

「ちょっと見せてみなよ、その手紙」

赤毛のメリーが手紙をひったくった。やぶれてはいけないので、アンはわざと力を抜いた。

二人は豚のような目をしてのぞき込み、臭い息を吐いた。

「きゃはは！　なにこれ！」

「あんたのオヤジ、びんぼーすぎる！　恥ずかしくない？　これ！」

そばかすのミリアは急に役者のように声を落として、父親のまねをしながらセリフを吐いた。

おお！　うるわしのアン、わが娘よ、十五歳になったか！　きっと今頃は町一番の色気を振りまいていることだろう。そしてひらひらと手紙をアンの頭の上で振り回した。

「あんた、わきがのにおいがするよ」

アンはそう言って、手紙を奪い返し、歩き始めた。

「待ちなさいよ」ミリアがその肩をつかんだ。「まだ話は終わっちゃいないのさ」

「聞きたくない！」アンはぴしゃりと言いつけ、肩の手を払った。

「待ちなよ、あんたにとって悪い話じゃないから、聞きなよ」

ミリアの声のトーンが変わったのでアンは足を止めた。ミリアはうすら笑いしながら話し始めた。

「あんたも十五歳だ、ここでは年長になる。視力もずいぶん回復したじゃないか。それでさ、あんたはこれからわたしたちの下について教育実習生になる。わかったかい？　下級生に勉強を教えてゆく立場になるのよ」

アンはえっ！　と言って二人を見た。二人は意地悪だが嘘はついていない。

「そんな話、校長先生は一言も言ってなかったわ」

「校長はわたしたちから言うように指示してきたのよ。たっぷりミーティングしなさいってさ」

「だからこれからは、わたしたちのことをリーダーって呼ばなくちゃならないわよ」

「あたしたちに指導を受けるのよ」

「へえ、そうなの」

そう言ってアンは立ち去ろうとしたが、ミリアが立ちふさがった。

「なんか言いなさいよ、よろしくお願いしますとか。わたしたちに頭を下げる一言があるだろう」「ないよ」アンは一言で終わらせた。

これから立場が上がる二人は目をひんむいて、歯をむき出しにした。

「もう一回教えてやる、アン・サリヴァン、あんたはわたしたちの下について、わたしたちから指導を受けて、わたしたちから学びながら、指導員のライセンスを取ることになる。生意気な口答えはこれで最後だ」

アンはクスクス笑いながら答えた。「あんた方の思いどおりにはならないわ」そして、どうしてだかわかる？　と尋ねた。

さあね、知るもんか、どうせだから聞いてやる、さあ、言ってごらんよ。

「あたしはクルクル回るだけの、張りつめたネズミだからさ」

アンは指をおでこに当ててクルクル回し、低く笑いながら小走りにその場を離れた。

わくわくするわ、ライセンス、なんてすてきな言葉の響きかしら。ライセンス！　新しい目標が出来た。ライセンス！　この言葉！　この言葉がわたしを見たこともない世界へひっぱってゆく。アンはもうすぐ正午になる校庭に走り出していた。走っている、目の見えなかったわたしが走っている。


校庭には学校発足の発起人となったトーマス・ハンディシット・パーキンズを永く顕彰するためのプレートが建てられてある。五十年前、裕福だった貿易商人はどのような思いで、財を投じる気になったのだろう？　家族に障碍を持った人がいた、あるいは本人が当事者であった、または命がけで自分を救ってくれた人が障碍を持っていた、大切な仲間が障碍と闘っていた、いずれにしてもよほどの覚悟がなければ成し得ない大事業だ。イエスキリストにも匹敵する。

アンはじっと考え、そう思った。


お父さん、お父さんと同じ名前ね。願わくばただの偶然ではなく、深い意味のある偶然であってほしいわ。二人とも金額の差はあっても、福祉に私財を投じていることに違いはないわ。

二人のトーマスがわたしの前に道をひらいている。

第五章　少年ロペとの出会い

十月。廊下を歩くと軋(きし)む音が一段と低くなったのを感じる。窓ガラスを叩く風の音も強くなっただろうか。アンは窓に手を添えて校舎北側の防風林を見つめた。揺れている、弱い風に揺れている、ポプラの葉が時雨のように落ちてゆく。

準備室と呼ばれている場所は教室ではない。空き部屋、物置と呼ぶ人もいた。誰も掃除をしないと聞いているが本当か嘘かはわからない。アンはその場所に来るように言われたが、なぜ呼ばれたかは説明を受けていない。意地悪な二人は、それはお楽しみよ、と笑って去っていった。

アンはどんなに気持ちを強く持とうとしても不安と恐れが消えない。込み上がる胃液のように全身を重くした。不快な気分のまま無意識にノックを軽くし、中からの返事を待たずにドアを開けようとすると、中から厳しい声が飛んだ。

「やり直し！　ノックは強く、そして待て！」

はっ！　と声を出して手を引っ込めた。怖い、ものすごく怖い。こんな怖い声を聞くのは初めてだ。どうしてよいかわからないほどガタガタする。ノックをやり直す指が震えて爪がガチガチとドアノブを細かく刻む。

「どうした、入ってきたまえ。ノックは確実にすること」

中から聞こえてきたのはアナグノス校長の声だ。アンは背筋を伸ばし、呼吸を整えてから確かめるようにノックを二度打つことができた。そしてなにも考えずに待つことができた。

「入りなさい、アン・サリヴァン」

「失礼しました、校長先生」

「ノックを確実にするには理由がある。音の空気振動を感じ取るためだ。特に耳が聞こえない子にとって、空気振動は場が変わったことを感じ取る、貴重な情報になる。紹介しよう、これから君が担当するロペ、七歳だ」

校長から紹介されたロペは椅子に座っていなかった。壁際に立っている。背は低いがヒョウのように身構えていて、今にも飛びかからんとしているので、後ろでダイアナが押さえつけている。

「この子のプロフィールはあとでタイプしたものを渡します。最初は全く先入観なしでこの子に対応してほしいの。それは校長先生からの依頼でもあるのよ。とにかく頭であれこれ考えないでほしいの」

ダイアナはいく分緊張した様子で、顔も赤く鼻息が乱れている。

アンがなにか言いかけると、校長がそれを遮った。

「この子の目は見えない、耳も聞こえない、言葉も話すことができない。ただ唸り声を上げるだけだが、君と同じように眠り、食事をする、少々荒っぽいが、食べる。いいかね、どんな食べ方をしても驚いてはいけない。そしてもちろん排泄もする。君が最初にやらなければならないことは、この子に排泄のマナーを教えることだ。それ以外のことを考えてはいかん」

「えっ？　あの、校長先生？」

「質問は許さない。先ほども言ったが、頭の中で生まれてしまう先入観が、なにより君の成長を止める、止めてしまうのだ。ただ、あとで、この子が産まれた環境と両親のことは伝える、以上だ」

　ロペは赤毛でもじゃもじゃにもつれた髪の毛を逆立てている。猫の威嚇のようだ。アンが最初にひらめいたのはあの髪の毛を直したい、そこがスタートのような気がした。

「アン、あなたは今日からこの〝教室〟でこの子と一緒に過ごすのよ。いいこと、お母さん役を演ずるのではないわ、わかるわね、あくまでも教師と生徒よ」

「わかりました」

　本当はわかってはいなかった。しかし、何も考えるなということだけはわかった。教育実習は最初から〝合宿〟になることもわかった。あとは何もわからない。

「髪の毛」

　アンはロペにすばやく近づいて、彼のフワフワの髪の中に指を入れてかき混ぜ、すぐに彼の小さな手を取り、その中へ指文字を綴った。〝髪の毛〟。するとロペはびくりとして、アンの手を爪で思い切りひっかいた。小さくて細い血の筋が三本、手の甲を流れた。アンはさっと彼の手を捉まえ、指文字を押し込んだ。〝爪〟。

ダイアナとアナグノス校長は、そっとその場を離れ、最初からその場にいなかったかのように消えた。アンは血が流れ落ちるのを見て、強い力で彼の手を導き、血にこすりつけ〝血〟となぞった。ロペは停まって最初に嗅覚で血を覚えた。アンの手に鼻を寄せ、もっと記憶しようと貪欲に血のにおいを嗅いだ。そしてもう一度〝血〟と綴れと求めた。アンが綴ると、ぱっと手を振りほどき逃げ出した。どんと机にぶつかり、机の上にあった古い地球儀が落ちて転がった。ゴロンゴロンととても嫌な音が室に響いた。この空気振動は彼に伝わっているだろうか？　またどのようにこの不気味さが伝わるのだろうか？　ロペは両手で空気をかき回すように振り回しながら、どこへもつかまらずに立ち上がり、頭を揺すって走りだした。アンは見ていよう、どんなふうに走り、どんなふうに転ぶのか見ていようと思った。頭の中に母親の言葉が清水のごとく湧き上がる。

〝アン、転ぶことも歩いていることなのよ。おかあさんはここで見ているから、たくさん転んでいらっしゃい。恐れてはだめ、恐ろしいことではないのよ〟

七歳のロペは肩から机の角にぶつかり、痛がることもなく、手前にあったイスをわざとなぎ倒し、首をグルグル回した。口を大きく開けたのはなにか叫んだのだろうが、その姿は猿そっくりだった。しかしそれは〝合図〟だった。汚れている黒いズボンを下着ごと下に下ろし、足を開いて放尿した。アンは飛び出してゆきたいのをこらえ、眺めた。どうしたらいいのだろう？　叱責してはいけない。

尿は高い放物線を描いてレースのカーテンの下に飛び込み、びしゃびしゃと嫌な音を立てて、その気持ちの悪さはアンの下腹を冷たくした。そして転がったままになっている地球儀を濡らした。ロぺは首を振りながら自分の尿のにおいを確認している。目が時折白目をむくのは集中力を高めているようにも見える。どうする、どうすればいい？　とりあえず清掃だ、雑巾がけをしながらなら、なにかひらめくかもしれない。でもなにが思いつく？

アンはぱっと顔を上げて考えるのをやめた。ロぺに近寄り、抱きしめるようにして、彼の指を自分の唇におしつけた。二人はそのままじっとしていた。アンはその中で自分の動揺を鎮めようとした。そして込み上がる不安に耐えた。少年は突然現れた人間を感じていた。自分にとって意味か、無意味か、利用できるのか価値が無いのか、ただの未知か、さもなくば砂漠か。アンは指を離し〝くちびる〟と伝えた。それから彼の姿勢を低くさせ、床に流れている尿の中に彼の手を置き、尿がついたままの指で〝おしっこ〟と綴った。

〝アン、おしっこは汚いものではないのよ。おかあさんはあなたのおしっこを何度も舐めて、あなたの身体の調子を確かめたわ〟

ロぺはその手を力を込めて振り払った。そして歯をむきだして威嚇した。アンはその赤い口の中を見て哀れに思った。それは歯に見えなかった。生活環境、不衛生、育ちの悪さ、それらのすべてが歯に表れている。虫歯で小さな三角になった欠片が、ところどころに見えるだけで、そろった歯並びがどこにもない。どぶのにおいがして、舌には白くカビが生えているようにも見える。

哀れな小動物は突然身体を反転させて、まるでそこが見えているかのように、ドアに向かって飛び出して行った。そして一度転び、斜めに走り、ドスンという大きな音を立てて壁にぶち当たり、また転び、起き上がると今度は反対側の壁に向かって走り、転びながらジグザグに走り続けた。

わざとしている、アンは思った。これは何かの理由があってわざとそうしている。でたらめに動いているのではない。ジグザグに走ることによって、なんらかの距離とバランスを測っているのかもしれない。ああ、また考えている。アンは頭を振って考えを振り落とし、ロペに近づいていった。急流を下る筏があちこちのむき出しの岩場にぶつかりながら、それでもなお、原形を保ちながら浮かんでいる。

アンはロペの肩にそっと触れ、起き上がるように促した。子どもはのろのろと立ち上がり急にその場で、また放尿した。尿はアンの腕を叩いて飛び散った。彼女は回れ右をして教室の角にある用具箱を開けた。雑巾とモップバケツを取り出し、水を汲んできて清掃した。ロペはどこかへ消えていたが、それは次の問題で、今考えるべきことではない、そう自分に言い聞かせた。アンの頭の中には急速に優先順位が出来上がっていた。清掃、休憩、まずは自分を落ち着かせる。ホプキンス婦人とのおしゃべり、それから小さな野獣の相手をする、そうでなければ頭が破裂する。回れ右をしてアンは無断で寮に戻った。

ホプキンス婦人はパン生地を練っているところだった。アンの青くなっている顔を見て、なにか小さく叫んだが、はっきりとした言葉ではなかった。そして言った。

「紅茶をいれるわ、座りなさい」

アンは座らずにテーブルに手をつき、話し始めた。話しているうちに涙があふれ、両手がブルブルと震え始めた。婦人は細かくその様子を見つめながら尋ねた。

「それでその子はどうしたの？」

「消えたわ」

ホプキンス婦人は自分の紅茶にはアンズのジャムを入れた。あなたは？　わたしも。

追いかけなかったの？

「たぶんお花畑に行ったと思うわ、あそこが好きみたいよ」

「お花が好きなの？　目が見えないのに」

「花の冷たい感触や香りが好きみたい」

「いいの？　ほっといて」

「あの子はひとりになりたかったのよ、それがわかったわ」

「そう、勘がいいのね、あなた」

「あの子の肌はざらざら、息も尿もきついにおいがして、パニックになっているのがわかったわ」

「それでひとりにさせたの?」

「それが一番いいって、わたしは自分の経験からわかるの」

「まるであなたの分身のようね」

紅茶を飲みながら、ホプキンス婦人は笑ったが、すぐに瞳の中から笑いを消して言った。

「戻りなさい、アン・サリヴァン、あなたに休憩時間はないわ」

ロペは花畑にはいなかった。アンはしばらくサルビアが揺らめいている花壇を見つめた。朝の光をはね返す赤い花の中から、彼が飛び出してくるかもしれないと、一瞬錯覚した。そうあってほしいと思ったからだ。しかし花はじっとしているだけで甘い考えを無視した。よく見ていると赤い色は悪い不安を呼び起こす、嫌な気がしてその場を離れた。

彼女は東の小道と呼ばれている林道へ向かった。その先は豆の畑が広がっている。豆の中に潜んでいてもおかしくない。アンは自分に言い聞かせた。ふざけているのだ、本人は鬼ごっこのつもりかもしれない。大きく広がった葉の下に隠れて、土の匂いを嗅いでいるかもしれない。

風が止まった。生きものが動く気配はない。豆畑が途切れると、その先は刈り取られたばかりの牧草畑が猛烈な青草の香りをたぎらせている。そこだけ濃密な空気が空中に溜まっている。

北に向かう獣道を最初に歩いたのは鹿の群れだ。その後を狼の群れが追っていった。草が倒されて踏みつけられただけの小道の脇には、低いが大きく枝を広げたアコウの木がある。高さは三メートルほど、灰色の年老いた象のようだが、この木はまだ若い。左右に広がった枝はクジラが横たわっているようにも見える。

ロペはその枝の上に座って、赤い口を見せて笑っていた。アンが目をひらいて驚いているのを感じ取って、おもしろくてたまらないのだろう。逃げ出した自分を捜しに来た者が、困惑しながら見上げている様子が楽しいのだ。自分が優位に立ち、リードしていることが刺激的なのだろう。アンはそこまで理解した。

さて。アンは思いをめぐらした。どうしたら下ろすことができるだろう? 今、頭の中をグルグル回っているのは、木登りした子どもの身の安全ではなく、この事件が発覚したときの、恐ろしい非難の声、激しい叱責、そして反省の弁と謝罪を述べる自分の姿だった。

負けたくない、学校の常識、教室の形式的な授業、わたしをバカにするあいつらの前で頭を下げたくない。いや、わたしが嫌っている〝中身のないもの〟の前に膝を折って負け犬になりたくない。子どもが木登りするのは普通ではないか? 自然な遊びでは? そう強気に思ってみるが、それは目と耳が当たり前に使える子どもだ。それが使えなければバランスが乱れてブラブラ揺れながら落ちる、誰もがそう考えるだろう。特に学校の敷地内であれば〝許可〟が必要だろう。いいや、誰がそんなもの認めるものか。危ない! なんてことするの! どういうつもりなの！　目の見えない子どもが木登りなんて、とんでもない！

まず、アンは木を叩いた。手のひらをバシバシ木に打ちつけた。しかし木の反響は死骸の入った柩を叩く音に似ていた。今度はタックルをして木を揺すりあげた。枝の上にとまる子どもは一瞬笑顔をみせたような顔をした。口を大きく広げて顔を歪曲（わいきょく）させたのかもしれなかった。もしかすると空に向かって吼（ほ）えたのかもしれなかったが、アンの頭の上に尿が降ってきた。子どもは快哉（かいさい）を叫んだだろう。アンの額に尿が注がれる、鼻の中に唇に注がれる、子どもはジャングルの中で大きな鹿を射止めた狩人になっている。塩分の強い尿はアンの額から唇まで、寛容から屈辱まで滞りなく濡らした。

そうだ、踊ってみるのはどうだろう？　狩りの勝利を祝い、火を囲んで裸の男たちが踊る話をお父さんから聞いたことがある。アンは試しに両手を広げて、自分の身体を風にそよがせてみた。心を軽くして小さくステップを踏みながら円を描いてみた。ハミングもしてみた。してみたが、アンは楽しくなれなかった。母親と一緒だったから楽しく感じたのだ。ジミーと手をつないでいたからダンスは少し緊張する遊びだったのだ。母親と弟と三人で手をつなぐと、そこは肺結核と虚弱体質と盲目が命を分け合うダンスになった。愛があるからダンスになったのだ。小便をかけてくる獣に向かって愛あるダンスなどできるわけがない。これではサーカス小屋の猿と同じだ。餌をもらうための芸ではないか。

しかし他に思いつく方法がない。アンは踊りながら、目の見えない子どもに〝手招き〟を送った。見えていてもいなくてもいい、笑顔も添えた。しかし枝の上の子どもは見向きもしないで、大口を開け虚空に向かって笑い始めたが、その顔は醜いものだった。人と喜び分かち合う笑顔には程遠い。誰かをバカにするための嘲笑なら少しは近いかもしれない。呪いのための罵倒ならもっと近いかもしれない。

するとアンは自分のことをみっともないと思った。なんとかして事なきを得ようとしている自分が見えたからだ。それでは教室にいるやつらと同じだ。違う、自分がやろうとしているのは違う、違うはずだ。だが、どう違う？　どうすれば全く違うものになる？

アンは空虚な踊りをやめ、木に手をついて考えた。するとその手に触れる手があった。あっと驚いて見上げると、ロペが奇妙に枝に絡まりながら、逆さまの姿でアンの手に触れてきた。その口はやはり大きく開かれていて、すでによだれがアンの手首にぽたりぽたりと落ちてきている。誘っているに違いない、一緒に遊ぼうとしているのだ。

そうだ、わたしも木に登ればいい、同じことをしてみよう。アンはまず木を見た、それから枝を見た。手を伸ばし硬く張っている若い枝をつかんだ。靴の踵（かかと）を太い幹のでこぼこにひっかけ、弾みをつけてジャンプした。木が大きく揺れ、ロペが驚きの声、声にならない声を上げるのを感じて楽しくなった。あんたのそばにゆくわよ、おなじことがわたしにもできるのよ、ほほほ、楽しくない？　もうひとつ、支えになる枝をしっかりつかんで、踵に力を込めて上半身を枝の上に上陸させる、足を引き上げる。ロペがもうひとつ上の枝に移動しようとしている。

彼は枝を探しているが、見つからない、手が泳いでいる。ほほほ、あんたはどうやって最初の枝を見つけたの？　どうやってこの木を見つけたの？　ここに連れてきたのは誰？　その人はあんたに木登りを教えたの？　アンはひらめいた。この子に木登りを教えた人がいるのかもしれない。ここに大きな木があり、子どもでも登れると教えた人が、目の見えない子どもに木登りの楽しさを教えた人が。その人は特別な人だわ、あの教室にこんなことができる人は、いない。

たった一メートル地上から離れただけで、ずいぶんと世界が変わる。気持ちが軽くなり、嫌なことが頭から自然に離れてゆく。自分の心を縛っていたものが、砂を撒くように落ちてゆく。あんなことも、あんなやつのことも、いまいましい言葉も目つきも、意地悪な横顔も、すべてが〝下〟にある。ねえ、あんたも同じ気持ち？

小さい獣はその時、アンの感傷に全くつきあうことなく枝に身体を投げ出し、脱力していた。あくびと一緒によだれが流れる。まぶたも耳も指先も、ため息もあくびも、ただだらしなく、ぼんやりしており、それでいて急に火がついたように呼吸が変わり、凶暴と威嚇を繰り返した。そこには情操が感じられず、人間らしい意思も見つからず、ただ飛び上がり、ただ蹴飛ばし、ただ噛みつき、よだれと一緒に吠えるか、うめくか、やりたいか、やりたくないか、寝ているか、起きているか、そして休息を知らないように動き回る。

そしてどうする？　太陽は正午の空にある。ランチの時間は厳密なものだ。理性ある人間は気ままに休息や食事をしない。あくまでも計画的にするのだ。そこが動物と違うところだ。アンは誰かから聞いた言葉を思い出していた。少し疲れただろうか？　首から上がぼんやりする。機転を利かす舵が動かない。折れてしまったのだろうか？

そのときだった、アンの下腹が緩まりブオオオっとおならがほとばしった。とっさに男の子の顔を見た。どんな顔をするのか、どんなふうに反応するのか。ロペはすぐに顔を起こしアンに反応した。身体を低くして身構えたが、これはにおいを捉える時の構えだ、標的を確保する虎と同じだ。そしてよだれを流しながら口を大きく開いた。すでに二人を大きく包んで屁臭は枝の上で花開いている。ロペの喉からおおおおっとうめきがかすかに漏れた。アンには奇妙だが歓喜に見える。この子どもは屁のにおいの中で、身体を震わせて喜んでいる。狂っているのか？　なにがそんなにうれしい？

「あんた、ばかなの？　ねえ、あんたってさあ、ばか？」

アンはわざとつばを吐きかけるようにして大声でわめいた。ああ気持ちがいい、いくら言っても、このばかには聞こえない、このけだものには届かない。ぼんくらな顔を歪めて、よだれを垂らすだけ。ははは。ねえ、あんた、あんたに教えてやろうか、本当のみじめさ、本当のばか。

「それは、目の見えないことじゃないよ、耳が聞こえないことでもない、しゃべれないことでもない、親がいないみなしごでもない、だらしない顔をしてよだれを垂らすことでもない。ええ、いいかい、そんなことじゃないんだよ、そんなことじゃないんだよ！　本当にみじめな人間というのは、自分が何なのかわからない、ずっとわからない、これからもずっとわからないやつのことなんだよ！」

　昔、近所にいた盲目の婆さんは口が汚かった。気が短くて強情で、誰に対しても口汚く罵るのが癖で、言い返すことができない頭の弱いものを徹底的に罵倒した。それが生きがいだった。しかし母には優しかった。母もこの婆さんを心から慕い、愛と感謝を惜しみなく注いだ。ある日、アンがリンゴの皮をむいて彼女に手渡すと、歯の抜けた笑顔を向けた。

「アン、わたしもそうだが、おまえも目に病気を持っている。湿って腐った土から出てくる悪い虫がおまえの目に触るのさ。だから、わかっているから必ず良い薬が出来る。いいかい原因は虫だ、これがわかっていることが大事なんだよ。人間の愚かさも同じさ、自分がどれだけ愚かであるかわかっている人は最後に救いの光を見る。だがね、自分の愚かさが全くわからないと本当にみじめな人生をおくる」

　おまえは独りぼっちだっただろう。そうアンはロペに呼びかけた。わかるよ、そのデタラメな有様（ありさま）を見ればば。おまえは、いろんな人に囲まれていながら、そのありがたみに気がつくこともなく、どこにいても、いや母親のエプロンの下にいるときでさえ、たった独りで臭い洞穴の中にいたんだ。キツネやアナグマと同じだ。おまえの巣穴は臭い、ただ臭い。おまえの周りにあるものはふんと小便だ。おまえがひねりだした、おまえの身体の一部。いや、おまえが排泄物そのものだ。ふんの上で眠り、小便まみれの藁の中で目覚める、そして大きくのびをする。その朝の目覚めよ、立ち上る臭気よ。

おならの次はぐぐうとお腹が鳴った。お腹空いた、思い出した、お昼だった。さあ一緒にパイを食べにゆこう、ほら、と手を差し伸べた拍子にアンの身体はぐらりと傾いた。はっ！と声を上げたのと両手が空を切ったのと同時だった。その瞬間、小さいが鷹のような力強い指と爪が伸びてきて彼女の右手首をがっしり捕まえた。その反動で左手が上から下がっていた枝をつかまえることができた。アンは驚いてロペの顔を見た。「あんた目が見えているの？」ロペは答えなかった。ただうっすらと開かれた長いまつげの下から、濡れた石に似た瞳がわずかにのぞき、アンを見ていた。

アンは慎重に身体をずらして木から下りた。下りてからもう一度、「あんた見えているの？」と尋ねた。子どもはなにも答えず、なにも反応せず、まるで最初からアンがそこに居なかったかのように、ズルズルと下りてきた。アンはその手を取った。子どもはされるがままにうつむいている。二人は少しずつ歩き始めた。わたしには弟がいた、アンは男の子に話しかけながらも、顔はうつむいていた。これから大事なことをあんたに話してやる、助けてもらったお礼だ。あんたは気に入らないが、お礼は別だ。

「弟は身体が弱くて、やっと歩くだけ、走ったことはない。でもね、籠の中の小鳥じゃなかったよ。その反対さ、翼を持っていたんだ。わたしを背中に乗せて飛び上がることができる大きな翼」

〝おねえちゃん、ぼくはゆうべ大きな河を渡る夢をみたよ。最初は海かと思った。どこまでも、どこまでも飛んでも、陸地が見えなかったからね。でもね、河だった。ぼくは海と河が出合う場所まで行った。そこは夜明けだったんだよ〟

二人は黄色い小さな花の上を、どたどたと踏みつけるようにして歩き、寮の中庭へ進んだ。洗濯物が光と影の真ん中にあるだけで、誰もいない。アンはロペの手の中に〝おひるごはん〟と綴った。そして手をポンポンと叩いて〝待って〟と送った。

キッチンに入っても誰もいない。テーブルの上にあったミルクとパン、ビスケットとラズベリーソース、カボチャのパイとマッシュポテト、それらを紙に包み、床にあったバケットに入れて戻ったが、子どもはもういなかった。バケットをそこに置いた、捜せ、自分に命じた。

静まり返った中庭の真ん中を大きな鳥の影が走っていった。裏庭の納屋をのぞきに行く。花壇を造った時のレンガの残りと、枯れた花が天井から数本ぶら下がっている。開拓者が残していった馬車の幌、スコップが二本、子どもが歩き回った足跡もない。校舎の裏門へ続く道のない荒地を回り、もう一度中庭に戻ろうとすると、子どもはアコウの木に続く道にいた。彼は自分たちが踏みつけてきた花の上にいて、土を撫でていた。そのように見えたが、実際は折れた花、ちぎれた花びら、踏みつけられた根元を彼の方法で癒やしていたのだ。その丸められた背中は弟のジミーにそっくりで、アンを凍りつかせた。

〝おねえちゃん、ぼくはからだが、もっと強くなったらねえ、大きな野原に行って、羊の番をしていたいな。一日中空を見て風を見て、羊が草を食べるのを見ていたいな〟

〝あんた知らないの？　羊飼いは狼と戦うのよ。あんたにできるの？〟

〝あれ？　おねえちゃんは知らないのかい？　ダビデは羊飼いだったんだよ。ダビデは大男のガリオテを投げ石で倒しただろ、石だよ〟

そう言って、ジミーは立ち上がり、満面の笑みで手を差し出した。その手に握られていた丸い水色の石。

ふいにロペが立ち上がったので、アンは驚いて後ろへ下がった。ロペは顔を洗うように、土を顔にこすりつけて、ほう、ほう、と空に向かって吼えた。その姿は生贄（いけにえ）の儀式をやり終えた裸の蛮族にそっくりで、彼に力を与え、明るい昼間であっても、陽に向かって輝く花の中であっても、容赦なく辺りを暗黒の世界へ導くものだった。

アンは身体を動かした。身体を動かそう、いちいち考えるのは悪い癖だ。寮の物置に戻り幌を抱えてまた走り、ロペの足元に敷き、肩に手を触れ座るように促した。すると彼はすぐに犬のように這いつくばり、幌のにおいを嗅ぎ集め、舌を出して舐め、頬をこすりつけては涙を流した。アンはその涙をすくって彼の手に〝涙〟と綴った。子どもは少し考えるように小首をかしげたが、またすぐに幌に頬をこすりつけ、においと肌触りの中に入った。おまえは河を渡ってきたのか？　初夏になお雪が残る山を越えてきたのか？　それはおまえの家か？　それ以上か？

　アンはバケットからランチを取り出した。秋の風に冷やされ汗をかいているミルクをカップに注いで渡した。〝ミルク〟と綴った。子どもはその綴りを払いのけてミルクを飲んだ。飲んだが大半は口の端からあふれてこぼれた。その姿は飲むというよりは浴びるに近く、二回目も同じようにボタボタとこぼして服を汚した。この服が汚くて臭いのはこのせいだとアンは気づいた。しかし今は食べ方のレッスンではない。

　パンをちぎって渡す前に手首をつかんで〝パン〟と綴った。先ほどとは違う綴りに子どもは好奇心を反応させた。首をわずかに上げた。その感触が消えぬ間に大きなパンのかたまりを手渡すと、すぐに噛みついた。ラズベリーソースのびんを渡すと、指を突っ込みかき回しながら、パンにつけるのではなく自分の口に押し込んで気味の悪い音を立てながら吸う。狼の方がまだ上品な食事をするかもしれない。

「そう、それがあなたのやり方なのね」アンもそれをまねすると、彼の手が伸びてきて顔を触り、鼻の中に指を入れながら唇に届き、強引に口の中に指を入れて舌をつかんだ。アンは口を大きく開けてじっとしていた。肉食獣が獲物を口にする時はこんな感じか？　指は力を得たように熱く太くなって歯をずっと撫でまわし、そのまま頬に耳に額に目に、髪の毛の中に入った。アンは彼の片手に指文字を送った。〝髪〟。ロペの手が止まったのでもう一度送った。〝髪〟。するとと彼は自分の頭の中に指を突っ込んだ。もう一度送った。〝髪〟。ロペは返してきた。〝髪〟。

「そう、そうよ、わかったのね、そう、そうよ」

アンは大声で喜びをぶつけた。そう！　そう！　そうよ！　その場の空気を全部集めて、文字どおり喜びに震えるようにぶつけた。ロぺは小鼻を鳴らしてそれを感じ取ると、喉の奥から怪鳥のように笑った。すてき、あなたも感じているのね。

そして排便の臭気がアンの鼻の下を流れた。ロぺが笑ったのはアンに共鳴したのではなかった。子どもは鳥のように鳴き、犬のように糞をひねりだした。彼は立ち上がり尻を振り始めた。あたかも便をどこかへ振り飛ばそうとしているかのようで、その姿は下劣なるゆえに滑稽であり、意地悪なゆえに腹立たしく、なによりも人間に見えなかった。

アンは彼の太ももを叩いた。動きがとまるのを見てズボンを脱がした。彼は下着をつけていなかった。中からゴロンとした便のかたまりが出てきた。〝ウンチ〟、素早く彼の手に指文字を押し込んだ。〝ウンチ〟、ロぺは指を便の中に入れ、それからその指をアンの手の中に押し込み〝ウンチ〟と綴った。そのスピードにアンは胸にざわつきを覚えた。速い、返しが速い、ある程度マスターしているかのように速い、すでに練習した形跡が感じられる。誰だろう？　誰かがすでに一度教えているのだろうか。

アンは排便されたままになっているかたまりをハンカチにくるみ、彼の手を引き寮のバスルームに向かった。まず彼にバスルームのにおいをかがせた。次に便器に触らせた。便器のにおい、水のにおい、床のにおい。それからハンカチにくるんだ便を落とした。水が撥ね返る。ロぺの嗅覚は空気の振動、落下する便、飛び上がる水を顔で受け止める。それから水を流した。彼のまぶたと頬は騒ぎ立てる水を受け取った。ロペはジェスチャーで、もっともっととせがんだ。水のにおいと動きがおもしろいのか、便器の中に手を入れ流水の動きを確認し、グルグル回した。

　アンはスカートをまくりあげた。そして太ももを触らせ、下着を下ろした。それも確認させてアンは便器に座った。彼の手を取り、自分の姿勢を覚えさせ、肌が露出している部分と便器との位置を認めさせ、彼の手の中に〝トイレ〟と綴り、そして排尿し、尿を触らせて〝オシッコ〟と綴った。子どもはおもしろいゲームを見つけたように顔を輝かせた。

　アンはさっと立ち上がると、彼の手をつかんだまま、中庭にある井戸に向かった。この井戸は寮に暮らす学生が洗濯をしたり、夏の暑い日には囲いの陰で身体を拭いたり、たらいに張った水の中に足を入れて涼み、とりとめのないおしゃべりをするのが常だった。ロペはポンプに近づいただけで、鼻をひくつかせ胸を反らした。また新しい遊びが始まると感じたのだろう、開いた口からだらしなくよだれがボタボタ落ちた。この子はいつも口を開けているが、印象が良くない。魚のように見える。魂も理性も欠けた、人間として最も必要とされるものが欠落した状態と、誰しもが思うだろう。

　生徒たちが無造作に置いているたらいの中に、どんどん水を注いだ。ポンプからほとばしる水、たらいにはじける水、空気と陽を巻き込みながら渦巻く水に、ロペは両手を振って喜んだ。

手を洗うまでもなかった。小さな両手はたらいの中で水をかき回し、跳ね上げ、叩きつけて、ひきちぎってこなごなにした。ほとんどの水を外へ弾き飛ばすと、もっともっととせがんだ。

裸になった男の子はたらいの中に飛び込み、存分に水を撥ね上げたあと、あおむけになって足を広げた。そして空を見上げた。リラックスしているのね、と声をかけようとしたとき、少年の盲目の瞳がこちらに向かい動いた。三日月に歪んだ唇の端から、獣に近いため息がもれると、ビビビビ！　っと音がしてロペは広げた足の間に思い切り脱糞し、手のひらを空に向けて何かのサインを虚空に描いた。

アンはその手をもぎとり、自分の額に当てて首を強く左右に振り、手に綴った。〝違う〟。小さな獣は動かずにじっとしている。考えているのか？　あるいは自分の思いがなんらかの理由で止められたことに怒りを感じているのか？　もしくは、その点火されたばかりの怒りを、どのようにして森林を焼き尽くす業火にしようとたくらんでいるのか。

アンの作戦は考える時間を与えないことにあった。ロペをたらいから引きずり出し、トイレに向かった。アンは便を回収することも忘れなかった。ロペは首を振って抵抗したが、便座のふたを開けるとおとなしくなり、のぞき込もうとした。アンはそのタイミングで便を落とし、水を流してから指文字を〝トイレ〟と綴った。無反応のロペを便座に座らせ〝トイレ〟と綴った。ロペはわかったのかわからないのか、ゆらゆらと身体を左右に揺すり始め、息とも声ともうめきともしれないものを口の端から垂れ流し始めた。閉じられたまぶたの下で目玉が小刻みに震えている。それは盛り上がってきそうだ。

「あんた、怒っているの？　そんな顔して、どうなのさ！」

アンの背中が仁王立ちになったその時だった。

「その子は疲れたのよ、今日はもう終わりにしなさい」

うしろからホプキンス婦人の声が聞こえて、アンは振り向いた。婦人のうしろには、うろこ雲を染めて夕暮れが迫ろうとしていた。


アンはその夜、ローラ・ブリッジマンの部屋を訪ねた。五十三歳の彼女は十五歳のアンを丁重に迎え入れた。彼女は真っ黒なワンピースを着ていた。今夜は冷えるようだ、こちらの暖炉のそばに来なさい、今紅茶を入れるから、あなたはそのイスに座りなさい、そう彼女は示した。

そのイスは茶色の大きな古い揺りイスで、アンが腰掛けるとわずかに揺れて、足がかすかに浮き上がり、大地が傾いた。彼女の身体の一番深いところから、今まで彼女を支えていた意地や怒り、闘争がどうしたわけか鎖が解かれたように浮き上がり、溶けだして消えた。すぐにローラの指、指というすべての指が触手のように延びてきて、アンの顔に吸い付き、虫になってはい回り、山岳を跳ねるヤギの力をもって動いた。ローラはアンの手をむしりとり、強く手のひらに言葉を綴った、いや押し付けた。

〝あなたはずいぶん怖い顔をしている、それに疲れている〟

アンもすぐに彼女の手を奪い取り、言葉をぶつけた。

〝目が見えないのに、どうしてわかるの？〟

〝怒りは周りの空気を震わせる。それに顔が硬い、疲れは顔を硬くする〟

アンは少し落ち着いて言葉を綴った。

〝今夜は話があって来ました〟

ローラは、すっと下がって、簡素な小さいイスを引き寄せて座り、まっすぐに背中を伸ばし、両足を開いて、その中にだらりと両手を下げたが、やがて右手の薬指を持ち上げ、なびかせる動きをした。

〝来なさい、話をしなさい〟

〝あなたに指文字を教えた人は誰ですか？〟

〝畑で働く男、父の畑で働いていた〟

ローラは口を大きく開き、歯を輝かせながら立ち上がった。アンはその姿を見て恐ろしい圧力を感じ、逃げようと思った。真っ黒な影に抱きしめられると思ったからだ。しかしローラは大好きな男のことを伝えようとしただけだった。

〝その男の身体からはいつも変なにおいがしていた〟

ローラは顔をぐにゃりと曲げた。笑ったのだ。においの部分が曖昧な感じを受けたので綴り返した。香りではなくにおい？　ローラは一瞬考えて〝におい〟と返答した。

〝彼は獣を素手で殺しながら、庭にはバラを植えていた。だから夏には花の香りがして、冬が始まる前には脂と血のにおいがした〟

〝ご両親ではなく、その男なの？〟〝イエス〟

〝なぜ？〟〝両親はひどくわたしのことを嫌った〟

〝暴れるから、叫ぶから。爪で母を傷つける、父の足を踏みつける、雷の子〟

そう返信しながらローラはキイキイと声を上げ、うれしくてたまらないというように鼻息を荒げて笑った。

〝なにがおかしいの？〟

〝両親、服従、小さな娘に服従、泣く、謝る、服従、奴隷、お芝居、わたしはお芝居が好き〟

アンはそのメッセージをしばらく考えて、すぐに返事をしなかった。するとせっかちなローラは怒って、アンの手をとり、言葉をぶつけてきた。

〝両親はわたしがわからない〟

ローラは立ち止まり、ゆっくりと言葉を伝えてきた。

〝わたしはスペシャルではない〟

アンは返した
〝耳も目も口も不自由なら、スペシャルだわ〟

〝ノー〟〝なぜ？〟

〝親は隣の女の子とわたしを比べた。わたしは親を隣の親と比べない。あなたも誰かとわたしを比べているが、わたしはあなたを誰かと比べない。わたしはわたし、あなたはあなた、あなた方の比べる心がわたしをスペシャルにする〟

〝ではあなたに指文字を教えた人は？〟

〝彼はいつもうなずく、わたしが噛んでも叩いてもつねっても、笑ってうなずく。許すも許さないもない、ただそれでいい、そのままでいい、彼は花の香りを教える、鶏のヒナが動いているのを教える、自分の心臓の音を聞かせる、その音に合わせて指でリズムを刻んだ。最初はリズム、彼は言葉ではなく、リズムを教えてくれた〟

〝その人は誰？〟〝誰とは？〟

〝普通の人ではないわ、わたしはそんな人知らない。だからローラ、今夜はわたしにその人との思い出を聞かせてほしいの〟

ローラ・ブリッジマンは昆虫のような顔を、長い間じっとアンに注いだ。

〝その男は馬に乗らず、馬を引いて歩いてきたわ。父がどこから来た、と尋ねると、焼けてしまった村だ、と答えた。なぜ馬に乗っていないのか尋ねると、この馬は眠いのだと答えて、それから父の畑で働き始めた。彼は馬と話をしていた。馬だけではない、ヤギとも牛とも鳥とも。それを見た父が彼をわたしのところへ連れてきた。この子と話ができるか？

わたしはそのとき六歳で、母親が用意した朝食のテーブルの上を泥まみれの長靴で歩いていた。わたしを引きずり下ろそうとする者には爪を立てて噛みつき、蹴飛ばして皿を投げつけた。なぜって？　別に特別な理由などなかった。ただそうしないと、家族が誰も振り向かないから。

わたしが鼻から火を噴いているとき、その男は声を送ってきた。わたしは耳が聞こえないから、声を聞いたことはない。だから声ではなかった、声に近いものだったかもしれないわね。とにかくそれは頭の中に響いてきた、ゲームをしようと。わたしはいやだ、と返した。どうして？　と響いた。知らないことはいや、わからないことはもっといや。ゲームがきらいか？　あんたはわたしの知らないことを考えている、それがいや。すると彼は恐れることはない、ただ遊ぶだけだ、と言った。それを今度は頭の中ではなく手のひらに送ってきた。わたしは驚いて手のひらを引っ込めた。なあ、おもしろいだろう？　と今度はまた頭の中に響かせてきた。どう遊ぶの？　わたしはつっかけた。馬に乗ろう。馬なんかいやだ、乗るものか、いやだ、いやだ、手に触れるものすべて投げ飛ばして騒いだ。父も母も泣きながら立っているのがわかった。だけど、そんなことどうでもいい、いつものこと、また泣いている、うんざり。

すると彼は胸をくすぐるような波を声にして送ってきた。馬の濡れた瞳を見たことがあるか？　ない！　わたしはわめき散らした。ない！　知るものか！　わたしは見えないし聞こえない！　しゃべることもできない！　いつもウー、ウーと吠えて唸って、ころげまわっているだけだ！　首から上が燃えるようにいつも熱い、火がついているように熱い！　馬なんて見たこともない！　馬だけじゃない、牛も、羊もない！　なにもない！

わたしは気がつくと馬の背に乗せられていた。そして馬の背があまりにも熱いので驚いた。熱すぎるので身体をできるだけ離した。どこへゆく！　馬に聞け。できない、できるわけないだろ！　さあ、どうかな？　まずしがみついている手を離せ、馬が痛がっている。だからどうすればいい！　力を抜いてだらりとするのだ。だらり？　そう、だらり。だらりを知らないのか？　そんなもの知るか！

そのとき馬が語りかけてきた、首のうしろから。この男の父親は村でたった一人の司祭だったのだ。馬！　おまえか！　そうだ。馬が！　馬で悪いか？　それで馬、その司祭がなんだ？司祭は生まれた者には祝福を、息を引き取る者にはそれ以上の祝福を与えていたのだ。それでおまえはなにをしていた！　なにもしていない、眠らないようにしていた。

わたしはだらりとすることを覚えた。だらりとしたら馬が歩き始めた。男は後ろからついてくる。おまえの名は？　アサ・テニー。テニーどこへ行く！　草の丘だ。そこになにがある！それを当てるのがゲームだ。

岩のある斜面を登ると、苔と草と土の腐ったにおいがして馬は止まった。ここがどこだか当てるのがゲームだ。テニーはもう一度言って草の笛を吹いた。わたしの頭の中にはっきりと草笛の音が響き始め、だんだんと音色を広げた。真っ黒から濁った黒、わたしは頭の中で色というものを思い出す。今ではない、今ではない時間を歩いている、どこかにあった時間だ。わたしが歩いているのが見える、景色を見ながら歩いているわたしだ、ひとりきりで。

テニーが草笛の中から語り始める。草の香りがだんだんと強くなってゆくが心配いらない、力をもっと抜きなさい。鼻の奥につんとする湿ったにおいにざわざわとした音が流れてくる。たくさんの馬のにおい、鉄のお面をつけた男たち、腰には剣、血と汗のにおい、すごく臭い。鐘の鳴る森へ消えてゆく、女たちがかたまって泣いている、土の中に小さな柩が降ろされてゆく、女たちの一人一人にわたしは心当たりがある。

はっとわたしは顔を上げる。頭の上でごうごうと風が舞っている。夢？　そうだ、おまえは眠ってしまったのだ、夢はわたしの気持ちを軽くした。さっきまでのわたしと今のわたし、それをテニーに伝えようとしたが、それより早く彼がわたしの手を取って、もぞもぞと動かした。気持ち悪くてわたしは手を背中に隠した。しかしテニーは何度もわたしの手を取り、手のひらにもぞもぞいたずらをした。それは指話と呼ばれる記号だった。〝わたし〟と〝あなた〟、それを認め合う。手を自分の胸に触れさせ〝わたし〟、その手を相手の胸に置き〝あなた〟、テニーは長い間わたしの手のひらの上で指をダンスさせた。跳ぶように回るように、ステップ、ステップ、それを彼は〝歌う〟と表現した。

テニー、わたしは尋ねた。なぜここに連れてきた？　テニーは答えた、夢をみるためだ。夢などどうする？　夢の中ではおまえはおまえを縛らない、夢の中だけおまえはおまえを決めつけない。そして言った、夢の中ではもともとあった自分に戻ることができる。もともとあった自分ってなんだ？　もともとの自分とは、おまえが一番知らないおまえだ。テニー、なにを言っているのかわからない。わからなくていい。このままでいいのか？　そのままでいい。ここがどこなのか当てるゲームはどうした？　終わりか？．終わりだ。

わたしが黙ると彼は笑って尋ねた。尋ねないのか？　なにを？　ここがどこであるのか？もうどうでもいい。尋ねろよ。彼はわたしがなにも言わないので語り始めた。ここは村だったが誰もいなくなった。馬に乗った男たちがなんども村に火をつけた。ここにいたおまえの家族たちはどこかへ消えた。だったらどうなのさ。夢は大事にしなければならないだろう、彼はそれだけを言った。

それからわたしは朝起きるとすぐにテニーを捜すようになった。ある時はイチゴ畑の中にいた。甘い香りの中に彼が浮かんで、彼が手招きしているのがわかる。畑の中をジグザグに転びながら進んで行くと、彼に捕まる。口の中いっぱいにイチゴが押し込まれる、そして手のひらに〝イチゴ〟と綴る。わたしは暑い日であっても冷たく感じる畑のドロドロの実をイチゴと覚える。朝早く犬が迎えに来たことがある。たいそう犬は興奮して、急いでわたしをどこかに連れて行こうとする。テニーは羊の群れの中にいた。いつもと違ったにおいの中に立っている。それは血のにおいだ。体毛やふんよりももっと濃く立ち上ってくる。群れは天に向かって盛んに喚き立てている。空気の振動でそれがわかる。あちこちで子羊が産まれているのだ。テニーは笑って血まみれの子羊をわたしに抱かせる。血のりの中で弱々しいかたまりがブルブル震えている。〝あかちゃん〟、テニーの指文字が打ち込まれる。次に〝産まれる〟という動詞が繰り返される。わたしは頭の中で生臭い血まみれの震えるもの、それがあかちゃんと心に刻む。

テニーはいつも仕事場にわたしを呼び出す。彼が家の中に入ってくることはない。家という言葉をわたしに教える時、彼はいつも身体を小さく丸めておどけながら、鼻をつまんでブーブーと豚のまねをした。彼にとって家とは窮屈で臭い場所なのだ。場所を表す言葉は彼にとってとても大きな意味を持っている。人は思い思いの場所へ行く、人は場所を選んでいると思っているが、実は場所が人を選んでいる、人は場の力に逆らえず場に服従し一生を終える、だから死に場所というのは特別なのだ、と。

彼は牛と一緒に農場にいる時は、大地から何かを吸い上げるまねをして歩いていた。羊を連れて牧草畑を横切る時には、一生懸命食べるまねをした。森に入る時には頭を深く垂れて胸に手を当てた。ボートを使って沼に入る時は最初に沼の水を何度も頭にかけた。そして手のひらでぴしゃぴしゃ水面を叩いた。草の丘にわたしを連れてゆく時、お互いの胸に手を当て、おでことおでこをくっつけた。これは儀式で日常から離れることを意味していた。テニーはよく二つの時間、二つの身体と言っていた。人は仕事をする時間としない時間がある。大事なのは仕事をしていない時間。仕事をすると誰もが同じ時間になるが、仕事をしていない時間はみんなバラバラになる。ひとりになった時が本当の時間で、みんなといる仕事の時間は仮の時間。時間と言うとき、彼は心臓を揉むまねをした。草の丘に着くと彼はゆっくり自分の心臓を揉むまねをした。するとわたしはモヤモヤや怒り、痛みや今朝母親を蹴飛ばしたことなどみんなゆるやかに消えて、とろんとろんと眠たくなった。

そして浅い眠りの中で不思議な夢を見る。夢の中のわたしは目が見えている。人の話が聞こえている。誰かのために歌を歌っている。わたしはみんなの前で歌を歌うことがある。人々が祈りのためにひざまずくと、わたしは歌い始める。やがてわたしの歌は人々の祈りと一緒になる。しかし美しい夢ばかりではない。わたしは知らない人々の前に出され、激しい責めを受けた。髪に灰をかけられ両手を後ろに縛られ、口の中になにか恐ろしいものを無理やり流し込まれる。彼らの声は激しい。

わたしは恐ろしい夢のあと、テニーの胸に飛び込み、泣く。彼はわたしの涙を指ですくい〝涙〟と綴る。そして〝人〟〝涙〟〝流す〟と文章を伝え始める。わたしは〝なぜ？〟とその文章の上に乗せた。なぜ、人、涙、流す？　テニーは反応する。〝早い〟、おまえは文章を作るのが早い、まるで〝教師〟のようだ。答えてテニー、なぜ、人、涙、流す？　テニーは答える、〝そうなっている〟。そうなっている？　そうだ、そうなっている。鹿走る、そうなっている。鳥飛ぶ、そうなっている。北の海に行けば乳を与えて泳ぐ大きな魚がいる、そうなっている。人、喜ぶ、悲しむ、涙流す、そうなっている。

第六章　卒　業

　アン・マンズフィールド・サリヴァンは、夜明け前にローラ・ブリッジマンの部屋を後にした。彼女は暗闇に沈んでいる前庭を猫のように歩いた。振り返るとローラが立っていた。暗闇よりももっと深い闇の中に立っていて、白い手だけがぼんやり浮き上がって見えた。語るだけ語ると、アンの知らない記憶の国へ戻るのかもしれない。

　アンはもうローラのことは深く考えなくなった。歩きながら一歩ずつ、ローラではなくロペに集中が育ってゆく。彼女はよくわからないローラの話を、わかる部分だけ選んで胸に植樹したが、それは大きな発芽になる予感があった。アンは血の色に染まり始めた庭を渡り、朝の始業の準備を耳で感じながら冷気が漂う廊下を歩いた。そして随分と時間が経ったような錯覚を覚えた。

　ロペは宿舎ではなく古い教室の片隅で寝ている。今日が始まる前に寝ている顔を見ておきたいと思った。たたんだ幌をベッドにして毛布にくるまっている。どこで拾ったかわからぬ毛布、アリの巣になってもおかしくない毛布、そしてこの世から置き去りにされようとしている。この世から――では、わたしはどうか？　ロペは死んだ魚のような横顔を見せて眠っている。わたしの顔はどうか？　わたしはこの世のどこに居る？　もう少しでまた新しい一日が始まり、わたしとこの子は追い立てられる。追い立てられる？　自分が望んだことではなかったか？

　アンは底冷えするふくらはぎも気にならなくなった。わたしとこの子が望んだこと？　少なくともわたしは望んだか？　引き受けた仕事ではあるが、心からの望みは？　それとも希望のない一日を形だけで始めるのか？　形だけのものならぶちこわしてやる。いいではないか、わたしは選ばれた者でも賢いものでもない。愚か者として笑われ、いつか忘れ去られる日まで、ただ感じたままのことをしてやる。それ以外のことをすれば、エサが欲しくて誰にでもしっぽを振る雨に濡れた犬、臭い犬だろう。犬には犬の生き方があるだろうが。

　アンは祈らなければならないといきなり感じ、ひざまずいた。主よ、恵み深く憐（あわ）れみ給（たも）う主よ、あなたが天地を創造された力と同じ力が今、この場に注がれますように。愚かなわたしを導き、口もきけぬ目も耳も使えぬこの子に、あなたのご計画が始まりますように。

　ロペは鼻をひくひくさせて身体を起こした。口から鶏小屋のにおいがしてアンは顔をしかめた。神のご計画はまず口の中からだわ。歯ブラシ？　カップ？　そんなものあったかしら？　するとロペはアンの一瞬の混乱の中にジャンプした。猫よりも素早く、ヘビのように形も残さなかった。そして斜めに走り、地球儀の下で、大きな音を立てて放尿した。「こっちへ来いよクソガキ」そうアンは彼に呼びかけた。聞こえなくともその言葉は、自分の魂を鼓舞するためのラッパだった。

　アンはあらためてロペを見た。不潔で埃だらけ、強い尿臭と、裸足の踵はひび割れて便臭がする。頬とおでこが黒く見えるのは垢の塊が出来ているからだ。髪の毛はネズミの巣、臭い皮脂はひび割れ、カサカサになって落ちてくる。アンはここまでこの子を放置してきた学園に対して激しい怒りが込み上げてきた。どんなきれいごとを並べようが、どんな崇高な理念を壁に飾ろうが、すべての結果はこのドブネズミだ。わたしが対峙（たいじ）しているのは哀れな子どもではない、この学園の嘘だ、いや大人の嘘だ。アンは校舎のバスルームへ飛び込み、タオルと石鹸と大きなブラシ、そして歯ブラシとバケツをひっさらい、南の海から湧き上がる風のように教室に舞い戻った。

「いいかい、これからおまえは顔を洗い口をすすぐ。口の中をきれいにするんだ」

　ロペの手首をつかみ、力を込めて前に出た。ドアを開け井戸へ向かうと、ロペは手首に噛みついた。だが栄養失調で歯がほとんどない。痛くもない手首を振りほどき、平手打ちを頬に叩き込む。ただ顔を洗って口をすすぐだけじゃないか、どうしてそんなに騒ぐのさ。アンはもう一度平手打ちをした。おとなしくしろよ、いちいち騒ぐな。

　ロペは頭を前後に揺すり始めた。それが大きくなり、ばね仕掛けの人形のように激しくのけぞり、そのまま頭を床にぶつけた。どん、どん、どん、アンは嫌な気分になった。この子は狂っている。わたしではない、医者が必要だろう。アンはロペを放置して猛然と校長室へ向かった。ノックなどもどかしく、返事を待つこともできずにドアを開けた。

「校長先生！」

「おお、よいところに来た、ちょうど来てもらおうと思っていたところだよ。君に渡したいものがある、これだ」

校長は笑顔で、タイプされた書類を手渡した。

「ロペの成長記録だ。家族に関する資料とできるだけの関係者の証言、主治医の意見書と病理に関するデーターが記載されている」

アンは書類を手にしたまま黙って立ちすくんでしまった。

「君はよくやっているようだね、話は寮母のホプキンス婦人から聞いている」

アンは顔を上げた。

「彼女はとても君をほめていた。行きたまえ、仕事があるだろう」

そう言って校長は手をドアに向かって伸ばし、出て行くように促した。アンは回れ右をして部屋を出た。廊下はいつもより冷気が強かった、しかしピカピカに磨き上げられている。クリスマスの準備が始まっているのだ。やがて教室の入り口に飾られたロザリオが磨き上げられた廊下に映り、礼拝を迎える歓び（よろこ）を輝かせてゆくだろう。

アンは強い陽が射している明るい窓辺を見つけ、そこでレポートを読んだ。

ロペの父親はアル中で血の気が多く、定職に就くことができなかった。山に入り鹿やミンクを捕らえては毛皮を売って生きていたが、ある時、銃が暴発して左手を失う事故を起こした。

その時、入院先で手厚く看護してくれたのが母親だった。母親は若かった。周りの猛反対を押し切って結婚し、ロペが生まれたが、ロペが三歳の時に母親は肺病にかかり、死んだ。二年後、父親は妻の遺言と言って盲学校にロペを連れてきた。「この子に学校を経験させてくれ、そして社会の中で育ててほしい、それが妻の願いだった」男はそれだけ言うと、高価な毛皮を山のように積み上げ、原始の森へ帰っていった。

主治医の所見では、全盲、聴こえていない、耳のアクシデントと構音障害により発語できない。右脳と左脳の発達バランスが極度に悪い。自分の関心事には心が動くが、それ以外には全く反応を示さない。人間関係をバランス良く考えることはおそらく終生無理だろう。しかし知的には発達してゆく。抽象的な概念を理解し、情緒的な創作能力は非常に高くなる可能性がある。しかし、それと肉体的な発達は必ずしも結びつかない。ある意味バラバラになる。頭と身体がバラバラに活動しようとするかもしれない。

ここまで読んでアンはさっと顔を上げ、小走りに教室へ向かった。尿溜まりを残してロペは消えている。よく見れば床のあちらこちらが色あせて変色し、黒ずんでいるのは放尿の痕跡なのだろう。この子にバスルームの記憶があるだろうか？　石鹸の匂いと母親の手の記憶をどれくらい残しているだろう。たぶん、恐ろしい数の流星が南の夜空を赤く染めた後、彼は父親とともに斧と弓を持ち、獣の尿が残る道を歩き始めたに違いない。冷たい岩陰で抱き合いながら眠り、父は鹿の血の抜き方を教える。

アンは歩きながら、レポートの最後の言葉に目を落とした。それは寮母ホプキンス婦人の所感だった。〝あの子は女性の手が安心であることを知っています。ですからわたしたちはその思いを裏切ってはなりません。しかし優しく包んでばかりもいけません。時折あの子はわたしたちを見上げて爪を立てます〟

校舎の東側には廊下の上に屋根裏部屋がある。そこの天井のふたが開けられ、上から折りたたみ式のステップが延ばされ下に届いている。ロペだ、あそこに上がったのだ。どこからかピアノの音が流れてくる。賛美歌の練習だろう。それは冷たい廊下を川霧のように流れてくる。

猟師にもクリスマスはあったのか？　羊飼いたちは星に導かれて山を降りたのよ。ロペ、あんただけが孤独ではないことを教えてあげるわ。あんただけがみじめではないことも。たっぷりわたしに服従するがいい。いいことを教えてあげるから、誰かに幸せだったか？　と聞かれたら、なんのことだと問い返せばいい。愛を知っているのかと腕をつかまれたら振りほどき、そいつの足を思い切り踏みつけて叫べ、おまえらの無知にだけは絶対負けない、それだけが俺の敵だ、と。そして笑え、独りになっても笑え。

アンがステップを上がり屋根裏部屋の暗がりに頭を突き出すと、埃が舞い上がった。夜でも昼でもない、灰色でもない、ただ長い時間の残骸が埃の中に沈んでいる。ロペはネズミのにおいと一緒に古着ケースの中にうずくまり、次々にシャツ、スカート、エプロン、野良着など古着を取り出しては顔に押し付けている。食べているのではなくてにおいを嗅いでいる。ステップをギシギシ上がってゆくと、建物全体が揺れるような錯覚を感じる。ロペは動きを止め、敵意を燃え上がらせて歯をむいた。それは腐った肉も喰ってきた野良犬の牙と同じ色だった。

「おまえの怒っている顔はわかりやすい」アンはそう顔に向かって言葉を焚きつけた。わかりやすいことが大切だ、闘いにおいては。そう言って挑発した。聞こえぬだろうが。

（なにしに来た）アンにはそう聞こえた、そのように心に響いた。

「あんた、そこでなにしてるの？」次に起きることを期待して問いかけてみたが、反応は感じられなかった。急にカーテンが降ろされたみたいに。ロペはアンの問いかけや二人の応答、人と人との交流のすべてをそこで取りやめ、幽霊のように立ち上がり、顎を下げて頭を揺らし始めたが、すぐに両手で耳を引っ張り頭を前後に大きく上下させると、牛のように吠えた。口を大きく開けよだれをダラダラ垂れ流すと、よけいにそう見えた。

　この子は鈍重ではない。しかしなぜこのような愚かなそぶりを見せるのだろう。わざと自分をのろまで頭の鈍い姿に演出しているのか？　もしそうだとしたらなぜだろう？　なにか隠すために、欺くために偽りの姿を見せる昆虫の擬態ではないか。あるいは目に前に立つ者を試す、どの程度か、悪意か愛か、それとも何かの生贄にふさわしいか。いや、これはただの、これはただの癖だ。折れながら曲がりながら引きずってきた、ただの悪い癖だ。断ち切ってやる。

「見せかけだ！　おまえは牛でもハエでもない。来い、おまえの本当の姿を見せてやる」

　アンは力ずくでロペを階下へ引きずり下ろした。そのまま校舎の東を通り抜けて防風林へ向かった。その先は岩だらけの荒地になっている。ロペは散歩を嫌がる犬に似て、首を後ろに向けていた。「ここだよ」息を弾ませてアンは言葉を吐き出すと手を振り払い、石をかき集めて枯れ木を拾い、用意してきたぼろきれを丸め、その中に火をおこした。すぐに煙はロペの五感を激しくつかんだ。それこそ犬のように鼻を上げた。

「おまえは火が好きだろう」ロペは答える代わりに火の中に顔を突っ込んで煙を首に巻こうとした。「それもわかっている、おまえはわざとそうしている」アンは小麦を練ったものをロペの顔の下で焼いて、それを鼻先につきつけた。「知っているか？　これはお菓子だ」ロペはそれをひきちぎって口に入れ、すぐに大量のつばといっしょに吐き出して、重いまぶたを上げうっすら灰色に濁った瞳、瞳であったものをアンに向けた。

「怒ったのか？」来い！　アンはロペの手を取りまた走った。ロペの身体はあちこちに飛び散りながら引きずられた。アンはさらに力を込めて手を握った。アンが向かったのは開拓民が投げ捨てて行った農地の一角にある古い納屋だった。その納屋に飛び込む前に、彼女は十一月の天が開いて光が斜めに落ち、その中を火の髪をなびかせた天使が裸足のつま先をのばして降りてくるのを見た。人の魂を火で焼き尽くす奴に違いない、焼いて清める気だ。するとその下を、燃え盛る焚き木を背負って通り過ぎようとする男の姿が見えた。お父さん！　アンはロペの手を放して両手で顔を覆い叫んだ。トーマス・サリヴァンは叫び声にも驚かなかった。燃え盛る荷をそのままにして顔だけこちらに向けた。

「アン、わたしはおまえに罪を焼き尽くす捧げものの話をしたかな？」

そして自分の背丈以上に燃え上がっている焚き木を静かに置いた。「自分の身が一番良い」

アンは恐ろしくて吐き気を感じた。父は言った。

「ほかのものでは嘘が混じる、本来羊や牛を捧げものにするのは大きな間違いだ。なぜだかわかるか？」父は瞳の中からも炎を噴き上げている。

「彼らは生まれてきてから死ぬまで、本能と神の恩寵（おんちょう）だけで生きる。そこに罪などない。罪のないものを切り刻んで贖（あがな）いとするのは間違っている」

父は天を仰いだ。

「人は違う。神から与えられているものを粗末に扱い、恩を思い出すこともない。思い出したとしてもその時は砂漠を歩いている。サソリがいる砂塵の中を裸足で歩いている。神の恩寵を平気で忘れることが最も深い罪だ」父親は娘を見つめ、消える前に言った。

「人の一生は何が与えられていたのか、思い出すことに費やされる。それで終わる。火は記憶の暗がりを照らす道具だ」

娘は父が消えてゆくのを見ていた。幻ではなく夢だ。憧れや希望に近く、災いを退ける光だ。

空が暗くなりロペが歯をむき出して唸った。一瞬でも無視されたことに腹を立てているのだ。

わかっている、おまえの頭の中は乳飲み子のままだ。見えないとか聞こえないとか関係ない、おまえに足りないのは人の子としての習慣だ、思い出させてやる。

手を出しなさい。指を開いて、何本ある？　十本あるでしょ、三本でも五本でもなく十本。これはでたらめではないの、数を数えるためにあるのよ。十は数を数えるための完全な形、神様は人が数を数えるため、両手に五本ずつの指をそろえたわ。さあ、あんたが人の子として、一番最初にやることは指を折って数を数えることよ。

アンはロペの指をつかんで、手のひらに「一」と綴った。次に二本つかんで「二」と綴り、それをゆっくり繰り返し、自分がなにを伝えようとしているのか、感じ取れるまで繰り返した。「七まででいいわ」アンは目的を持ってそれを伝えた。「一週間は七日、人間はこの七のサイクルで生きることを覚えるのよ」彼女は自分にもロペにも、そして祈りを込めて神にも言った。

「月曜日、あんたは水を汲みに川へ行く」

川へ水を汲みに行った記憶を起こさせるためには、家族であった頃の記憶を起こすことが最初に必要だ。藁人形を三つ作った。ひとつはお父さん、ひとつはお母さん、もう一つは自分、これで家族だ。家族の記憶は仕事だ。父の仕事と存在、母の働きと家族の香り、そして自分の役割と子どもが持つスピードと回転、その中に笑いがあったはずだ。一番大きい人形を触らせ、〝お父さん〟と手のひらに綴る。そのあと納屋に立てかけてあったスコップ、鍬（くわ）、鋤（すき）、縄、杭、ナイフを触らせる。そしてもう一度〝お父さん〟、仕事、山、川、森、畑と綴り込む。

ロペは暴れたり、つばを吐いたり歯をむくこともなく、鍬や鋤の手垢のにおいを吸い込み、縄に浸み込んだ馬の汗を感じ取り、顔を上げて腹の底から唸り声を上げると、目の端から涙を流した。壊れている馬車の車輪を見つけて齧りつき、また涙を流した。

アンはもう一つの人形を触らせ〝お母さん〟と綴った。そして自分のスカートのすそにその手を導いた。もう一度〝お母さん〟、もみじのような手はスカートの海原を少しの間泳いだが、すぐにフライパンがやってきた。片手の取れた凹んだ鍋、そして小さな花瓶、また〝お母さん〟と綴る。ロペはつぶれた小さな鍋に顔を押しつけて、丹念に舐めた。するとさびや埃、泥やかびの中からもともとあった素材の輝きが現れ、ロペは白目をむき出しにして虚空を仰いだ。

周りには生々しい鉄の香りが生まれ、彼は香りの卵の中に入った。

「仕事をする気になったようね」おまえの仕事は鍋を洗い、磨くことだったのさ。おいで。

鍋を手にしているロペを引っ張って外に出る。そこは十二月の空になっていた。鉛よりももっと暗い空がとても静かに広がっている。中庭を抜けてイチゴ畑に向かう。踏みつけて渡り、白い牧柵をくぐった。川の音と匂いがして空気が少し沈み、二人は走るのをやめた。川岸には砂と泥と流れてきた枯れ葉が堆積したくぼみがあった。

アンが先に裸足を入れると、思ったほど水は冷たくはなく泥の中に埋まってゆく。つま先には細かい砂がまとわりついて彼女の指先を撫でまわした。ロペは川の中では何度もバランスを崩し右へ左へと倒れ込んだが、鍋は手放さずタワシを頑固にこすりつけた。美しい音が出ればさながら楽器を演奏しているようで、表情も水を浴びた犬から酒に酔った猿に変わった。

「思い出したかい？　あんたの母さんはその鍋で豆を煮たんだよ」

アンは鍋を取り上げ、大豆をひとつかみ入れロぺに渡した。ロぺはしばらくかき混ぜ、水ですすぎ、そしてじっと背中を丸めたまま動かなくなった。月曜が終わった。

火曜日には森へ誘った。「今日は焚き木拾いだ」

アンはロぺの手を放した。彼は棒のようにまっすぐに立っている。のろまなように見えて、実は太陽の位置と風の流れ、雨のにおい、それから鳥の羽ばたき、そして獣の吐く息のにおいを確かめようとしていた。

アンは最初に枯れ木の束を自分で作り、ロぺに持たせ〝焚き木〟と綴り、動詞の〝集める〟を綴った。アンは気がつかなかったが、ロぺは枯れ木の中に山猫のふんのにおいを嗅いだ。だから彼は心の中に爪を立てながら歩いた。彼の最初の武器は爪だ。それから牙。牙を使うには相手を完全に捕獲しなければならないが、ロぺが捕獲できる敵はそう多くはない。いや逆にここでは自分が捕獲される側に回っている。森の中では身を低くした。父親だった男がそうしろと常に彼の頭と背を押さえつけていたからだ。そのごわごわした荒縄のような手、硬く厚いギザギザの爪、たまに頬を撫でてくれた指は、荒い砂ヤスリにそっくりだった。だがこの男は決してロぺを甘やかすことはしなかった。高い自立とどんな時もあわてない沈着を、肌に縫うように教えた。そしてそれを自覚するように求めた。

「おまえはよ、鼻だけは見事だ、さすが顔の真ん中にあるだけのことはあるぜ。さあ、鹿のふんのあとをたどれ」二人は歩く時も止まる時も、さっと身を低くして潜む時も、獲物を射程に捉えライフルの引き金に指をかける時も、射撃のあと走り出す時も一緒だった。男が息を吸うとロペが吐いた。父親の失われた左手はロペになった。ライフルの台になり、父は銃を子どもの肩に置いて撃った。ロペは見えない目で顔の先で火がほとばしるのを見、聞こえぬ耳で雷鳴の轟きを聞いた。振動は地の底から湧き上がり、首には天から降ろされた縄がかけられ、激しく上に持ち上げられた。それでもロペは喜々として父の左手を演じた。また思いに応えようとした。

父親が酒のにおいを漂わせる時は、仕事を早めようとした。親を速やかに休ませようと思ったからだ。ロペは自分が役に立っていると確信していた。父親は彼の宝だった。母親は父親を王様のように扱った。朝に夕に敬う仕草を忘れなかった。この家の教育とは父親を敬うことだけだった。ロペは目も耳も閉ざされていたために身近な母親の振る舞いだけを呑み込み育った。

比較する材料がないということは丸呑みにすることだが、母親は親しい者だけには心情の奥を語っていた。ロペが生まれて程なくして、全盲にして聞こえず、話すこともできないと告げられた時、泣き崩れて彼の胸に歯をたてるようにしてごめんなさい、ごめんなさいとうめいていたが、父親はきつく抱きしめながら言った。何も心配いらないさ、よけいなものを見ないで済むし、人の悪口は耳に入らないし、口にも出さない。まっすぐな子に育つ。いい子を産んだな、星だよあの子は。

〝焚き木を集めてこい〟ある時、森の中で父親はロペにそう指示した。大きなウサギをぶら下げて樫の木の下に立っていた。腐った酸っぱい酒を飲んでいるから、へらへら笑っている。なんでもいいから早く戻らなければならなかった。道に迷い帰りが遅くなれば狼に後ろをついてこられる。父が助けに来ることはない。なぜなら叫ぶことができないからだ。森の中では急げ、これが父親の大きな教えだった。ロペは今来た道を音もなく後ろへ下がった。下がりながら枯れ木を集めた。こんなこともあろうかと、どこにどんな枯れ木が溜まっているか覚えながら歩いてきたのだ。戻るとすでにウサギは解体されて串に刺されてあった。火がおこされウサギは炙(あぶ)られた。それから「おまえは見張っていろ、火を絶やすな」と指示して、目が虚ろになっている父はロペに背を向けて横になり、程なく大きなイビキをかいて寝てしまった。すでに山猫が近くの木の上で二人を見ていることをロペは知っていた。

「もういい」アンはロペに〝終わり〟のシグナルを送り〝帰る〟と手のひらに綴ったが、ロペは首を振った。アンはもう一度〝終わった〟と綴ったが、ロペはもっと激しく首を振った。

「どうしたの？」アンは尋ねたが、もちろんロペに答えられるわけがなかった。彼の記憶の中の焚き火はまだ完全に消えたわけではなかった。彼はアンから離れ、記憶の中にある焚き火の前にうずくまった。そこには半分焼けて半分生肉のままのウサギと、汚くよだれを垂らしながら父親が、まだ寝ていた。

水曜日にはヤギの乳しぼりに出かけた。ヤギと羊と牛にはそれぞれ管理人がいて、花壇や庭園と同じように運営されている。「おまえはヤギの乳で育った」アンはそう言ってロペを見下ろして手の中に〝乳〟と綴り込み、おまえはヤギの乳で育った、メモに一言だけ書いてあった、アンはそれを文章にして手の中に綴った。わかってもわからなくてもいい、そう思ったがロペは口の端を歪めて反応した。笑ったようにも見えた。

ヤギの群れ七頭の中にボスがいてオスのカーリーと呼ばれていたが、前脚とひずめが大きく、赤い目をしていた。角は牛のようで氷山をつき砕く硬さを持ち、首の力は大人の男を二人同時に軽々と跳ね飛ばした。気が荒く血の気が強く、草をはむことよりはピューマと戦うことを好んだ。実際カーリーは前脚でピューマの顎を砕いて殺したことがあった。

ロペは乳しぼりのバケツを放り投げてカーリーの前に立った。カーリーは肩に筋肉を寄せて盛り上げ、ひとまわり自分の身体を大きく見せてから、おもちゃにしか見えない人間の子どもの前に立った。ロペはにおいで相手の体格を測った。臭い体毛が密集する中に、とても硬い肉が戦いの血を集めて隆起する音も確かめた。オスの性器からだらだらと小便が流れ始めた。ロペは激しく興奮した。

「あんた、そこでなにしているのさ！」アンは急いで呼びかけたが、彼らの中に踏み込んでゆくことができない。言いようのない恐ろしい、そしてたまらなく臭い空気が子どもとヤギの間に盛り上がり、血を流そうとしている、お互いの目玉をえぐろうとしている。遠い昔、ローマの帝国に人間と獣を闘わせておもしろがる見世物があった。それは立派な石で造られた競技場で行われ、人々は酒を飲み、高貴な男たちは女をはべらせてそれを見物した。たいがいはライオンが人間を食いちぎり激しく振り回すのだが、ごくまれにライオンの喉元に拳を突っ込み目玉をえぐりとる猛者もいたという。

赤い目を燃やしながら、ヤギはゆっくりと角をロペの顔の手前まで下ろした。草を岩ごと齧っていた鬼歯の間から、氷河の息が足元に吐き出された。闘争する獣ならみなそうだが、息は生存をかけた雷鳴と同じで、息というより砂嵐に近かった。七歳の男の子にしてみればそれは谷底から吹き上がる風と同じで、死臭が混じっている。ロペはそれを満腔(まんこう)の思いで味わい、がしっと二本の角をつかんだ。そして押した。ヤギの頭部に血が上り、みるみる真っ赤になった。全身が炉と変わり、鼻と口から溶けた血が流れ出た。そのままロペはヤギの首を折った。巨体は土煙の中に倒れ込み、ロペはアンを振り返り伝えた。

〝なぜ勝てたと思う？〟

アンははっと我に返った。倒されたヤギなどいなかった。ロペは太った羊が腹ばいになっている草わらで、子羊に交じって乳を飲んでいた。そこは尿溜まりで物凄いにおいがしていた。

木曜日は鶏に餌を与え卵を収穫する。ロペは臭気の強い場所に入ると水を得た魚のように生き生きと動く。アンが指示しなくてもどこへ行き、なにをすれば良いかをアンよりも熟知しているように見えた。実際そう動いた。「あんたはここで生まれたみたいだね」アンは軽口をたたいたつもりだが、言ってみて現実にそうだったかもしれないと、口をつぐんだほどだった。それで腕を組んで黙って見ていた。

鶏小屋は翼を持つもののために天井がとても高く造られ二階建てになっている。およそ三十羽が自由に歩き回りミミズをついばむ、カマキリを捕らえる、そしてキツネの眉間に穴を開け、顔面を爪で引き裂いた。走りだせば、はるか彼方に恐竜の祖を持つ脚と首を明瞭にして風を切った。ロペは餌とゴミとふんの中を這いつくばって廻り、産み落とされたままになっている卵を回収した。回収したあとにはどこからか敷き藁を持って来て、丁寧に敷いた。それからその上に砂をかけ平らに均すと、ポケットから丸い小石を出してひとつずつ置いて行った。ロペはアンの手を取り、初めて自分から言葉を綴った。〝お墓〟。

金曜日には洗濯をした。十二月の風が降りてきて中庭を回り始めた朝だった。ホプキンス婦人がバスタブに湯を張ってくれて、ロペはその中に頭から入ろうとしてアンに引きずり出された。アンは首を振った。〝違う〟。もう一度首を振る、〝違う〟。そして子ども用のシャツを出して触らせ、〝洗濯〟と綴りお湯に入れ、次に石鹸の香りを嗅がせて一緒にこすりつける。〝洗濯〟。ロペはシャツをゆっくり湯に浸けたり出したり、見えないのに眺めたりして、自分の記憶と刺激が快楽に変わってゆく時間の中に入った。アンはそれを眺めた。干渉しないことにした。衣類を洗うこと自体は目的ではない。

やがてロペはシャツを抱くような仕草を見せた。それは赤ん坊を湯あみさせている姿にも見えたが、顔をシャツに寄せると衣の端を順々と歯で噛み始めた。食べているようにも見えたが噛んでいた。歯型をつけているようにも見えたがゆっくりと噛んでいた。アンがそれを止めて

〝洗濯〟と綴る手を払いのけてシャツの端から端まで、頭を前後に振りながら噛み続けた。

アンはとても理解しかねた。夜になってホプキンス婦人に相談してみたが、婦人の答えはシンプルだった。

「そうやって思い出しているのよ。あの子の場合、口の中にしか記憶の頼りがないもの。舐めるか齧るかどちらかだわ」

「シャツを噛んでいたのよ、古いシャツ。それでなにを思い出せるの?」

「母親よ。衣類の記憶は自分が着ていたものより、母親が着せてくれたものの方が強いのよ。声も聞いたことがない、顔も見たことがない、わかるのは手のぬくもり、覚えているのは匂い、陽だまりで抱かれた匂い。そのとき母親が笑ったなら喉の震え、編んでくれた手袋の日なたの匂い、風呂上がりに着せてくれた乾いたシャツの匂い」

土曜日、ロペは朝早く川岸にいた。アンは彼を捜していた。彼は斧を持って立っていた。よく使い込まれた刃は水からあがったばかりで、砥石の古臭いにおいがしたたり落ちている。固く握りしめている柄には彫り物が施してあり、誰かが大事にしていたのであろう、それがわかる。図柄は飛び上がる大鷲をシンプルに象徴したものだ。

「おまえか? おまえが彫ったのか?」アンは指文字を打ち込んだ。返答次第では取り上げようと思っていたが、ロペは口を開けて長く息を吐いただけだった。アンが思いにとらわれていると、彼は身をひるがえした。どこへ行く! アンは捕まえて指文字を打ち込んだ。〝これからおまえは風呂に入る、斧なんか要らない、置いてこい、いやここに置け、クリスマス前におまえの汚い身体は風呂に入る、斧から手を離せ、持つな！　二度と斧など持つな！　その斧はな、トマホークと呼ばれるインデアンが殺し合いをするときに使った道具だ〟

「おまえにわかるか？」アンは声を大きくして伝えた。するとロぺは指を伸ばしてアンの唇に触れた。唇を読もうとしている。

「おまえがどこで生まれ、誰に育てられたか知らないが、おまえにトマホークを持たす者がいたなんて、わたしは――」ロぺの指はアンの震える唇をかすかに触っている。「――わたしは、信じられない、そんなはずない、そんなわけがないよね？」ロぺはその時じっとうなだれて、彼女のトーンが次第に弱まってゆくのを指で測っていた。「おまえはインデアンの息子か？」

返事も反応もない。川岸の音が少し静かになると、水の表面から湯気が立ち始めた。太陽が昇って川は霧を産み、重くなりながら二人の間を流れた。この出来損ないめ、アンは心の中でつぶやいたが、実際に声にしたのはインデアンという言葉だった。それから間があった。ロぺの指は何かの確信を待っているかのように、アンの唇から離れない。

突然アンは〝ホーッ、ホーホー、ホーッ！〟と雄たけびを上げ、ステップを踏み踊り始めた。おまえの親、いや祖先はこうやって叫びながらホーッ、ホーッ、ホホホーッ！　火の周りをステップしたのか、裸で。おまえの父親は足をこうやって、高く上げて、鹿のように踊ったのか？

そのエネルギーを頬で感知するとロペは指を離し、集中するそぶりを見せた。怒ったのか？　なにか思い出しているのか？　おまえも踊るのか？　踊れ！　裸になって茶色い背中を出して踊れ、進化の忘れ物が尻に残っていないか見てやる。たぶんおまえには尻尾が生えている、木の枝に絡まるだけ長く延びた尻尾が。

ロペは口を大きく開けて誰にも聞こえない雄たけびを上げると、斧を大きく振り上げた。アンが一歩二歩と後ずさりすると、いつの間に用意してあったのか、足元にある大きな木の切り株に向かって斧を振り下ろした。カーンという乾いた音が川岸の上から下へ流れると、枯れ木は半分に割れた。羊の頭の骨のように見えた。ロペはその上にヘビが獲物を呑み込む時のようにかがみ込み、斧を小刻みに震わせた。

「何をしている？」のぞき込もうとしてアンは立ち止まった。いや立ちすくみ、驚いて立ったままになった。ロペは斧を使い彫り物をしていた。早まらないように歯を食いしばり眉間にはしわを寄せ、時折舌を出しては自分の呼吸を自制している。コントロールしているのかもしれない。どこか淫らにも見えるが、その作業はとても速い。今思いつきで始めた作業ではない。

キツツキが樹に穴を開ける連弾をアンは思い出していたが、急にロペは動きを止め、アンに向かい手を差し出した。手ではなく、手に握りしめたものを差し出した。

「なによこれ？」アンは渡されたものを受け取ったが、それはひと目見てわかるものではなかった。のぞいても見上げても、もちろん匂いを嗅いでもわからない。アンは〝わからない〟と返そうとした時、ロペはそれを奪い取り、代わりにアンの手のひらに指文字を打った。〝おかあさん〟。〝おかあさん？〟〝そう、おかあさん〟。〝あんたのおかあさん？〟〝違う〟〝誰？〟〝誰でもない、子どもを抱くおかあさん〟。アンは奇妙な思いでもう一度それを見た。舟のようにも見えた。でこぼこがふたつ重なっているようにも見えるが、犬と言われれば犬、猿と言われれば猿、しかし人と言われれば人だった。母と子と言われればそれは慈悲の姿にもなった。呆然として思いめぐらせているアンの手に、とても乱暴に字が打ち込まれた。〝与える〟、はっとしてロペを見たが、彼は遠くへ行くように後ろに退いた。そして斧を取り上げ、川霧の中に見えなくなってしまった。

日曜日の予定はクリスマスの飾りつけをすることだったが、ボストンは大雪にみまわれていた。ロペはどこにもいなかった。アンはロペを捜しまわりながら、わたしはいったい何をしているのだろうと強く思い始めていた。もう一度アナグノス校長を訪ねて今までの経過を報告し、評価を求め意見を聞くのが最も適切であると考え始め、その考えはずっしりと重くなり、やがて避けられない大きな壁となって、気がつくと彼女は校長室の前に立っていた。冷え切った廊下に立っていると雪の降る音が全身を包み始め、頭の中も霊感も雪の中に落ちてゆきそうになった時、はっと気がついた。捜すのよ、誰かとおしゃべりしている時じゃない、捜すの、捜すのよ。

「待ちたまえ」

戻ろうとしたアンに、アナグノス校長は大きくドアを開いて声をかけた、待ちたまえ。先生ごめんなさい、わたしは、と言いかけたアンの言葉を彼は止めた。言わなくていい。それでアンは黙った。「ロペを捜しているのではないかね?」「そうです」「ここにいる」

アンは校長を押しのけて室に踏み込んだ。とたんに紅茶の香りが鼻をついた。ロペは窓辺にもたれて両手でカップを温めるように紅茶を飲んでいた。その姿はまるで雪を眺めているかのようだった。アンが入ってくると鼻だけ動かして口を歪めた。

「なぜここにいるのですか?」「彼は毎朝わたしに報告しに来るのだ」

「報告?」「そうだ、君とのレッスンの報告だ」

アンはあまりの意外な答えに硬くなった。

「意外だったかね?」「隠していたのですか?」

「違う、だが知らせぬようにしていた。それには」と言っていったん校長はロペを見た。ロペはいつものような魂の抜けた顔ではなく、知恵と体力がくらべっこする子どもの顔になって首をかしげている。「わけがあってね、あくまでもわたし自身の都合だが、もう話してもよいだろう」実は、と言って校長は言いかけたが、立ち尽くしているアンに手まねで応接イスを示した。座りなさい、そう示されたがアンは応えることができなかった。校長は無理には勧めず先に話を始めた。

「難しい仕事の依頼が来ている。この依頼はもう一年も前に然るべき人物を通してきた案件だが、つまり意味はわかるね、一般の人からの依頼ではなく社会的に高い地位にある人からの依頼だ。ヘレンという幼い女の子の家庭教師を大至急派遣してほしいというものだ。その子は全盲で耳が聞こえず、話すこともできない。ロぺと身体の条件は同じだが、この子には裕福な両親と兄がいて、立派な家と召し使いが何人もいる。しかしお姫様ではない、その姿は野獣そのものだ。不潔で汚れたままになっているが王様のように振る舞い、ひどいかんしゃく持ちで誰の言うことも聞かず、その心に愛はない。代わりに傲慢がある。家族も持て余しているのだ。母親ですら彼女に気を使い、遠慮してわがままを野放しにしている。これは放任ではない、どう接して良いのかわからずにいるのだ、教育が生まれない家になっている。

アン、君に行ってもらいたい。雷のような子どもに言葉を教え、人と対峙する喜びを伝えて、彼女の暗闇に光を射してほしいのだ」

アンは絶句していた。かろうじて「座ってもいいですか」と尋ねた。もちろんだ座りたまえ、アンは座った。生まれて初めて来客用のイスに座ったが、別にどうということはなかった、イスはイスだ。そして頭を垂れた、前髪で顔を隠した。別に泣いているわけではないが、顔を見つめられたくはなかった。校長は場を進めるために言葉を足した。

「アン君にこの仕事を引き受けてもらいたい、推薦する。今この場で了解してくれたら、早速先方に知らせて正式な推薦状を書こう。それを持って直ちにひとりでタスカンビアにあるこの家を訪ねてもらいたい」

「校長先生」アンは顔を上げた、その顔は桜色だった。

「わたしのどこを見てそうおっしゃるのですか？」

「うん、良い質問だ」校長の顔もまた桜色に染まり始めていた。

「わたしたちは上手にイロハを教える先生を探していたわけではなかった。わたしたちが求めていたのは強い女性だった。相手が野獣であるならムチを使うことをためらわない強い心だ。時としてムチは必要なものだとわたしは考えている。力関係をはっきりさせなければならない場合があるだろう。わたしが毎朝ロペの報告で見ていたものは、その力の構図だった。

　ある朝ロペはこう報告してきた。腕をつかまれた、強い力。振りほどけない強い力で抱きしめられた、逃げても逃げても追いかけてきて抱きしめられた。次の日には、わたしのやるようにしなさい、と食事も洗顔も排泄もすべてコントロールされたと。そこから逃げようとしても許してもらえず、また自分のスタイルはすべて取り上げられ、泣いても叫んでも、つねっても齧っても蹴り上げても無駄だったと。合格だよ」

　校長は言った、これで良いのだ。そう言われてもアンはまだ黙っていた。そんなことなら他の人でもできるだろう、ただの力ずくなら。

「なにか腑(ふ)に落ちないかね？」「はい」

「尋ねたまえ」「力のある人ならいくらでもいるのではありませんか？」

「そうだね」「では、その人たちとわたしとどう違うのですか？」

「良い質問だ」

君には尋ねる力があるな、聞く力と言ってもいい。まずそこが違う、と校長は言ったあと、

「他の人に無くて、君にだけあるもの」校長はいったんロペを見た。ロペは全盲であり、聞こえず話すこともできない。したがって二人のやりとりは理解することができない。ただ校長とアンの間に流れる微妙な空気を、肌に伝わる濃淡で感じ取るだけだ。そのためにずっとうつむいている、集中を高めているのだ。

「問い返す力だ」校長はそう言ってアンの正面に立った。

「ある程度の人間は、見たり聞いたりしているうちに、知らないことを尋ねる。それは自然な反応だが、問い返す力は少し違う。自分自身の中に常日頃から何か問題を抱えていないと、問い返すことはできない。たとえばそれは劣等感とか、理由の思いつかないみじめさであったり、どうしても人が信じられない孤独もあるだろう。アン、君の場合は自分が何者であるのかわからないというコンプレックスだ、違うかね？」

校長はそう言って、今気がついたように紅茶のポットを取り上げ、冷めてしまったなと言いながら、アンに飲むかと尋ねたが、その言葉は思いの中に沈んでいる彼女の耳には届かなかった。そのうなじを見つめた校長は、何も言わずに冷めたままの紅茶をカップに注ぎ、アンの前に置いた。

「校長先生」

校長も冷めた紅茶を飲もうとしていた。

「問題は解決するでしょうか？」「どの問題かね？」

「わたしの」「それだけかな？」

「はい」「しないよ」

校長は笑った、そして紅茶の渋さに顔をしかめた。しないほうがいいのだよ。

「なぜです？」

彼は飲み込んでから言った。

「そのほうがおもしろいからさ」

アンは校長の渋さに耐える顔を見て、自分もカップに手を伸ばした。

ロペ、と校長は声をかけた。「アン先生とはお別れになるぞ、なにか伝えたいことはあるか？」

校長はまるで耳が聞こえる人に告げるように語りかけた。ロペはじっとしていた。わずかに顔を上げ、窓から入り込む弱い光をまぶたに乗せている。顔が少しだけ白く輝いた。雪はやまない。

了

あとがき

星の光源とは、ルーツという意味を込めました。本当に描きたかったのは、お父さんだったかもしれません。トーマス・サリヴァンには、わずかな記述が残っているだけです。そこには、呑んだくれで、なにをやってもうまくゆかず、ただ粗暴で無教養と書かれてあります。しかし、故郷の民話などを、上手に娘たちに語って聞かせたようです。サリヴァン先生も実に豊かな語り手でした。言葉による力が、星のように、受け継がれて来たのかもしれません。

著者プロフィール

土井 章寛（どい あきひろ）

本名　土井 彰（どい あきら）

1959年４月、北海道生まれ。

1983年、日本社会事業大学専修科卒業。

卒業後は、極度のコミュニケーション能力の不足により、東京の巷を果てしなく、転職と転居を繰り返す。

2007年より、北海道にて、高齢者介護の仕事に従事。

介護福祉士。

星の光源　～アン・マンズフィールド・サリヴァン異聞

2024年１月15日　初版第１刷発行

著　者　土井 章寛
発行者　瓜谷 綱延
発行所　株式会社文芸社
〒160-0022　東京都新宿区新宿1－10－1
電話　03-5369-3060（代表）
03-5369-2299（販売）

印刷所　株式会社フクイン

ISBN978-4-286-24837-0